EISVOGELZEIT

ANDREA ERNST

EISVOGELZEIT

FANTASY

Bibliografische Information der Deutschen Nationalbibliothek:
Die Deutsche Nationalbibliothek verzeichnet diese Publikation in der
Deutschen Nationalbibliografie; detaillierte bibliografische Daten sind
im Internet über dnb.d-nb.de abrufbar.

TWENTYSIX – der Self-Publishing-Verlag
Eine Kooperation zwischen der Verlagsgruppe Random House und
BoD – Books on Demand, Norderstedt
© 2021 Andrea Ernst
Satz, Herstellung und Verlag:
BoD – Books on Demand, Norderstedt

ISBN: 978-3-7407-7177-5

»Dies war, dies, was lang ich in ahnender Seele gefürchtet, darum bat ich, du mögest, mich fliehend, den Winden nicht folgen. Doch nun wollt' ich fürwahr, da du fuhrst ins Verderben, du hättest mich auch mit dir geführt! Viel besser wär' mir gewesen, mit dir zu ziehn: dann hätte ich keinen Teil meines Lebens nicht mit dir verbracht und der Tod uns ungetrennt nicht getroffen. Jetzt, jetzt starb ich allein[.]«

Alkyone betrauert Keyx
Ovid, Metamorphosen
Elftes Buch, 694-700[1]

---

[1] Ovid, Metamorphosen, übersetzt von Erich Rösch, 3. Aufl., Deutscher Taschenbuch Verlag, München 2001.

Prolog: Ein frisches Grab

Sie stand an einem Grab. Ein kleiner Erdhügel – mit Mühe und Schweiß ausgehoben. Darüber wuchsen bereits – obwohl die Totenstätte noch jung war – vereinzelt kleine Pflanzen. Wildes Bitterkraut mit seinen großen, ausladenden Blättern und kleine stachlige Ausläufer der Doloresblume.

Die junge Frau sackte auf die Knie. Den Kopf geneigt. Schmerz, Wut, Trauer durchfluteten sie. Ein Schluchzen entwich ihren Lippen, erschütterte ihren Körper.

Nach einer Weile hob sie zitternd den Kopf, das Kinn nach vorne gestreckt. Tränen glitzerten auf ihren fleckig geröteten Wangen.

Ihr Blick fiel auf das provisorisch aus zwei entrindeten Weidenzweigen errichtete Kreuz. Mit tiefen Messerhieben war dort eingeritzt:

Ein einziges Wort.

Der Name eines Freundes.

1 Das normale Leben

Heute war das geschehen, was Jack am meisten gefürchtet hatte. Er hatte Willow verletzt. Natürlich war es nicht das erste Mal gewesen, dass er dies getan hatte. Aber dieses Mal war es einfach unverzeihlich. Er hatte ihr Gewalt angetan.

Dabei hatte alles so gut angefangen. Nach ihrem Kampf gegen Kankarios waren Jack und Willow nach Morana zurückgekehrt. Morana war ein Trümmerfeld gewesen und auch ihre frühere Zuflucht »Leben« zerstört. Doch da geschah ein Wunder. Ihre Irrfahrt und ihr Sieg über Kankarios hatten sich in Ayin herumgesprochen, so auch bei den Bewohnern Moranas. Als die beide erkannt wurden, während sie planlos vor der zerstörten Wohnung standen, ergriff sie eine Menschenmenge und riss sie mit. Von überall wurden ihnen Gaben gereicht, mal eine Schale voll Reis, mal Kleider, mal Geschirr. Schließlich, als der Zug stoppte, befanden sie sich außerhalb Moranas auf einer idyllischen Wiese. Und dort stand ein kleines Holzhäuschen. In der Nähe plätscherte eine frische Quelle.

»Was?«, brachte Willow hervor, als sie zur Haustür geschoben wurden.

Der Bürgermeister Moranas überreichte ihr den Schlüssel und erklärte:

»Dieses Haus ist ein Geschenk aller Bürger Moranas. Es gehört nun euch. Es ist ein Dank für unsere Rettung.«

Damit brachen die Menschen in Beifall aus. Willow und Jack sahen sich voller Erstaunen an. Dann begann Jack zu grinsen und schließlich stimmte auch Willow mit ein. Freudestrahlend umarmte sie ihren Begleiter, ließ sich von ihm durch die Luft wirbeln. Dann bedankten sie sich überschwänglich bei ihren Wohltätern. Doch diese winkten ab und entgegneten:

»Euch gebührt aller Dank. Ohne euch wäre Ayin zerstört worden.«

Und alle verbeugten sich vor ihnen.

Die nächsten Tage waren die beiden damit beschäftigt, ihr Häuschen mit dem Nötigsten auszustatten und den Bürgern von Morana ebenfalls zu helfen. Denn es gab noch viel zu tun. Wunden mussten versorgt, Schutt beseitigt, Häuser wieder aufgebaut werden. Willow lief den ganzen Tag von Krankenbett zu Krankenbett und heilte Wunden, während Jack bei den Aufräum- und Bauarbeiten half.

Eines Abends, als Jack seine Arbeiten kurz vor Sonnenuntergang beendet hatte, fand er die Gefährtin in einem ehemaligen Gasthaus, das zum Krankenlager umfunktioniert worden war. Sie war gerade dabei, einen schweren Bruch zu richten, als sie den Boden unter den Füßen verlor. Jack war schnell bei ihr und fing sie in ihrem Sturz auf, bevor sie sich verletzen konnte. Entkräftet lag sie in seinen Armen und er trug sie hinaus. Er hatte die Türschwelle noch nicht ganz überschritten, als Willow erwachte und sich aus seinen Armen lösen wollte. Doch er hielt sie fest und schalt sie zärtlich:

»Liebling, du willst doch nicht wieder zurück! Du brauchst Ruhe, halb tot nützt du niemandem!«

Willow protestierte, als ein erneuter Schwächeanfall sie überfiel und alle Kraft aus ihren Gliedern schwand. Schwach meinte sie:

»Wahrscheinlich hast du recht.«

Jack lachte und entgegnete:

»Natürlich habe ich recht. Du kannst morgen weitermachen. Aber jetzt bringe ich dich nach Hause und du schläfst.«

In seinem Blick lag etwas Sehnsüchtiges. Dann riss er sich zusammen und küsste sie auf die Stirn. Willow sah ihn dankbar an, bevor sie in einen sanften Schlummer fiel.

Sie erwachte erst, als Jack ihr gemeinsames Haus betrat. Er legte sie auf der Liege vor dem Kamin nieder, dann fragte er besorgt:

»Hast du heute etwas gegessen oder wenigstens getrunken?«

Willow fuhr sich langsam mit der Zunge über ihre trockenen Lippen. Nun spürte sie, wie ausgetrocknet ihr Mund war. Dann schüttelte sie verneinend den Kopf.

»Nichts mehr seit heute früh.«

Jack stöhnte auf und schüttelte ebenfalls den Kopf.

»Willow, bitte, du bringst dich noch um. Woher soll dein Körper die Energie nehmen, um deine Heilkräfte zu aktivieren?«

Willow wollte abwehren und setzte sich mit einem trotzigen, herausfordernden Blick auf.

»Hast du vergessen, wer ich bin? Ich bin kein kleines, schwaches Mädchen mehr.«

Jack seufzte erneut. Es stimmte, sie war die Herrin mit erstaunlichen Kräften. Doch diese Identität war wieder verschwunden und nun war sie wirklich nur das kleine, schwache Mädchen … Jack lächelte. Nein, Mädchen war wohl nicht ganz korrekt – sie war eine Frau. Und eine faszinierende dazu. Was ihm ein kurzer Blick auf ihren Körper, der sich unter ihrem leichten Kleid abzeichnete, bestätigte. Sie war auf ihrer Reise erwachsen geworden. Sie war reifer und stärker geworden und seit ihrer Verwandlung beim Kampf schien sich auch ihr Körper verändert zu haben. Es war eine langsame, nicht plötzliche Entwicklung, sodass es Jack zuerst nicht aufgefallen war, aber ihr Körper schien nach der Verwandlung beständig reifer und weiblicher zu werden. Sie war zu einer attraktiven Frau geworden, die auch von Burschen in Morana angesprochen wurde (was sie zu seiner Erleichterung immer nur mit einem Lächeln beantwortete und seine Hand ergriff). Sie war nicht mehr das unsichere Mädchen, das so schnell Gefahr fiel, missbraucht zu werden. Willow sah ihn fragend an; er hatte sie zu lange angestarrt. Er rettete sich in ein unbeholfenes Lächeln, dann drehte er sich um und begann, ihnen ein Mahl zuzubereiten.

Sie beide waren schweigend geblieben, als er ihr schließlich einen Becher voll Wasser hinhielt und zwei Teller voll Brot, Fleisch und Gemüse, einen Krug Wasser und einen zweiten Becher auf das kleine Tischchen vor der Liege abstellte. Sie ergriff fast zögerlich den Behälter und starrte hinein. An Trinken dachte sie nicht. Jack ließ sie kurz gewähren, genehmigte sich einen kleinen Schluck kühlen Quellwassers, dann trat er an sie heran. Er lächelte, Sorgenfalten zeichneten sich auf seiner Stirn ab. Willow war im Sitzen eingeschlafen. Der Becher in ihrer Hand schwankte. Jack ergriff ihn und verhinderte somit ein Unglück. Gern hätte er sie schlafen lassen, aber sie musste trinken, essen. Zärtlich rüttelte er an ihrer Schulter. Sie öffnete leicht ihre Augen und blickte ihn vorwurfsvoll an. Dann riss sie sich sichtlich zusammen und erwachte völlig.

»Danke«, flüsterte er und hielt ihr den Becher an die Lippen.

Die ersten Tropfen fanden ihren Mund nicht, sondern rannen ihr Kinn herab. Schließlich trank sie. Zuerst langsam, dann schneller und gieriger, als sie ihres Durstes gewahr wurde. Allzu schnell war das Gefäß geleert und Jack nahm den Becher von ihren Lippen.

»Danke, ich hatte mich völlig wegen der Sorge um die Kranken vergessen«, erwiderte sie.

Jack lächelte sie an, dann beugte er sich vor und hauchte:

»Und mich wohl auch.«

Er küsste die letzten Wassertropfen von ihrem Kinn und ihren Lippen, dann versanken sie beide in einem tiefen Kuss. Jack zog Willow näher an sich, als sie durch ein lautes Knurren ihres Magens gestört wurden. Jack löste sich von ihr, lachte und meinte:

»Und jetzt hätten wir *ihn* fast vergessen.«

Willow wollte Jack erneut küssen, um dort weiterzumachen, wo sie aufgehört hatten, doch Jack nahm seine Pflicht, um ihr Wohlergehen zu sorgen, sehr ernst und griff nach einem Teller auf dem Tischchen. Er rutschte näher an Willow heran und schob ihr die erste Gabel Essen in den Mund. Sie kaute genüsslich und öffnete wieder ihren Mund. Er fütterte sie erneut, dann brachen beide in Lachen aus. Willow ergriff den zweiten Teller, reichte ihn ihrem Gefährten, nahm ihren aus seiner Hand und kauerte sich an Jack. Dann aßen sie beide schweigend. Jack hatte seinen Teller schneller geleert als sie, und so sah er ihr beim Essen zu. Als sie merkte, dass sie beobachtet wurde, grinste sie ihm entgegen, dann verschlang sie das letzte Fleischstückchen und stellte ihren Teller auf seinen.

»Danke«, flüsterte sie, während Jack die Teller zurück auf den Tisch bugsierte und sie dann näher an sich heranzog.

Sie legte ihren Kopf auf seinen Brustkorb, hörte kurz seinen regelmäßigen Herzschlag, dann hob sie den Kopf.

»Küss mich«, forderte sie ihn auf.

Das ließ er sich nicht zweimal sagen und er beugte sich zu ihr herunter, ergriff ihr Kinn und drückte einen zärtlichen Kuss auf ihre Lippen. Willow lächelte dankbar, dann drückte sie sich noch näher an ihn und strich über seinen vernarbten Unterarm. Sie flüsterte:

»Ich hätte niemals gedacht, dass ich so glücklich sein würde.«

»Ich liebe dich«, erwiderte er.

Sie antwortete darauf mit einem Kuss, den sie seiner Wange schenkte.

»Als du dich verwandelt hast, habe ich geglaubt, dich für immer zu verloren zu haben. Ich war einerseits so froh, dass wir den Goldenen Hund gefunden hatten, aber als ich dich kämpfen gesehen habe, wusste ich, dass ich dich verloren hatte …«

Jack strich ihr zärtlich über den Rücken und meinte:

»Zum Glück hat mich deine Liebe zurückverwandelt, mein Liebling.«

Diese letzten Worte hatte er mit derselben Sehnsucht gesprochen, die auch schon vorher in seinem Blick gelegen hatte. Willow kannte ihre Bedeutung und vor allem welcher Wunsch dahinterstand, aber auch heute erfüllte sie ihn nicht, wobei sie aber auch viel zu müde gewesen wäre. Dies erkannte auch Jack im nächsten Moment und er schalt sich im Inneren. Er drückte ihr einen Kuss auf ihre Stirn, einen sehr zärtlichen, aber auch einen, der ihr sagte, dass es genug für heute war. Er stand auf und hob sie hoch. Er trug sie in seinen Armen zur Leiter, die ins Schlafzimmer führte, und brachte sie hinauf. Das Obergeschoss bestand aus einer kleinen Empore, die nur an den Seiten von Wänden eingefasst wurde. Um die Leiter herum genügte ein hüfthoher Zaun. Es besaß ein Fenster, das in der Nacht die Strahlen des Mondes und das Funkeln der Sterne hindurchließ und das Zimmer in ein magisches Licht tauchte. Mittig stand ein großes Bett, mit Platz für zwei, bedeckt mit feinster Seide (ein Geschenk der Nymphen) und wärmenden Tierfellen. Daneben stand ein kleines Tischchen, auf dem ein benutzter, leerer Becher stand. Die Wände bestanden aus stabilem Holz, an dem Efeu und Rosen, die Willow in

Töpfen zog, emporwuchsen. Sonst standen noch zwei Truhen an den Wänden, die eine mit Jacks Kleidung gefüllt und sehr unordentlich. Die andere gehörte Willow und war geschlossen. Dort bewahrte sie ebenfalls ihr Gewand auf, aber noch ein Andenken an ihre Eltern und den Kopfschmuck mit den grünen Edelsteinen, die Krone der Herrin.

Jack schlug die Decke zurück und setzte die schläfrige Willow auf die Bettkante. Dann kniete er sich vor ihr nieder, ergriff ihren rechten Fuß und band ihre Sandalen auf. Als er ihr die Schuhe ausgezogen hatte, verharrte er noch vor ihr und ließ nun seine Hand ihre Beine hinaufwandern. Sie strich über ihre Zehen, zu ihren Knien, berührte ihre Schenkel. Willow sah ihn an, lächelte scheu, dann ergriff sie seine Hand und schob sie zurück. Er gehorchte, stand auf und setzte sich neben sie. Er berührte sie am Nacken und massierte sie leicht. Sie sah ihn dankbar an und begann leicht zu summen, wobei sie ihn neckisch ansah. Es war ein Spiel von ihnen. Es gefiel ihm, wenn sie summte; viel mehr, es machte ihn gleichzeitig verrückt. Sie wusste, wie er darauf reagierte, und es machte ihr Spaß, damit zu spielen. Wüsste sie nur wirklich, was es in mir auslöst, dachte Jack. In ihm erwachte etwas. Er hielt es für Begierde, doch fühlte es sich manchmal so falsch und vor allem gefährlich an. Als würde eine Bestie in ihm erwachen, die Willow mit Haut und Haaren verschlingen wollte. Aber von dieser dunklen Seite bekam sie nichts mit. Sie erlebte nur, wie er zärtlicher wurde und ihrem Nacken gehauchte Küsse schenkte. Daraufhin zuckte Willow zusammen. Es kitzelte sie, und Jack hatte die gefährliche Situation entspannt, denn sie beendete das Spiel, lachte und wandte sie zu ihm um, um ihm einen tiefen Kuss zu schenken. Er stand auf und griff nach dem weißen Kleidchen, das auf ihrer Truhe lag. Es bestand aus feinster Spitze und diente als Nachthemd. Er reichte es Willow, dann ging er auf die andere Seite des Bettes und zog sich die Schuhe aus. Kurz sah er über die Schulter. Willow streifte gerade ihr Kleid ab und langte nach dem anderen. Obwohl sie sich ihm noch immer nicht nackt zeigte und er sich eigentlich nicht umdrehen sollte, schob er sich näher von hinten an sie heran und küsste ihren Rücken. Willow erschrak und ergriff rasch den gestickten Stoff, um sich wenigstens vorne zu bedecken. Dann sah sie ihn über die Schulter hinweg vorwurfsvoll an.

»Das ist nicht fair. Ich habe gesagt: nicht schauen.«

»Deinen Rücken darf ich mir doch ansehen, den verwehren mir deine Kleider auch nicht.«

»Dann müsstest du ihn doch zur Genüge kennen. Was suchst du jetzt?«

Jack strich zärtlich ihren Rücken hinab, berührte ihre Lendenwirbelsäule und küsste ihren unteren Rücken.

»Diese Stelle kenne ich noch nicht. Die verdeckt dieses dumme Kleidchen.«

Seine Finger glitten weiter und folgten kurz dem Saum ihres Slips. Dann umarmte er sie von hinten, wobei seine Arme ihren Bauch umfassten. Er küsste ihren Nacken, sah sie an, wie sie ihre Blöße zu verdecken suchte. Er pustete ihren Hals hinab, um vielleicht so den Stoff anzuheben. Es gelang nicht und er ließ traurig seinen Kopf auf ihre rechte Schulter sinken. Sie drückte ihm einen Kuss auf seine Wange und er maulte im Scherz:

»Diese Stelle habe ich auch noch nicht gesehen.«

Und er blickte auf den Stoff. Sie lachte, gab ihm einen Knuff, der ihn dazu veranlasse, den Kopf wieder zu heben, und meinte bestimmt:

»Du hast noch so vieles nicht gesehen.«

Er spielte übertrieben gekränkt und fragte:

»Und wann zeigst du es mir?«

Willow lachte erneut und meinte:

»Heute sicher nicht!«

Dann setzte sie noch etwas drauf und schlug ihn mit seinem eigenen Argument:

»Schließlich brauche ich Schlaf.«

Sie zwinkerte ihm neckisch zu.

»Und nun dreh dich bitte um.«

Jack gab sich geschlagen, verzog sich wieder auf seine Seite und knöpfte sein Hemd auf. Währenddessen hörte er, wie Stoff auf Willows Körper glitt und keine Sekunde später war sie neben ihm – angezogen versteht sich. Jack schluckte seine Enttäuschung hinunter und gab ihr einen Kuss auf die Wange. Sie half ihm, das Hemd auszuziehen, und er erhob sich, um aus der Hose zu rutschen. In Unterwäsche trat er zu ihr und sie zog ihn in einem Kuss an sich. Dann machte sie sich los und sah ihn schuldbewusst an.

»Jetzt hast du dich die ganze Zeit um mich gekümmert und ich habe nicht einmal gefragt, wie dein Tag war.«

Jack winkte ab und ließ sich auf das Bett sinken. Willow folgte ihm und kuschelte sich dicht an ihn.

»Wir haben das Haus der Maerks wiederaufgebaut. Es war anstrengend, aber wir sind noch rechtzeitig vor der Dämmerung fertig geworden.«

»Mein Held«, flüsterte Willow, dann blieb sie still.

Jack sah zu ihr hinüber und lächelte. Sie war eingeschlafen. Er war erstaunt, wie lange sie durchgehalten hatte. Er löste sich von ihr, erhob sich und schlüpfte wieder in seine Hose. Dann deckte er Willow fest zu und stieg die Leiter hinunter. Trotz des anstrengenden Tages war er nicht müde, ihr Necken und Spielen hatte ihn in solche Erregung versetzt, dass er sich nicht vorstellen konnte, neben ihr so einfach einschlafen zu können. Und somit begann er aufzuräumen. Er wusch das gerade benutzte Geschirr und trank noch einen Becher Wasser. Dann trat er an die Haustür, öffnete sie und sah hinaus. Vor ihm lag eine schlafende Wiese; nur das Zirpen eifriger Grillenmännchen war zu hören. Am Horizont glitt der Mond in die Höhe und leuchtete mit den Sternen an einem klaren Firmament um die Wette. Ein leichter, frischer Windhauch strich über seinen nackten Körper und nahm ihm die Hitze, die Willow ihm gebracht hatte.

2   Die Krankheit

Am nächsten Morgen erwachte Willow mit einem
Stöhnen auf den Lippen. Ihr war übel und ihr Kopf
dröhnte. Sie wollte aufstehen, doch Schmerzen hielten
sie zurück, und erschöpft sackte sie in die Polster. Kurz
schloss sie ihre Augen und versuchte, ihr Unwohlsein
und ihre Schmerzen mit tiefen Atemzügen zu verscheu-
chen. Doch die Dunkelheit vor ihren Augen verstärkte
ihre Beschwerden nur noch. Ihr Magen rumorte und
zog sich bohrend zusammen, ihre Glieder schmerzten
und ihre Stirn glühte. Frustriert öffnete die junge Frau
die Augen und sah Jack verärgert an, der die Leiter he-
raufkam, um ihr einen guten Morgen zu wünschen. Er
bemerkte ihre schlechte Laune.

»Was ist los, Willow?«

Sie stöhnte und hielt sich den Kopf.

»Ich fühle mich richtig krank.«

Dann krampfte sich ihr Unterleib zusammen und sie
musste würgen. Mit Müh und Not gelang es ihr, den
ätzenden Saft, der ihre Speiseröhre aufwärtsstieg, zu-
rückzudrängen. Jack trat besorgt an sie heran und fühlte
ihre Stirn. Sie war heiß! Willow hatte eindeutig Fieber.

»Du glühst ja. Was ist mit deinen Heilkräften?«

Willow schüttelte traurig den Kopf und drehte sich zur
Seite. Sie schienen nicht zu funktionieren. Sie fühlte sich
hundeelend und wollte nur Ruhe.

»Ich hole kaltes Wasser, damit das Fieber runtergeht.

Willst du auch etwas trinken oder essen?«, fragte er sie besorgt und streichelte zärtlich ihre heiße Wange. Willow sah ihn schwach an, dann nickte sie und presste hervor:

»Nur etwas Wasser. Und sieh im Küchenschrank nach. Dort muss auch irgendwo ein kleiner, blauer Tonkrug sein. Er enthält eine Kräutermischung. Sie soll gegen alle möglichen Beschwerden helfen. Eine weise Frau aus Morana hat sie mir geschenkt. Meine Heilkräfte wirken momentan nicht. Ich muss mich auf anderen Wegen kurieren.«

»Du hast sie mit deinem Krankendienst überanstrengt. Ich habe dich gewarnt«, schalt er sie zärtlich. Dann verließ er sie und stieg die Leiter hinunter.

Wenig später war Jack zurück. Er gab ihr Wasser zu trinken und einen Löffel von der Kräutermischung. Dann kühlte er ihre Stirn mit einem kalten, nassen Tuch. Willow genoss schweigend seine Pflege und ruhte sich mit geschlossenen Augen aus. Ihr Magen beruhigte sich und ihr war auch nicht mehr so unerträglich heiß. Schließlich öffnete sie die Augen und sah ihren Gefährten an. Er saß neben ihr auf der Bettkante und lächelte zaghaft. Willow erwiderte sein Lächeln und setzte sich langsam auf. Ihr ging es wieder besser. Sie konnte arbeiten, sie musste in die Stadt, es warteten noch so viele Verletzte auf ihre Hilfe. Nach einem kurzen Kräftesammeln versuchte sie, aufzustehen. Doch bevor sie ihre Beine aus dem Bett schwingen konnte, ergriff sie Jack an der Schulter und hielt sie zurück.

»Willow, nein, wo willst du hin?«

»Ich muss nach Morana, es gibt noch so viel Arbeit!«, protestierte sie und stemmte sich kurz gegen seinen Griff. Doch ihr Widerstand war nur von kurzer Dauer. Ihr fehlte eindeutig die Kraft, sich gegen den zwar sanften, aber starken Griff ihres Gefährten zu wehren, und sie sackte unverrichteter Dinge zurück in die Kissen. Insgeheim war sie froh darüber, denn ihr Körper sagte ihr deutlich, dass sie nicht arbeiten konnte.

»Du wirst heute nicht arbeiten. Selbst wenn du gesund wärst. Heute ist Ruhetag! Hast du es vergessen? Der Bürgermeister von Morana hat heute allen Helfern einen freien Tag geschenkt. Heute kurierst du dich aus. Morgen kannst du wieder genug Menschen helfen!«

Mit diesen Worten lockerte er seinen Griff und neigte sich zu ihr hinunter. Er drückte einen sanften Kuss auf ihre fiebrige Stirn.

»Heute werde ich mich nur um dich kümmern.«

Willow schloss ihre Augen und genoss seine Lippen auf ihrer Haut, bemerkte, wie Jack danach aufstand und sie allein ließ. Sie sollte schlafen. Und das tat sie.

Wer hätte wissen können, dass sich, während Willow krank darniederlag, bei Jack eine viel schlimmere Krankheit entwickelte? Eine Krankheit, die alles verändern sollte.

Willows Schwäche erregte Jack mehr als alles andere. Wenn er in der Stadt arbeitete, dachte er die ganze Zeit an sie, wie sie schwach und krank im Bett lag, auf ihn wartete, auf seine Hilfe angewiesen war. All dies erregte ihn so sehr, dass er sich kaum auf die Arbeit konzentrieren konnte. Vermutlich bemerkten es einige, doch das war ihm völlig egal. Sobald die Arbeit des Tages getan war, eilte er nach Hause. Voller Erwartung.

Dann kümmerte er sich um sie, brachte ihr Essen und sorgte sich um sie. Seine Liebkosungen waren sanft und zart. Die Veränderungen, die sich stumm einschlichen, fielen Willow lange nicht auf.

Zuerst hielt er sie länger fest als früher, irgendwie bestimmender, als wäre sie sein Eigentum. Dann schlich sich in seine Berührungen ein Nachdruck, eine Forderung, hinter der ein gefährliches Begehren stand. Fast jede Nacht, wenn Willow schlief, verließ Jack das Haus – um die Erregung zu vertreiben, die ihr Zustand in ihm ausgelöst hatte.

Doch eines Morgens, als Jack zu ihr hinaufstieg, um ihr Tee zu bringen, geschah etwas, was er nicht mehr aufhalten konnte. Willow schlief noch, als er den Tee neben dem Bett abstellte. Sie hatte die Zudecke in die unterste Ecke des Bettes gestrampelt und lag somit unbedeckt da. Auf den Rücken gedreht, die Arme über dem Kopf unter ihrem wallenden Haar verborgen. Ihr Nachthemd war hochgerutscht und gab den Blick auf ihren Slip frei. Ein Träger des Kleides war die Schulter herabgerutscht, sodass Jack den Ansatz ihrer zarten Brüste mehr als sonst erahnen konnte. Ihr Gesicht war zu ihm gedreht, die Lippen leicht geöffnet.

Jack erstarrte und sackte auf die Knie. Ein Fantasiebild trat in seinen Kopf: Willow gefesselt vor ihm, hilflos, ausgeliefert, mit Angst und Schrecken in den Augen. Und doch bereit. Erregt stieß Jack einen Luftschwall durch seine zusammengepressten Zähne und hob die Hand, um Willow zu berühren. Seine Finger neigten sich auf ihre Brüste herab, als sich die junge Frau unerwartet bewegte. Jack zuckte zurück – erschrocken darüber, ertappt worden zu sein. Doch Willow schlief noch, sie drehte ihr Gesicht von ihm fort, streckte ihren Körper und spreizte ihre Schenkel. Jack sah dies – als eine Einladung. Er rückte näher heran, seine Hände wollten die weiche, zarte Haut ihrer Schenkel berühren …

Im letzten Moment riss sich Jack zurück. Ein leises Heulen ging durch seinen Körper. Es folgte ein Zucken. Schwer keuchend stürzte er zu Boden, seine Finger krallten sich in die Holzbalken. Scharfe Klauen ritzten das Holz. Sein Körper streckte sich, Fellbüschel stoben auf. Jack verwandelte sich. Gewaltsamer als je zuvor, qualvoller – der Schmerz trieb stumme Schreie aus ihm heraus. Es war nicht der Goldene Hund … Etwas anderes brach aus ihm hervor. Dreckig grau und gelb. Mit Blut, Fellfetzen, wilden Augen. Ein Wolf, ein Ungeheuer, das Böse. Schreiend wandte sich Jack verwandelt zurück zu Willow – zu seinem schlafenden Engel. Eine Träne trat aus gelben, unmenschlichen Augen. Er war der Teufel.

Mit einem Satz sprang er die Leiter hinab, stürzte aus dem Haus und raste weiter. Durch Wiesen und Felder, bis er schließlich in das Unterholz des Waldes hineinstürmte. Doch seine Klauen, seine Beine trugen ihn weiter, immer weiter. Hitze brodelte in ihm, Begierde, Begehren, Gier. Er sah nur Willows nackte Haut, roch ihre

Unschuld. Er musste weiterlaufen, weiter, weiter. Wenn er stehen blieb, würde er umdrehen. Zurück zu ihr.

Schließlich ließ die Hitze nach. Die Klauen verschwanden. Jack schrumpfte, und dann krallten sich seine Hände in den matschigen Waldboden. Er hielt an. Zitternd sah er auf seine Finger herab; er war wieder zu einem Menschen geworden. Er verbarg sein Gesicht in den Händen und brach weinend zusammen. Sein Schluchzen erfüllte lange Zeit den Wald, bis er sich schließlich erhob und zum Haus zurückkehrte.

Willow war bereits wach und wartete auf ihn, als er zu ihr hinaufstieg. Jack hatte in seinem Lauf viele Kilometer zurückgelegt. Sie sah ihn freudestrahlend an, er begrüßte sie ruhig. Ihr fiel nichts auf. Nicht einmal der Dreck auf seinen Hosen machte sie stutzig. Jack fühlte sich entspannt und sicher – die Situation von vorher gab es nicht mehr, sie war entschärft. Der folgende Tag verlief ohne besondere Vorkommnisse. Doch bereits am Abend verwandelte sich Jack erneut und flüchtete in den Wald.

Sich zu kontrollieren fiel ihm jede Minute schwerer. Es wurde nur noch schlimmer. Als er ihr am nächsten Morgen erneut Tee brachte – Willow war nun bereits seit einer Woche krank, aber ihre Genesung machte nur langsam Fortschritte –, verwandelte sich seine Hand, die den Krug hielt, unmittelbar in eine Wolfspranke. Nur eine schnelle Reaktion seinerseits verhinderte, dass Willow es bemerkte. Verstohlen verbarg er die Hand hinter dem Rücken und verließ – *floh* geradezu – unter dem

Vorwand, ein Treffen in der Stadt vergessen zu haben, den Ort des Beinaheverrates.

Willow fiel die Veränderung an Jack erst auf, als sich ihre Kopfschmerzen endlich besserten und somit ihr Geist wieder klar wurde. Jack wirkte oftmals abwesend, etwas schien ihn zu belasten. Sie bemerkte, dass er kaum noch bei ihr schlief, seine Bettseite war so oft unberührt. Dies verstörte sie – aber sie sagte nichts dazu. Wahrscheinlich nahm er einfach Rücksicht auf ihre Krankheit. Doch auch dies verwirrte sie, dass sie es nicht mehr wagte, offen mit ihm zu sprechen. Ihm etwas nicht sagen zu können, kannte sie zuvor nicht.

Willow ließ ihre Sorgen fallen, als er sich am nächsten Abend zu ihr legte. Sie war wieder fast gesund, nur ihre Kräfte ließen sie noch immer im Stich. Erst wenn sich diese wiederhergestellt hatten, konnte sie in der Stadt helfen. Sie hätte ihre Bedenken nicht außer Acht lassen sollen. Der Vulkan war vor dem Ausbrechen und nur noch Flucht konnte Willow retten.

3   Das Verbrechen

Seit heute Morgen war ganz Morana in Aufregung. Sogar Willow, die immer noch zu Hause war, hatte davon erfahren. Von der Bäckerin, die vorbeigekommen war, um etwas Brot zu bringen. Die ganze Stadt sei in Unruhe, erzählte die alte Dame, da ein Verbrecher gesucht wurde. Es hatte mehrere Diebstähle gegeben; der letzte ereignete sich heute früh, als ein Ladenbesitzer, der Nachbar der Bäckerin, feststellen musste, dass in seinem Geschäft eingebrochen, Geld und Wertgegenstände entwendet worden waren. Doch dieses Mal hatte jemand den Dieb gesehen, wie er vom Ort des Verbrechens floh. Seitdem war die halbe Stadt auf den Beinen, um den Dieb zu fassen. Doch so groß die Aufregung in Morana auch war, das Verbrechen, das Jack heute Abend begehen sollte, war um vieles schlimmer.

Zur Dämmerung kehrte Jack aus Morana zurück. Er war heute sehr früh in die Stadt aufgebrochen. Einerseits um bei einem Wiederaufbau eines Hauses zu helfen, andererseits auch um fernab von Willow einen klaren Kopf zu bekommen. Doch die Trennung hatte nichts Positives bewirkt. Jacks Gedanken waren immer um Willow gekreist. Meist hatte er sich ihren nackten Körper vorgestellt. So kam er unruhiger als noch in der Früh zurück, gierig auf ihren Körper, ihre Nähe.

Doch als er zu ihr hinaufkletterte, war er äußerlich

ruhig und vermied es sogar, sie zu berühren. Ruhig aßen sie die Mahlzeit, die Jack zubereitet hatte, dann kuschelte sich Willow an ihn. Ihr fiel erneut seine Stille auf und sie versuchte, ihn zum Reden zu bringen, indem sie nach der Arbeit in Morana, nach den Ergebnissen der Verbrecherjagd fragte. Jack antwortete abwesend. Nach seinem letzten Wort schwiegen beide. Willow sah ihn besorgt an, doch er tat so, als sähe er ihren Blick nicht.

Sie wollte ihn darauf ansprechen, was denn los sei, doch er kam ihren Fragen zuvor, indem er ihren Mund mit einem Kuss schloss. Sie erwiderte ihn glücklich und ihre Arme umfingen ihn sanft. Sie spürte, wie er sie näher heranzog. Sie folgte ihm, bis sie sich schwer atmend von ihm löste.

»Das habe ich ein wenig vermisst«, gab sie mit einem leichten Lächeln zu.

Jacks Augen funkelten strahlend zurück. Dann beugte er sich erneut vor und küsste sie noch stürmischer. Vielleicht folgte sie dieses Mal seinem Drängen, erhörte sein Verlangen.

Doch er wurde enttäuscht. Nach tiefen Küssen drückte sich Willow noch einmal kurz an ihn, um ihn dann zu verlassen. Sie ging ins Badezimmer, ihr weißes Nachthemd trug sie über dem Arm.

Jack stand schwer atmend vor der Tür des kleinen Holzhauses und sah hinauf in den gerade aufgehenden Sternenhimmel. Kalter Nachtwind strich um seinen Körper, doch Jack spürte es nicht. Sein Körper glühte, Erregung brodelte in ihm und seine Gedanken drehten sich nur um Willows nackten Körper, der sich durch ihr feines Nachthemd drücken würde, wenn er wieder hinaufging und ihr eine gute Nacht wünschte. So viele Tage hatte er sie gepflegt, so viel hatte er ihr gegeben.

Doch sie hatte ihn immer abgewiesen. War das fair?

Ihre Lippen, ihr Hals, die weiche Haut ihrer Schenkel. So unberührt.

Noch völlig unberührt … Ihre Küsse, sagten sie nicht alles? Kurz versuchte er noch, sich zu beruhigen, doch es gelang ihm nicht. Etwas zerriss endgültig in seinem Inneren und er drehte sich um. Er sprach mit harter Stimme:

»Ich will sie! Heute muss sie sich mir hingeben …«

Er spürte das Tier in sich, als er das Haus betrat und zu Willow ins Schlafzimmer hinaufstieg.

Wenig später waren ihre Schreie zu hören.

4 Ein guter Freund

Zitternd stand Willow im strömenden Regen. Sie hatte Angst. Ihr war kalt. Das Wasser floss ihren Körper in Strömen herab. Wind peitschte ihr Haar. Und sie schrie. Dann brach sie in ein erschöpftes Schluchzen aus. Tränen benetzten ihre ohnehin schon nassen Wangen. Sie weinte um sich, um die Welt, um dieses Ungeheuer, das ihr das Schlimmste angetan hatte. Um Jack, der ein Dämon seiner Kräfte geworden war. Die ungeheure Macht des Goldenen Hundes hatte ihn übermannt und seine schlechte Seite, seinen Schatten, zur Herrschaft erhoben. Und dieser tat Willow Gewalt an.

Plötzlich näherte sich ein Schatten. Willow starrte durch den Vorhang aus Regen, sah nichts und erkannte ihn doch. Mit einem Satz war sie bei ihm und warf sich voller Freude in seine Arme.

»Arir, was machst du hier?«, rief sie im Freudentaumel.

Er kämpfte kurz um sein Gleichgewicht, als das Mädchen voller Schwung in seine Arme stürzte. So begrüßt zu werden, hatte er nicht erwartet. Willow sprudelte los:

»Du bist gekommen?! Ich dachte, du wärst nun für ewig in den Höhlen der Zeit.«

Arir ließ sie reden. Sein Blick glitt ihren Körper entlang, fand die Wunden. Ihre Wange war rot unterlaufen, angeschwollen, ihre Lippen blutig, ihr Körper von weiteren Flecken übersät. Arir hob den rechten Arm, strich zärtlich über ihre verletzte Wange.

»Willow, was ist geschehen?«, fragte er ernst.

Sie beendete ihren Wortschwall und erstarrte. Mit Schrecken sah sie ihn an, ihre Augen füllten sich erneut mit Tränen. Das schmerzhafte Ereignis kam zurück, das sie gerade durch Arirs Auftreten vergessen hatte. Sie schwieg. Arir antwortete vorsichtig:

»Ich bin gekommen, weil du mich gerufen hast.«

»Ich habe dich gerufen?«

»Ja, du hast um Hilfe geschrien. Ich bin nicht taub in den Höhlen der Zeit. Ich höre es, wenn du mich rufst. Wer hat dich so verletzt?«

Willow stockte, wollte nicht sprechen; die Antwort war zu schrecklich. Stattdessen strich sie sich über die Wange und die Wunde verschwand, wie auch alle anderen. Nachdem sie ein Zeuge gesehen hatte, konnten ihre endlich erwachten Heilkräfte ihre Wirkung tun. Schließlich raffte sie all ihre Kraft zusammen und stieß aus:

»Jack.«

Sie sah Zweifel und leichtes Erschrecken in seinem Blick, dann wurde seine Miene ernst. Sie musste daran denken, wie Arir Jack damals auf der Brücke der Gier das Versprechen abgenommen hatte, sie zu beschützen. Hatte er damals schon etwas geahnt? Hatte er das Gefühl gehabt, dass Jack etwas Dunkles in sich trug? Auf jeden Fall hatte Jack nun sein Versprechen gebrochen. Und sie sah, wie sich eine brodelnde Wut auf Arirs Gesicht abzeichnete.

Während er sie aus dem Regen unter das schützende Blätterdach eines Baumes zog, fragte er tonlos: »Was ist geschehen?«

Stockend erzählte Willow es ihm.

Willow schmiegte sich eng in die starken, muskulösen Arme. Sie nahm den angenehmen Duft wahr und die Wärme, die sie umfing. Sie ließ sich zurücksinken, fallen in eine Welt ohne Schmerzen, ohne Schreie, ohne Angst. Frei von Ungeheuern. Arir ließ es geschehen, dass sie sich für kurze Zeit aufgab. Er hielt sie fest und dachte dabei an ihre erste Begegnung, als er sie aus dem Schmutz des Dunklen Waldes in seine sicheren Arme gezogen hatte. Ihren Blick, als sie erfuhr, dass er sie gerettet hatte, würde er niemals vergessen. Es erfüllte ihn mit einer seltenen Wärme, die von solch anderer Art war, dass er sie nicht einmal bei seiner Kentaurenfrau oder auch seiner Miral erfahren hatte. Es war eine solche Wärme, dass er nicht wusste, ob er Willow als seine Tochter oder seine Geliebte sah. Er wusste es nicht. Vielleicht wollte er das auch nicht.

Jack schien genau zu wissen, was Willow für Arir bedeutete. Als er sie so im Dunkeln stehen sah, seine Hand um ihren Leib, sie an ihn gelehnt mit geschlossenen Augen, schrie sein Inneres schmerzvoll auf. Geifer tropfte aus seinem Maul, ein Schatten sprang vor und zerriss die beiden in Stücke. Dies sah Jack zumindest vor seinem inneren Auge, in Wirklichkeit heulte er auf, verwandelte sich in einen Hund und sprang in die Dunkelheit der Felder auf der Suche nach frischem Blut.

Willow schrak aus Arirs Armen auf. Ihr Inneres war erbebt. Ein Heulen aus der Ferne und doch so nah zu hören.

»Der Goldene Hund. Er ruft«, sprach Arir aus, was sie dachte.

»Er hat nichts Gutes im Sinn. Meine Macht erwacht nicht.«

Willow schüttelte den Kopf. Arir lächelte verlegen und meinte:

»Muss sie denn noch erwachen? Ich habe von deinen Kräften gehört.«

Willow erwiderte verlegen:

»Ich bin wirklich stärker geworden, aber noch immer ich selbst.«

»Und ist die verborgene Herrin nicht dein Selbst?«

»Ich weiß nicht, ich habe manchmal Angst vor ihr. Angst vor den Kräften. Sie können so verletzen.«

»Aber nur, wenn man sie falsch einsetzt.«

Willow schüttelte traurig den Kopf:

»Ich weiß. Leider geschieht es. Kräfte können einen beherrschen und verändern.«

Willow verstummte und wollte sich aus Arirs Umarmung lösen, als er sie plötzlich noch enger an sich zog. Sie sah fragend auf.

»Keine Angst, wir werden eine Lösung finden«, sagte er und lächelte sie dabei ermutigend an. Sie nickte und lehnte sich wieder zurück. Willow wollte so sehr daran glauben, als sie kurz ihre Sorgen in Arirs Armen vergaß.

Es war schon bald die Stunde der Lerche, als Arir sie aufforderte, sich schlafen zu legen. Sie waren vor einiger Zeit ins Haus gegangen, um ihre vom Regen nasse Kleidung zu trocknen, und hatten sich noch lange über Jack und auch andere Dinge unterhalten. Aber immer wenn das Gespräch auf Jack kam, war Willow nervös geworden, aufgesprungen und durch das Zimmer gelaufen. Schließlich hatten sie all die Aufregung, Angst und Sorge so erschöpft, dass sie sich kaum auf den Beinen halten konnte, trotzdem drehte sie noch weiter ihre nervösen Kreise vor dem Esstisch, neben dem sich Arir auf einem Stuhl niedergelassen hatte. Schließlich sprach er das Machtwort. Willow verschwand, sich ergebend, im Badezimmer und kam sichtlich erschöpfter zurück. Einige Wassertropfen lagen auf ihrer Haut. Sie glänzten wie Tau auf Rosenblüten. Arir half ihr die Leiter hinauf zum Schlafzimmer, sah gehorsam weg, als sie sich umzog, achtete aber bestimmend darauf, dass sie sich auch wirklich hinlegte. Als sie sich schließlich ins Bett kuschelte, wollte er sich verabschieden. Sie sah ihn flehend an. Er ergab sich:

»Gut, ich bleibe, bis du schläfst. Ich setze mich neben die Leiter.«

Dann blies er die letzte Kerze aus. Willow erschrak dabei. Sie hörte schleifende Geräusche, als er sich auf den Holzbalken niederließ, dann nur noch seinen regelmäßigen Atem. Willow versuchte zu schlafen, spürte die Leere neben sich; Szenen des Tages blitzten durch ihren Kopf. Die Schläge, die Gewalt. Die Angst war wieder da. Sie begann zu wimmern, nahm es nicht wahr. Tränen lösten sich aus ihren Augen. Kurz darauf stand Arir wieder an ihrem Bett. Eine Flamme loderte auf.

»Willow, was hast du?"

Sie sah ihn klagend an.

»Keine Angst, er kann dir nichts mehr tun. Ich bin da und passe auf dich auf. Ich setze mich an die Leiter, sodass er nicht heraufkommen kann.«

Er wandte sich ab, bevor er ihr Nachthemd genauer in Augenschein nehmen konnte, doch sie hielt ihn zurück. Ihre kalte Hand berührte sein Handgelenk.

»Bitte bleib bei mir«, bat sie mit schwacher Stimme.

Dann rutschte sie zur Seite und schlug die Decke zurück. Arir sah die Einladung, zögerte.

»Ich weiß nicht, ob das eine so gute Idee ist …«, begann er, doch Willow brachte ihn mit ihrem flehenden Gesichtsausdruck zum Verstummen. Sie bemerkte seine Unsicherheit. Er schien gehen zu wollen. Doch er tat es nicht, sondern rutschte neben Willow ins Bett. Sein Gesichtsausdruck war fragend. Sie nahm ihm die Lampe aus der Hand und stellte sie neben dem Bett ab. Sie ergriff seinen Arm und legte ihn um ihren Körper. Arir zog sie an sich und sie ließ sich wieder fallen.

»Beschütze mich«, flüsterte sie, bevor sie einschlief.

5   Ungeahnte Kräfte

Erste Sonnenstrahlen fielen ins Zimmer, als Willow aus dem Schlaf hochschreckte. Sie erschauderte. Ein schrecklicher Albtraum hatte sie heimgesucht: Jack, seine Schläge, die Gewalt … Verzweifelt blickte sie um sich, als sie Arir neben sich bemerkte. Sein Arm lag um ihren Bauch. Er hatte seinen Kopf weggedreht und schlief. Sie sah ihn lächelnd an, beugte sich liebevoll über ihn und drückte ihm einen Kuss auf die Wange.

Gerade in diesem Moment erklomm Jack die Leiter. Er hatte seinen Blutdurst an einem unschuldigen Reh gestillt und war nun wieder in Menschengestalt zurückgekehrt, nur noch mit verschwommenen Erinnerungen an die Nacht. Allein das Bild von Willow und Arir hatte sich wie mit Säure in seine Netzhaut gebrannt. Und bei ihm brannten alle Sicherungen durch, als er Willow Arir küssen sah. Er stieß einen schlimmen Fluch aus und stürzte vor. Mit zwei gewaltigen Sätzen war er am Bett und griff nach Willows Haaren, um sie daran herumzureißen. Doch ebenso schnell war Arir erwacht und auf die Beine gekommen. Und er zögerte keinen Moment. Er schlug Jack die Faust ins Gesicht. Jack stürzte zu Boden, schlitterte gegen die Wand. Sein Kopf sackte auf die Brust. Willow erwachte schreiend aus ihrer Erstarrung. Sie rutschte vom Bett und wollte zu ihm eilen. Doch sie zögerte. Arirs Schlag war hart gewesen, zu hart, um nur eine Freundin zu verteidigen. Steckte da mehr dahinter?

Sie sah ihm in die Augen. Er blickte zurück, leicht verunsichert, dann sicher. Der Goldene Hund würde über einen solchen Schlag nur lachen. Wie viel war davon in Jack?

Beide sahen gespannt auf ihn. Willow war stehen geblieben, unsicher, was geschah. Schließlich hob Jack seinen Kopf. Er lachte schrill. Sein Gesicht hatte nicht mehr viel von einem Menschen. Geifer floss aus seinem Maul, lange Schneidezähne blitzen hervor. Seine Augen funkelten giftig gelb. Eine kurze Pause – Kräftesammeln – und er sprang vor. Im Sprung streckten sich seine Glieder, Klauen zuckten und es war nicht mehr Jack, der sich auf Arir stürzte, sondern vielmehr ein Wesen halb Mensch, halb Tier.

Es zerriss ihn innerlich. Er wollte freundlich sein, er wollte lieben, doch immer wieder zerriss die Kette in seinem Inneren und das Ungeheuer brach hervor. Es wollte verletzen, es bellte, heulte, biss. Dabei zerriss es nicht nur seine Opfer, sondern ihn selbst. Er wollte es zurückhalten, doch ein falsches Wort, ein Blick zu unbedacht, brachte die Wut, zerriss das Gefängnis. Er konnte den Wolf in sich nicht mehr bändigen, er bemächtigte sich seines Ichs. Er heulte auf und sprang knurrend vor – als Ungeheuer.

Das Wolfswesen – nicht mehr in der goldenen Schönheit der eleganten Hundegestalt, sondern ein Mutant aus Mensch und Tier – stürzte sich auf Arir. Dieser fing die Wucht des Körpers ab und stemmte sich dagegen.

Scharfe Zähne bohrten sich in sein Fleisch und rissen ihm blutige Wunden in den Körper. Arir versuchte, das Maul von seinem Körper zu lösen, drückte den Hals des Tieres, versuchte, es zu ersticken. Es war ein stiller Kampf, der rasch ungleich wurde. Willow sah es deutlich und leicht darüber erschrocken: Arir, Krieger des Alten Stammes, war den Mächten, die sein Gegner in sich trug, nicht gewachsen. Zwar stemmte er sich immer noch kraftvoll gegen das Ungeheuer, aber seine Kraft nahm mehr und mehr ab, je mehr Blut seinen Körper verließ. Willow trat dazwischen. In Angst und Wut trat sie vor, sprang zwischen die Kämpfenden und schrie:

»Halt, hört auf!«

Und mit ihren Worten strich eine Druckwelle durch das Zimmer, ergriff den unmenschlichen Jack und stieß ihn gegen die Wand. Doch Willows Kraft war so gewaltig, dass Jacks Körper das hölzerne Hindernis zerschmetterte und hinausgeschleudert und in die Wand ein ungeheures Loch gerissen wurde. Das Haus erbebte. Auch Arir flog durch die Luft und blieb bewusstlos auf dem Boden des Zimmers liegen.

Willow brauchte einen Moment, um sich aus ihrer Erstarrung zu lösen. Sie schrie leise auf, wandte sich hier- wandte sich dorthin. Unentschlossen, nach wem sie zuerst sehen sollte. Kurz versuchte sie, das Ungeheuer zu entdecken, doch es war nirgends zu sehen. Es war verschwunden. Außer Gefahr stürzte sie zu Arir, der blutend am Boden lag. Sie berührte ihn kurz mit einem Finger, dann taten ihre Kräfte ihre Arbeit. Die Wunden verheilten und schließlich erwachte Arir. Benommen blickte er die Frau an, war verwirrt, sein Gedächtnis kehrte erst langsam zurück. Das Gebälk über ihnen knarrte bedrohlich.

Willow blickte nach oben, das Dach schwankte, einer wichtigen Seitenstütze beraubt. Die junge Frau begriff, riss Arir auf die Beine, zerrte ihn die Leiter herunter und stürzte mit ihm aus dem Haus. Kaum hatten sie es verlassen, als ein lautes Krachen und Rumpeln ertönte und die Hälfte des Daches auf das obere Zimmer stürzte. Willow verharrte abwartend, aber das Haus fiel nicht krachend in sich zusammen. Der Rest schien stabil zu sein. Sie führte Arir zu einem kleinen Obstbaum unweit des Hauses, in dessen Schatten sie sich niederließen. Arir hatte sich mittlerweile von seiner Verwirrung erholt. Nach und nach kam die Erinnerung zurück und er blickte auf das kleine Häuschen mit zerstörtem Obergeschoss. Er wusste auch wieder, dass nicht Jack oder er dies verursacht hatten, sondern die junge Frau neben ihm. Er rutschte ein wenig von ihr weg, Scham erfüllte ihn, dass es sie und nicht er gewesen war, die das Ungeheuer vertrieben hatte. Sie spürte seine Gefühle, wusste auch, dass sie stärker war als er. Es behagte ihr nicht, dass sie nun stärker war als derjenige, der ihr zu Hilfe gekommen war. Es kam ihr so paradox vor.

Verwirrt strich sie durch ihr Haar und sah schließlich auf ihre Hände. Sie sahen so klein und zerbrechlich aus und waren doch zu großer Kraft fähig. Sie streckte ihre Finger, eine Träne löste sich aus ihrem Auge und fiel leise in ihre Handfläche. Willow wollte die Faust darum ballen, als Arir ihre Finger stoppte. Sie hob ihren Kopf und sah ihn an. In seinem Blick war etwas Neues, und er lächelte schließlich etwas verlegen. Dann sah er wieder auf ihre Hände, seine Finger strichen über ihre zarten Fingerglieder, er blickte auf die Träne, die immer noch nicht zerlief. Arirs Augen funkelten ihr noch kurz entgegen, dann beugte er sich vor und küsste ihre Handfläche, auf der die Träne ruhte. Es war nur eine kurze Berührung, doch Willow erbebte innerlich. Ein warmes Kribbeln durchströmte ihre Hand und breitete sich über den Arm in ihrem ganzen Körper aus. Sie wusste nicht, was sie von dieser Berührung halten sollte. Was hatte sie zu bedeuten? Es kam ihr erst wie eine Art Ehrerbietung vor, aber war es nicht etwas anderes? Sie sah auf. Arir hatte sich wieder erhoben und sah sie an. Er ließ nichts an seiner Miene erkennen, nur ihre Hände hielt er weiterhin. Willow wollte etwas sagen, sich losreißen, schreien, etwas tun, als erneut ihre Hände ihre Aufmerksamkeit gewannen. Arir hatte fast unbemerkt ihre Finger gestreichelt, als sie aus ihrem Inneren heraus zu glühen begannen. Willow sprang auf und rief:

»Arir, was passiert mit mir?«

Er hatte sich ebenfalls erhoben und hielt immer noch ihre Hände, die zwar immer heller glühten, aber nicht heiß wurden.

»Willow, ich bin es nicht. Deine Kraft. Sie tut etwas.«

Die junge Frau sah erschrocken auf ihre Hände. Sie wusste nicht, was mit ihr geschah. Genauso wie vorher als sie die beiden Konkurrenten getrennt und den Kampf beendet hatte, war ihre Kraft stärker, als sie wusste. Und handelte von selbst.

Es wuchs ein Ornament Willows Arm hinauf, über ihre Schultern, bis zur Lilie auf dem Rücken mit den Weidenzweigen, um sich mit ihnen zu vereinen. Beim näheren Betrachten waren es kleine Weidenzweige, die sich frisch über ihre Haut züngelten. Schwarz im Ton, mit einem leichten, grünen Schimmern, wenn das Licht in bestimmter Weise darauf fiel, schön und natürlich. Und doch schämte sich Willow. Sie fühlte sich entstellt. Das Licht verebbte nicht, sondern gleichzeitig zog sich auch eine Linie mit einzelnen Verästelungen über Arirs Arm. Sie glitt seinen muskulösen Unterarm hinauf, um knapp unterhalb der Schulter stehen zu bleiben.

»Was hat das zu bedeuten?«, flüsterten beide.

»Spürst du etwas?«, fragte Willow.

»So etwas wie Stärke. Stärke, die ich nicht besitze.«

Dieses Mal übertrug Willow an Arir ihre Kraft, als sie stark war, um sie sich wieder zu holen, wenn sie sie brauchte. Sie musste niemanden mehr berauben, wie sie es einst bei Jack getan hatte. Arirs Seele blieb unangetastet. Er war ein Gefäß, das bewahrte.

»Und was machen wir jetzt?«, fragte Willow.

Arir überlegte kurz, dann zuckte er mit den Schultern und meinte:

»Sehen wir nach, wie es um euer Häuschen steht. Es scheint mir weiterhin stabil zu sein. Essen wir etwas und packen das Nötigste zusammen, dann machen wir uns auf den Weg in die Höhlen der Zeit. Vielleicht wissen die anderen, was wir mit Jack machen sollen.«

»Wie wir ihm helfen können«, erwiderte Willow.

»Ja, genau richtig.«

Arir lächelte verlegen. Es war ihm deutlich anzusehen, dass sich seine geringe Meinung über Jack weiter verschlechtert hatte. Aber bei dem, was Jack getan hatte, war das nicht allzu verwunderlich.

»Und vielleicht weiß jemand auch etwas zu …«

Sein Blick fiel auf ihren Arm mit den grazilen Ornamenten. Willow folgte seinem Blick, sah die Linien auf seiner Haut und erschrak:

»Arir, verschweigen wir das bitte zuerst. Es …« Sie verstummte, aber er verstand trotzdem.

Die Tatsache, dass sie beide dasselbe Ornament besaßen, das sie auf eine noch unklare Art und Weise verband, war bereits für sie verwirrend. Wie würde es dann erst auf die anderen wirken? Und es stellte etwas in den Raum, das zwar immer deutlicher wurde, aber sich beide nicht eingestehen wollten. Zumindest jetzt noch nicht.

Kurz hingen beide ihren Gedanken nach, dann blickte Willow auf und sah Arirs versteinerte Miene. Sie ergriff seine Hand. Er erwiderte ihren Blick. Als sich ihre Finger berührten, wuchs erneut ein Ornament auf ihren Armen. Im Geäst der Weidenzweige erblühte jeweils eine kleine, grazile Rose. Zuerst starrten beide erschrocken darauf, dann lächelte Willow. Arir tat es ihr gleich, schließlich lachten beide. Es war ein Lachen über ihre Situation, über ihre völlige Unwissenheit.

6 Zerstört

Willow und Arir betraten das Häuschen. Es sah verloren aus. Leer, ohne Leben. Ohne sein stolzes Dach, das jetzt schief und krumm auf den Seitenstützpfeilern ruhte. Als Arir die Tür schloss, schien es Willow, als wäre sie in einem Gefängnis, und dann war es doch mehr ein Kokon, ein Ort der Intimität, in dem die Ansprüche, Wünsche und Erwartungen von außen ausgeschlossen und sie beide für sich allein waren. Das Licht, das aus dem gefallenen Dach floss, war wie ein goldener Strom, der die Luft durchwanderte. Es war schummrig, als wäre der Raum in Kerzenlicht getaucht. Holz knarrte wie in einem romantischen Kaminfeuer. Vogelgesang erklang in der Ferne. Arir und Willow kamen sich nahe; ihre Schultern berührten sich.

Ein lautes Knarren erklang. Willow zuckte zusammen. Mit einem Schlag war das Licht düster und tückisch, Zacken bohrten sich aus Schatten. Wind heulte, Holz ächzte. Funktionslose Bretter lagen herum, ein Stuhl war umgestoßen, eine Wasserlache nässte den Boden. Eine Spinne lauerte im Licht.

Hilflos sah sich Willow um. Arir blieb zurück, während seine Augen über die Konstruktion des Hauses wanderten, um mögliche Gefahren zu erkennen. Trotz des eingestürzten Daches waren die Seitenwände des Hauses stabil. Nur das Zimmer oben schien nicht mehr sicher zu sein. Willow seufzte, traurig über die Zerstörung, dann wandte sie sich der Leiter nach oben zu. Arir folgte ihr mit seinem Blick. Als sie eine Sprosse ergriff, stieß er aus:

»Was hast du vor?«

Willow drehte sich zu ihm um und meinte tonlos:

»Ich versuche, etwas von meiner Kleidung und meinen Habseligkeiten zu retten.«

Damit setzte sie den rechten Fuß auf die unterste Sprosse.

»Nein!«, schrie Arir fast hysterisch.

Willow sah ihn verwirrt an. Er erkannte, dass er zu stark reagiert hatte, und dämpfte seine Stimme:

»Die Konstruktion ist nicht mehr sicher.«

Willow stieg trotzdem auf die Leiter und rüttelte daran, sie wackelte nicht und auch das oben liegende Zimmer blieb ruhig.

»Mich wird sie schon halten«, erwiderte sie und schwang sich auf den Holzboden.

Das Holz knarrte leise, bebte aber nicht. Die junge Frau sah sich um; oben war es beengt, da das Dach zur Hälfte herabgestürzt war. Das Bett – Willows und Jacks gemeinsame Ruhestätte – war zerstört. Zacken der Holzkonstruktion ragten aus einem Chaos von zerfetzten Stoffen, Fellen und Holzteilen. Willow wandte sich ihrer Truhe zu. Sie stand noch immer unversehrt da, als wäre nichts geschehen. Sie ergriff sie und reichte sie Arir nach unten. Er nahm sie auf der Hälfte der Sprossen entgegen und blieb mit ihr auf den Armen am Fuße der Leiter stehen. Willow wollte wieder heruntersteigen, als ihr Blick auf Arirs kurzärmeliger Festrobe fiel. Dann wandte sie sich noch einmal ab und verschwand im Chaos.

»Willow, was tust du?«, fragte Arir, doch es kam keine Antwort.

Einige Minuten blieb es still bis auf ein Holpern und Knarren – und Arirs unruhiges Scharren mit dem Fuß. Schließlich stieg Willow die Leiter wieder herunter und sie konnte Arirs Erleichterung auf seinem Gesicht ablesen.

Sie trug ein dickes Bündel Stoffe. Dieses legte sie auf dem kleinen Tisch vor der Liege nieder. Arir tat es ihr gleich und stellte die Truhe daneben. Willow öffnete sie und wühlte sich durch eine Schicht Kleider. Sie waren größtenteils aus der kostbaren Seide der Nymphen. Das Leinenkleid, das sie den letzten Tag getragen hatte, war unter einem Trümmerhaufen begraben. Sie suchte etwas Funktionales. Die Seidenkleider, die sie gern im Zusammensein mit Jack getragen hatte, waren zu fein und empfindlich für die Zeit, die kommen würde. Das Spitzenkleid, das sie noch von der Nacht trug, zeigte ihr zu viel und war unpraktisch. Während der Suche im Chaos war sie an einen toten Rosenzweig geraten und hatte ein Loch in den Stoff gerissen. Schließlich wurde sie fündig. Das braungrüne Kleid aus festem, robustem Leinen, das sie einst von den Kentauren erhalten hatte. Es war gewaschen und ausgebessert worden. Arir sah sie an, als sie es aus der Truhe zog. Willow dachte, es war genau das Richtige. Schön, angenehm zu tragen und dabei äußerst beständig.

»Ich ziehe mich schnell um«, meinte sie. »Ich glaube, das passt für unsere Reise.«

Arir antwortete ihren Worten mit einem Lächeln.

Er überprüfte die Vorräte, während Willow sich wusch und umzog. Als sie im Kleid des Waldes erschien, hatte er die verbliebenen Lebensmittel zusammengesammelt und ein schnelles Mahl bereitet. Es bestand aus trockenem Brot und Resten eines Gemüseeintopfes. Beides stand in zwei Tellern auf den Tisch. Als Reisevorrat hatte er das restliche Brot, Fleisch, Obst und Wasser eingepackt, insgesamt reichte es wohl für zwei Mahlzeiten, aber sie konnten auf der Reise zu den Höhlen der Zeit auch vom Nektar der Blumen essen und Wasser aus frischen Quellen trinken, da ihr Weg sie durch Sirarin führen würde. Er stellte den Proviantsack neben dem Tisch auf den Boden und setzte sich auf die Liege. Er ergriff die Teller und reichte Willow einen davon, die immer noch neben Tisch und Liege stand und gerade einem Déjà-vu erlag. Die Situation erinnerte sie ungemein an den letzten gemeinsamen Abend, den sie mit Jack vor ihrer Krankheit verbracht hatte. Als sie in der Stadt geholfen hatten und sie so erschöpft gewesen war, dass Jack sie gefüttert hatte. Sie dachte an ihr Lachen, an die Küsse, an ihr Glück, und eine ungeheure Traurigkeit breitete sich in ihrer Brust aus. Dann setzte sie sich schließlich neben Arir auf die Liege. Nicht in der früheren Intimität, die sie mit Jack erlebt hatte, sondern mit mehr Abstand und in bedrückter, trauriger Stimmung. Willow sah zu Arir hinüber, der einen ersten Bissen nahm und sie zögerlich ansah. Sein Blick schien über ihren Körper zu wandern, dann sah er wieder auf seinen Teller. Willow war sein verstohlener Blick auf ihren Körper nicht entgangen. Sie musterte ihn ebenfalls und dachte an seinen

Kentaurenkörper zurück, an diesen stolzen, aber auch geschundenen Körper. Nun neben Arir als Mensch oder genauer gesagt als Mann zu sitzen war eine ganz andere Erfahrung. Willow spürte, wie sich ihr Herzschlag beschleunigte, und sie wandte ihren Blick ab. Sie begann nun ebenfalls zu essen und blieb still, bis beide fertig waren.

»Wie erging es dir in den Höhlen der Zeit?«, fragte Willow, nun Arir zugewandt.

Er lächelte und begann zu erzählen:

»Sehr gut. Immerwährende Wärme, Licht und Ruhe. Lebende Natur, unbefleckt. Süße Melodien von Paradiesvögeln. Köstliche Speisen. Keine Sorgen, kein Schmerz, kein Leid. Nur Frohsinn, Freude und Lachen. Und die allgegenwärtige Gegenwart der Einhörner, die wir pflegen, umsorgen und verehren.«

»Es klingt nach einem Paradies.«

»Ja, so könnte man es nennen.«

Arir nickte. Willow meinte in Gedanken versunken:

»Auch ich hatte fast ein Paradies – mit Jack.«

»Ich habe es dir so sehr gewünscht.«

Seine Augen wurden sanfter, er berührte ihre Hand. Willow sah ihn dankbar an, verharrte kurz, dann gab sie sich einen Ruck.

»So, lass uns mal sehen, ob wir unseren Schmuck verstecken können.«

Sie lachte und stand auf. Die junge Frau öffnete die Truhe und fand bald etwas Geeignetes. Eine dünne, feine, dunkelgrüne Jacke, die sie anzog. Nun waren die

Ornamente fast völlig verdeckt. Sie war zufrieden. Ihren wärmenden Umhang ergriff sie außerdem und legte ihn zum Proviantbeutel. Dann band sie sich ihre Sandalen und kümmerte sich darum, dass auch Arirs Schmuck unsichtbar wurde. Dafür griff sie nach dem Stoffbündel, das sie zuvor auf den Tisch gelegt hatte.

»Sieh, Arir. Hier sind einige Kleidungsstücke, die die Dorfbewohner Jack geschenkt haben. Sie waren ihm zu groß; somit hat er sie nie getragen. Vielleicht passt dir etwas davon.«

Arir erhob sich und sah auf das Bündel in Willows Armen. Willow zog das erste Stück heraus. Es war ein kurzärmeliges Hemd – und nicht geeignet. Sie sahen den Stapel durch, bis sie sich für eine edel geschnittene Uniformjacke entschieden. Sie passte zur Festrobe und verdeckte das ganze Ornament. Beide waren zufrieden und lächelten. Willow griff noch einmal in die Truhe. Ganz unten, geschützt, in ein weißes Seidentuch gewickelt, lag der Stirnschmuck mit den grünen Edelsteinblättern. Das Diadem der Herrin. Arir hatte es ihr einst gegeben. Willow wollte es herausnehmen, aber Arir ergriff es vor ihr. Die junge Frau verstand und senkte ihr Haupt. Arir krönte sie vorsichtig. Der Schmuck funkelte auf ihrer Stirn, als sie den Kopf hob, und kurz blitzte sattes Grün in ihren seeblauen Augen auf.

»Herrin«, tönte Arirs Stimme und er neigte leicht den Kopf.

Willow lächelte verlegen und ein roter Schimmer entbrannte auf ihren Wangen.

»Bitte nenn mich nicht so«, brachte sie hervor.

»Die Bezeichnung verwirrt mich immer noch. Ich kann mich sehr gut daran erinnern, als du mich das erste Mal so genannt hast: verborgene Herrin. Ich war so verwirrt, da ich es zuvor erst von der Prinzessin Psyche gehört hatte.«

»Das wusste ich nicht.«

»Kannst du dir vorstellen, wie mir zumute war? Jeder warf mit solchen Bezeichnungen um sich, aber niemand erklärte sie. Woher wusstest du es? Ich habe davor noch nie davon gehört.«

»Der Mythos der Herrin war uns lange bekannt. Sie ist unsere Mutter.«

»Das verstehe ich nicht. Ich bin doch eine Metamorphorierin, also ein Kind vom Alten Stamm, von Miral und Arir.« Sie verstummte und sah scheu auf.

Aus ihrem Mund klang es so bedrohlich.

»Es stimmt, dass wir euch Metamorphorier einst erschufen; es war eine … Geistesanstrengung. Wir sind nicht im biologischen Sinne eure Eltern.«

»Ich verstehe nichts mehr. Ihr müsst viele Jahrtausende alt sein, aber ich noch viel mehr.«

Willow verstummte, den Tränen nahe.

»Ja, du bist die Herrin.«

»Aber, ich bin doch erst 18 Jahre alt. Ich verstehe das nicht.«

»Du trägst zwei Personen in dir.«

»Heißt es, dass irgendwann die eine Seite die andere besiegen wird?«

Arir lächelte aufmunternd.

»Nein. Komm, lass uns gehen. Ich erzähle dir gern alles

über die Legenden, doch hier sollten wir nicht bleiben. Die Bestie kann jeden Moment zurückkommen.«

So selbstverständlich nahm Arir das Wort Bestie in den Mund. Willow dachte ängstlich: Wird es bei mir auch einmal nur noch Herrin heißen? Wird dann Willow verschwunden sein? Und war Jack schon verloren? Arir ergriff die Decke, die auf der Liege lag, faltete sie zusammen und steckte sie mit Willows Umhang in den Proviantbeutel.

»Hast du alles?«, fragte er.

Willow nickte, dann wandte sie sich noch einmal zur Truhe um. Sie kramte kurz herum, dann zog sie ein goldenes Amulett, das an einer silbernen Kette hing, heraus. Es hatte eine ovale Form und war mit Ranken verziert. Arir sah es fragend an und Willow öffnete es gedankenverloren. Zwei kleine Porträts kamen zum Vorschein. Ihr Vater, ihre Mutter. In glücklichen Zeiten. Beide lächelten sie an und in ihren Augen war noch nicht der Schmerz, das Leid und die Angst zu sehen, die der Krieg gebracht und Willow so oft wahrgenommen hatte. Willow starrte stumm darauf, bis Arir ihre Hand berührte und sich das Amulett in die Hände legen ließ.

»Deine Eltern …«, begann er und verlor sich in seinen Gedanken.

Willows Vater – ein stattlicher Mann. Noch voller Freude und Glück und mit Güte in den Augen. Die Mutter war eine schöne Frau mit feinen Gesichtszügen, wallendem Haar und sinnlichen Lippen. Und unergründlich tiefblauen Augen, die nach Wahrheit suchten. Verstohlen sah Arir Willow an und fand so viele Ähnlichkeiten.

»Sie waren die Besten«, brachte Willow hervor, bis ihre Stimme erneut erstarb. Ihre Augen schimmerten feucht.

Arir nahm ein Zittern in ihrer Stimme wahr, sah das feuchte Schimmern in ihren Augen.

»Sie sind immer bei dir«, flüsterte er, schloss behutsam das Amulett und legte es ihr um den Hals.

Dabei berührte er sie sanft, und als er ihre ersten Tränen sah, umarmte er sie. Kurz ruhte sie an seiner Brust aus, schluchzte einmal tief – der Schmerz, der dadurch deutlich wurde, zerriss sein Herz. Dann löste sie sich wieder von ihm und sah ihn mit großen, immer noch nassen Augen an. Arir lächelte und beugte sich zu ihr herunter, als er Tränen auf ihren Wangen glitzern sah. Er zögerte kurz, dann ergriff er ihr Kinn.

»Arir«, brachte sie stockend hervor.

Er küsste ihre feuchte Wange, küsste ihre salzigen Tränen fort. Sein warmer Atem strich kurz über ihre geschlossenen Lider und ließ sie zittern, als er ebenfalls die andere Wange küsste. Kurz verharrten seine Lippen auf ihrer frischen Haut, dann zog er sich zurück und löste seine Hand von ihrem Kinn. Willow öffnete ihre Augen und sah ihn an. Dieses Mal sah sie kein beschämtes Lächeln, keine Unsicherheit in seinen Augen, sondern er sah sie direkt und klar an. Bevor sich zwischen ihnen ein peinliches Schweigen ausbreiten konnte, meinte er:

»Gehen wir.«

Willow nickte und nun brachen sie wirklich auf. Arir trug den Beutel über den Schultern und öffnete die Tür.

Willow schritt hindurch und wandte sich draußen noch einmal um. Einen letzten Blick warf sie auf das Haus, das kurz ihr Heim gewesen war – der Ort ihrer jungen Beziehung mit Jack. Nun war es leer, zerstört, tot. Arir ließ ihr Zeit, bis sie sich von selbst abwandte und ihre Reise antrat.

7 Erneute Reise

Zu Beginn ihres Marsches waren beide betrübt und still. Sie kämpften sich durch das hohe Sommergras, dann erreichten sie einen mit großen Steinen gepflasterten Weg und kamen leichter voran.

»Wir werden morgen Mittag in den Höhlen der Zeit sein.«

Willow nickte nur. Sie wusste, dass sie ganz Sirarin durchqueren mussten und diesmal zu Fuß. Ohne die Flügel eines Pegasus.

»Wie bist du so schnell zu mir gekommen?«, fragte sie verdutzt.

Arir lachte und antwortete:

»Tja, ein wenig Magie habe ich noch – trotz Ruhestand.«

Willow lachte ebenfalls und erwiderte:

»Und warum nutzen wir die jetzt nicht?«

»Du bist momentan nicht in Gefahr. So wie du einige Kräfte nicht selbstständig einsetzen kannst, verfüge ich über bestimmte Fähigkeiten nur, wenn jemand in Gefahr ist.«

Und so gingen sie weiter. Sie unterhielten sich über die unterschiedlichsten Dinge, ihr Leben in Morana, über ihre Eltern, über sein Leben als Kentaur. Als sie schließlich durch die ersten Wälder Sirarins schritten, sagte Willow zu Arir:

»Weißt du, dass ich mich geehrt fühle, mit dir zu reisen?«

»Wie meinst du das?«

Willow lächelte ihn an und zwinkerte.

»Ich gehe hier mit einem Volkshelden. Über dich wurden Lieder gesungen.«

Arir schmunzelte amüsiert, dann gab er freudig zurück:

»Du kannst dich wirklich glücklich schätzen, von mir eine Privataudienz erhalten zu haben. Normalerweise muss man dafür sechs Monate warten.«

Willow lachte.

»Irgendwie werden wir albern.«

»War das nicht der Sinn der Sache?«, fragte Arir augenzwinkernd. Willow sah ihn ernst an und erwiderte:

»Zum Teil schon. Andererseits ist es für mich doch ein komisches Gefühl. Vor nicht allzu langer Zeit war ich ein einfaches Mädchen, und nun kenne ich meine Erschaffer, bin allen Großen dieser Welt begegnet.«

»Und selbst zur Heldin geworden.«

»Ja, und selbst zur Heldin geworden. Und dabei bin ich doch nur …«

Arir unterbrach sie:

»Du bist nur die Schöpferin der Natur und Herrin dieser Welt.«

»Ja, natürlich. Und genau das verwirrt mich und macht mir Angst.«

Sie sah ihn flehend an. Sie versuchte, ihm klar zu machen, wie wichtig ihr diese Sache war, indem sie es wieder ansprach. Sie wollte, dass er einsah, dass er es nicht mehr aufschieben konnte. Sie wollte, brauchte Erklärungen. Er nickte, dann zog er sie mit sich vom Steinpfad, der durch einen dichten Blumenwald führte, und sie gelangten nach einiger Zeit zu einer kleinen Lichtung, auf der zwei große Steine lagen. Auf dem einen ließ er sich nieder, den anderen nahm Willow für sich. Dann begann er:

»Willow, ich verstehe, dass du verwirrt bist. Ich kann es nachvollziehen, auch wenn es mir nicht so ging mit meiner Persönlichkeit. Als ich geschaffen wurde – schon erwachsen, eine Kindheit hatte ich nie –, wusste ich, wer ich war. Ich war Arir, der Krieger des Alten Stammes. Meine Aufgabe war es, über ein Land Ayins zu herrschen, darin Lebewesen zu erschaffen und das Gute in der Welt zu fördern. Zu schützen und zu bewahren. Ich kannte mein Ich von Beginn an. Bei dir ist es anders. Du bist als Mensch aufgewachsen. Und erst langsam zeigt sich, wer du bist.«

Willow unterbrach ihn:

»Wer ich bin? Wie kann ich die Herrin sein, die dich und den Alten Stamm geschaffen hat, wo ich doch Mensch bin und erst seit knapp zwei Jahrzehnten existiere?«

»Ich weiß, es ist etwas kompliziert. Das Wissen über die verborgene Herrin habe ich aus alten Liedern, die früher in ganz Ayin verbreitet waren. Nun kennt sie nur noch der Alte Stamm. Dort heißt es, dass die Einhörner eine Macht erschufen, die die Mutter aller werden sollte. Es war in den ersten Augenblicken Ayins, und sie trug so viel Energie in sich, dass sie die Natur und den Alten Stamm erschuf. Ich weiß, ich sagte dir einst, dass uns die Einhörner aus ihrem heiligen Atem erschufen. Sie spendeten den Atem, die gestaltende Kraft war aber die Herrin. Sie formte uns und sandte uns mit unserem Auftrag nach Ayin. Und dort schufen wir die verschiedenen Wesen der einzelnen Länder; die Natur schuf sie. Danach verschwand sie. Niemand wusste, wohin. Und sie blieb verschwunden. Und so wurde verborgen ihr eigentliches Charaktermerkmal, da man sonst nichts von ihr wusste, sie nie gesehen hatte. Es hieß, sie sollte sich in ihrer Schöpfung aufgehalten haben, einige sahen sie in der Gestalt von Bäumen. Zeitweise sogar in Weiden.«

»In Weiden?«

»Ja, es entwickelte sich vor Hunderten von Jahren ein Weidenkult.«

»Weidenkult?!«

Arir lächelte, Willows verdutzter Blick amüsierte ihn.

»Du hast richtig gehört. Es gab Feste, Rituale und Gebete, um der Weide zu huldigen. Damals kam nämlich der Gedanke auf, dass die Herrin als ersten Baum die Weide erschaffen hatte und sich als ihre Ruhestätte diesen Baum ausgesucht haben könnte. Ich finde, es war ein schöner Kult. Friedlich und in voller Ehrfurcht vor der Natur. Auch die Kentauren haben ihn zeitweise betrieben. Die Zeit brachte Veränderungen mit sich und bald wurde anderes wichtiger als die Natur.«

»Du hast den Kult miterlebt?«

»Ja, es war gerade eine sehr friedliche Zeit. Ich zeige dir gern mal einige Rituale.«

Arir sah sie freudig an. Willow wurde rot. Irgendwie war ihr das ganze Gerede vom Weidenkult peinlich.

»Nun ja«, brachte Arir seine Erzählung zum Ende.

»Es ist nicht verwunderlich, dass die Herrin in dir erwacht. Du bist eine Metamorphorierin, die sich in eine Weide verwandeln kann. Das ist doch sehr treffend.«

»Dann bin ich eigentlich nur ihr Gefäß und sie übernimmt meinen Körper«, meinte Willow traurig. Arir sah sie erschrocken an und erwiderte:

»Nein, das verstehst du falsch. Du bist sie. Hast du jemals von einem Metamorphorier gehört, der sich auch in einen Baum verwandeln konnte?«

Willow schüttelte den Kopf.

»Richtig, es gibt keinen außer dir. Du musst nämlich wissen, dass Miral und ich es so angelegt hatten. Metamorphorier sollten sich nur in Tiere verwandeln, um somit auch eine Verbindung zum Tierreich zu knüpfen. Bäume waren bei uns nicht geplant. Doch du bist eine Weide. Die Herrin hat beschlossen, wieder aus dem Verborgenen hervorzutreten, und wählte die Gestalt eines Menschen, der sich in einen Baum verwandeln kann. Damit will sie auch die Verbindung zwischen Mensch und Pflanzenwelt wieder erneuern.«

»Aber warum weiß ich das alles nicht? Wäre ich die Herrin, würde ich doch meine Entscheidungen kennen.«

»Willow, weißt du noch, als Miral eine Katze war?«

»Ja, natürlich.«

»So ähnlich ist es mit dir. Miral hatte als Katze fast ihr ganzes Wissen verloren. Nun wählte die Herrin die Gestalt des Menschen und seinen normalen Lebenskreislauf. Damit ist die Geburt, das Kindsein eingeschlossen. Die Phasen des Lernens und der Unwissenheit. Du musst erst wieder lernen, wer du bist.«

Willow schüttelte den Kopf:

»Ich wüsste so gern, warum sie das getan hat. Für mich ergibt das keinen Sinn.«

Arir hob fragend die Schultern und meinte:

»Das kann ich dir leider auch nicht sagen. Aber vielleicht erfährst du es einmal von dir selbst.«

Sie machten sich wieder auf den Weg. Arir hatte ihr gesagt, dass er schnell vorankommen und somit möglichst viele Meilen zwischen sie und Jack bringen wollte. Er glaube zwar nicht, dass sie verfolgt würden (hätte der Goldene Hund es getan, wäre er schon längst auf sie gestoßen), trotzdem wolle er sichergehen. Zudem freue er sich darauf, ihr die Höhlen der Zeit zu zeigen. Er sei sich sicher, dieses Paradies würde ihr guttun. Zudem würden die anderen bestimmt schon warten – schließlich war er ohne ein Wort verschwunden.

So marschierten sie den restlichen Tag ohne Zwischenfälle, meist mit fröhlichen Gesprächen, aber es gab auch Phasen, in denen sich Willow zurückzog und in trauriges Schweigen hüllte. Das Vergangene ließ sie nicht los und holte sie immer wieder ein. Schließlich neigte sich der Tag dem Abend zu und Arir machte sich Gedanken um einen Schlafplatz.

»Was hältst du davon, wenn wir uns für die Nacht einen Schlafplatz suchen?«, fragte er Willow. »In der Nähe müsste ein Gasthaus sein.«

Sie sah ihn aus ihrer Versunkenheit heraus an. Bilder eines überfüllten Schankraums kamen ihr in den Sinn; stickige, kleine Zimmer. Sie schüttelte leicht den Kopf und sah in den Himmel. Er war wolkenlos und klar, das

tiefe Schwarz der Nacht zog schon auf und die Sonne
sandte ihre letzten Strahlen. Kein Wind wehte, die Luft
war noch warm vom Sonnentag.

»Ich würde sehr gern draußen schlafen. Im Wald, zwischen den duftenden Blumen, auf einer Lichtung mit
dem Gesang der Vögel. Ich habe die Natur vermisst und
möchte gern einmal wieder unter freiem Sternenhimmel
einschlafen.«

Arir sah sie kurz etwas irritiert an, dann breitete sich
ein Lächeln auf seinem Gesicht aus. Er nickte zustimmend. Und so lenkte er ihren Weg in den Wald hinein,
auf der Suche nach einem geeigneten Schlafplatz.

8   Die Liebenden

Schließlich erreichten sie eine kleine Lichtung. Ein bisschen Gras, etwas Moos, einige Steine. Dicht daneben ein Gewässer, gespeist aus einer unterirdischen Quelle. Umgeben von tiefblauen Nachtschattengewächsen. Die Blütenkelche der Blumen neigten sich, schon schwer, zu den letzten Strahlen der Sonne, um im Schatten in einen tiefen Schlaf zu versinken. Arir winkte Willow einladend heran und sie betrat zufrieden den lieblichen Ort. Beide setzten sich auf Felsen, die dicht neben dem Wasser lagen.

»Das ist doch ein schönes Plätzchen«, meinte Arir.

Willow nickte nur, sie war wieder still. Sie musste an ihr Abenteuer mit Jack denken, als sie sich in das Land der Schönheit geflüchtet und schließlich an einer ähnlichen Lichtung Rast gemacht hatten. Doch damals war es anders gewesen. Die Lichtung war viel größer, weiter und ausladender gewesen. Hier war es … Sie wusste nicht, wie sie es bezeichnen sollte. Mythischer – das Blau der Blumen und des Wassers schufen ein besonderes Licht – magischer und erotischer. Allein der Ort ließ ihre Haut erzittern. Er wirkte so intim und das obwohl es noch einigermaßen hell war. Sie fürchtete sich davor, wie es in völliger Dunkelheit sein würde. Doch sie sagte nichts, obwohl sie glaubte, den Ort verlassen zu müssen. Doch dann erfasste sie die Magie des Ortes und sie blieb, weil sie es wollte.

Arir hatte sich weniger dem Ambiente gewidmet, sondern das Essen ausgepackt. Es war nicht viel: das restliche Brot, getrocknetes Fleisch, Wasser. Er reichte Willow ein Stück Brot und einen Streifen Fleisch. Dabei lächelte er sie, um Verzeihung bittend, an.

»Leider ist es ein kärgliches Mahl, aber morgen kannst du dich in den Höhlen der Zeit satt essen.«

Willow ergriff die dargereichte Speise und biss vorsichtig in das Brot.

»Kein Problem, ich bin an karges Essen gewöhnt. In der letzten Zeit ist mir für eine ordentliche Mahlzeit nie Zeit geblieben.«

»Dann sollst du morgen nur das Beste bekommen. Ich möchte nicht, dass dein Körper nur ein Gramm verliert. So schön, wie du bist.«

Willow hatte sehr wohl seine Betonung auf schön gehört und spürte auch, wie sein Blick kurz über ihren Körper strich, aber sie ging nicht darauf ein, sondern verzehrte schweigend ihr Mahl. Arir tat es ihr gleich und reichte ihr anschließend den Wasserschlauch. Sie nahm einen Schluck, dann trank er. Schließlich holte Arir noch zwei Früchte hervor. Es waren süße Merolbeeren. Faustgroß, mit roter Schale und goldenem Fruchtfleisch. Willow wusste gar nicht, dass sie solche in ihrem Haus gehabt hatte. Es waren seltene Früchte, aus den fruchtbaren Ebenen der Mairquelle. Arir lächelte und versprach:

»Ein Vorgeschmack auf morgen.«

Und damit brach er eine Frucht auf. Er tat es vorsichtig, aber mit festem Griff. Das Öffnen dieser Frucht bedurfte etwas Fingerspitzengefühl, wenn man sie nicht zerdrücken wollte. Doch Arir gelang es, die Beere meisterhaft zu öffnen, dann entfernte er die drei mandelgroßen Kerne aus ihrer Mitte.

»Hier, iss.«

Willow nahm die Merol entgegen. Das Fruchtfleisch leuchtete im Licht der untergehenden Sonne. Sie roch daran und der süßliche Duft kitzelte in ihrer Nase. Vorsichtig biss sie hinein und ihr Mund fing gierig den süßen Saft auf. Das Fruchtfleisch war zart und schmeckte köstlich. Langsam und genussvoll aß sie die Frucht. Als sie fertig war, sah sie auf. Arir hielt ihr auch das zweite Stück hin.

»Iss ruhig.«

Sie wollte ablehnen, doch dann war ihre Gier stärker. Er sah ihr glücklich zu, während sie das zweite Stück genussvoll verspeiste. Dann ergriff er die zweite Frucht und hielt sie ihr fragend hin:

»Möchtest du die zweite auch noch?«

Willow lehnte ab. Sie wollte mit so etwas Kostbarem nicht übertreiben, sonst wurde es allzu schnell alltäglich.

»Morgen.«

Arir nickte und packte den Proviantbeutel zusammen. Dann sah er Willow an. Sein Blick fiel auf ihre Lippen. An ihnen klebte noch der goldene, süße Saft. Kurz neigte er sich vor. Er wollte ihren Mund trocken küssen, doch er bremste sein Unterfangen so schnell, bevor sie etwas ahnen konnte. Dann war der Zauber vorbei, sie fuhr sich mit den Fingern über den Mund und nahm ihm die Versuchung.

Beide saßen nun still auf den Steinen und beobachteten, wie die Sonne mit ihren letzten Strahlen unterging.

Die Lichtung wurde in ein mythisches Licht getaucht. Dunkel, aber nicht Furcht einflößend, sondern beruhigend. Der Sternenhimmel erstrahlte und reflektierte sein Licht im kleinen Gewässer, das etwas Dunst den Himmel emporschickte wie Engelsstaub. Willow genoss die Schönheit um sich herum und musste gähnen. Arir sah es mit einem Lächeln. Er stand auf und zog die Decke aus dem Proviantbeutel.

»Ich glaube, es wird Zeit für das Nachtlager. Die letzte Nacht war kurz.«

Damit breitete er die Decke auf einer freien moosbewachsenen Stelle aus.

»Komm«, forderte er Willow auf, sich auf die Decke zu setzen.

Sie tat es und wartete darauf, dass er ebenfalls Platz nahm. Doch er tat es nicht, sondern hielt ihr die andere Seite als Zudecke hin.

»Nein, nein, dann hast du keine Decke«, wehrte Willow ab.

»Es macht mir nichts aus, aber du mit deinem Kleid wirst schnell frieren.«

Willow lächelte, dann griff sie nach hinten in den Proviantbeutel und zog ihren Umhang heraus.

»Dies eignet sich viel besser zum Zudecken. Setz dich mit auf die Decke.«

Arir folgte ihr und nahm ihr Kleidungsstück in Augenschein. Der Umhang war groß. Er könnte möglicherweise für sie beide reichen.

»Er hat mir schon öfter gute Dienste erwiesen.«

Willow dachte dabei an die Nächte, die sie mit Jack

verbracht hatte. Damals waren sie aber eng aneinandergedrängt gewesen. Ob es nun für sie beide reichen würde?

»Ist es ein magischer Umhang?«, fragte Arir. »Einer, der wärmt und auch kühlt?«

Willow nickte bejahend.

»Es ist ein schönes Stück. So einen habe ich schon lange nicht mehr gesehen.«

Mit diesen Worten warf Arir den Umhang über sie beide. Er reichte fast. Arirs Seite war leicht unbedeckt, aber auch nur, weil er Willow geradezu einpackte. Umhüllt, die sanfte Wärme des Stoffes genießend, lag sie lächelnd neben ihm und sah ihn an. Dann bemerkte sie, dass der Stoff nicht ganz reichte, und ihr Blick wurde besorgt. Sie protestierte:

»Du hast keine Zudecke.«

»Keine Sorge, mir ist noch nicht kalt. Wenn es später der Fall sein sollte, hole ich mir meinen Anteil«, erwiderte er augenzwinkernd.

Er sah sie kurz an, dann blickte er hinauf in den Sternenhimmel. Willow nutzte die Stille, um Arir ausführlich zu betrachten. Kurz dachte sie dabei an ihre früheren Begegnungen – als er noch ein Kentaur gewesen war. Schon damals hatte sie etwas gespürt, eine Empfindung, doch sie war an der Unmöglichkeit gescheitert. Nun …

Es war ein merkwürdiges Gefühl, dass er hier so nah neben ihr lag. Sie fühlte sich eigenartig, es kribbelte in ihrem Inneren, ihr Herz schlug schnell und unruhig. Sie war sich ihres weiblichen und seines männlichen Körpers bewusst. Ja, genau das war es. Es war Arirs Männlichkeit. Sein Körperbau, die Muskeln, die sich unter seiner Kleidung abzeichneten. Seine staatliche Figur, die Erhabenheit, die er ausstrahlte. Seine großen Hände, die sie so angenehm umfassen konnten. Sein Gesicht mit den weichen, aber auch markanten Zügen, sein Kinn, auf dem bereits vereinzelte Bartstoppeln sprossen. Es war eine völlig andere Erscheinung, als Jack sie hatte. Obwohl er auch schön war und seine Muskeln fast ebenso gestärkt, wirkte er immer noch wie ein zu groß geratener Junge. Auch wenn er schon so viel Erfahrung gesammelt hatte. Die Ausstrahlung Arirs, die Königtum und Männlichkeit in einem edlen Charakter vereinte, erreichte er nicht annähernd. Willow erzitterte schon, wenn Arir auf sie zutrat, völlig erbebte sie, wenn er sie berührte. Ein warmes Beben wanderte durch ihren Leib, als sie an seine Küsse auf ihren Wangen dachte. Jack konnte sie nicht so beeindrucken. Arirs Stimme ließ ihr Inneres erbeben. Wenn sich seine Augen, in denen sich das Wissen von Jahrhunderten spiegelte, auf sie richteten, war sie voller Stolz und Dankbarkeit. Sie spürte seine Kraft, fürchtete sie und wurde gleichzeitig durch sie stark. Willow spürte ihre Befangenheit, verliebte sich in Arirs Körper im Sternenglanz.

Arir riss sie aus ihren Gedanken. Er deutete nach oben und zeigte auf ein Sternbild:

»Sieh, der tänzelnde Pegasus.«

Willow folgte seinem ausgestreckten Arm und sah mehrere Sterne, die sich in einen wilden Wirbel drehten. Es war offensichtlich das Zeichen des fröhlichen Glücksbringers. Beide verloren sich in den Sternen und entdeckten immer mehr Bilder. Allein jenes, das direkt vor ihnen am Nachthimmel funkelte, übergingen beide – aus Berechnung oder unbewusst? Es war das Sternbild der Liebenden.

Schließlich waren beide eingeschlafen. Doch es sollte eine unruhige Nacht werden. Arir schreckte hoch, als ihn etwas ins Gesicht schlug. Alarmiert richtete er sich auf; bereit, sich auf jeden Angreifer zu stürzen, der da kommen möge. Doch es war nur Willows Arm gewesen. Sie hatte sich im Schlaf herumgewälzt. Arir lächelte nachsichtig. Sein Blick wurde ernst, als er Willows Unruhe bemerkte. Sie schlief zwar, doch wälzte sie sich unruhig herum, auf ihrer Stirn glänzte kalter Schweiß. Sie schien in einen Albtraum gefangen. Arir versuchte, sie aufzuwecken, doch es gelang ihm nicht. Beruhigend redete er auf sie ein und strich beschwichtigend über ihren Kopf. Sie hörte auf, sich wie wild herumzuwälzen, aber ihr Atem ging, weiterhin im Albtraum gefangen, immer noch schnell. Arir legte sich neben sie, seinen Kopf auf einen Arm gestützt, und wischte ihr den Schweiß von der Stirn. Er streichelte ihren Kopf und strich mit seinen Fingern durch ihr Haar. Es glänzte im Sternenlicht, fiel wie schlafende Wellen. Arir verliebte sich in ihre Haare, liebkoste sie mit seinen Händen und sein Blick fiel auf ihren Körper. Der Umhang lag nur noch um ihre Knie, das Kleid, die Jacke vom Kampf mit dem Albtraum zerknittert. Und trotzdem fand Arir Willow gerade jetzt wunderschön. Seine Augen glitten über ihren anmutigen Hals, der von einigen goldenen Strähnen umspielt wurde. Ihr Kleid verhüllte zwar ihren Körper, aber Arir konnte ihre Rundungen mehr als nur erahnen. Ihre Brust, zart ausgeformt, senkte sich noch immer unruhig auf und ab. Ihr Bauch zeigte sich in einer flachen Kurve und folgte der weichen Erhebung ihrer Hüfte, die in Willows Seitenlage hervorstach. Sie war schön ausgebildet, nicht zu schmal, weiblich. Dann folgten seine Augen der glatten Haut ihrer Oberschenkel. Der Rest ihrer Beine verschwand unter den Stoff des Umhangs. Doch Arir konnte sich gut an ihre zwar muskulösen, aber auch grazilen Waden und ihre zierlichen Füße erinnern. Arir dachte, wie schon so oft, an ihre erste Begegnung im Dunklen Wald zurück. Damals war Willow noch mehr Mädchen als Frau gewesen. Zwar hübsch, aber ohne die besondere Ausstrahlung einer – ja, dieser Begriff passte – erotischen Frau. Arir hatte aber schon damals gespürt, was in ihr ruhte. Nun war es erwacht und am Erblühen. Früher war sie eine hübsche Margerite gewesen, nun eine grazile, feenhafte, weiße Lilie.

»Willow, du bist wunderschön«, flüsterte er, während er weiter durch ihr Haar strich.

Umso mehr beneidete er Jack, dass sie ihn erwählt hatte, und umso mehr verstand er nicht, dass er ihr solche Schmerzen zufügen konnte. Wie konnte er es wagen! Einen solchen Schatz nur anzufassen, zu verletzen. Während er seinen Blick nicht von der jungen Frau im magischen Schein der Sterne lösen konnte, schwor er sich, Jack zu bestrafen, für das Vergehen, das er begangen hatte. Nein – ihn sogar zu töten, wenn er Willow noch einmal anfassen sollte.

Arir erwachte mit den ersten Sonnenstrahlen. Lange hatte er noch neben Willow gewacht. Ihr Schlaf war unruhig gewesen, mehrmals war sie aufgewacht, hatte ihn aber nicht erkannt. Als er nun neben sich sah, fand er eine ruhige Willow. Sie schlief völlig still, ihr Atem ging regelmäßig und ruhig. Dieser Anblick machte ihn glücklich. Eigentlich hatte er vorgehabt, mit den ersten Sonnenstrahlen aufzubrechen, um zur Mittagstunde bei den anderen zu sein. Doch er ließ von seinem Plan ab. Er wollte die junge Frau so lange schlafen lassen, bis sie von selbst erwachte. Ihre Nacht war kräfteraubend genug gewesen. Zuerst betrachtete er sie längere Zeit beim Schlafen, dann stand er auf und widmete sich seiner Morgentoilette. Das Wasser des kleinen Teiches war frisch und vertrieb auch die letzten Reste von Müdigkeit. Nachdenklich strich er sich über sein Kinn. Es war rau, die Bartstoppeln wurden bereits dichter. Dann zog er ein kleines, kunstvoll verziertes Messer hervor und begann, sich zu rasieren.

Willow rührte sich erst, als die Sonne schon hoch am Himmel stand. Sie erwachte mit einem Schrei auf den Lippen. Arir war zugleich bei ihr. Seine warmen Arme umfingen sie tröstend und seine Finger strichen ihr zärtlich über die Wangen.

»Keine Angst, ich bin da. Es war ein Traum.«

Willow sah verwirrt um sich, bis sie in die Wirklichkeit zurückfand. Sie waren noch immer auf der Lichtung von letzter Nacht, die Sonne blendete ihre Augen. Erst langsam nahm sie Arirs Nähe wahr. Wie er sie eng umfing, sein warmer Atem, der über ihre Wangen strich. Sie beruhigte sich und schließlich ließ Arir sie los. Er setzte sich neben sie auf die Decke und sah sie freundlich an.

»Geht es wieder?«, fragte er besorgt.

Willow nickte und strich sich verwirrt durch das Haar. Dann berührte sie kurz seine rechte Hand.

»Danke, es geht schon. Ich war nur so erschrocken.«

»Ein Albtraum?«

Willow nickte nur, weiter ging sie nicht darauf ein. Sie versuchte, die hässlichen Bilder zu verdrängen, wollte sie nicht wieder aufscheuchen, indem sie von ihnen berichtete. Sie zauberte ein Lächeln auf ihre Lippen und sagte:

»Guten Morgen.«

»›Guten Mittag‹ wäre wohl passender«, erwiderte er schmunzelnd.

Willow erschrak:

»Ist es schon so spät? Warum hast du mich nicht geweckt? Wir wollten doch um diese Zeit in den Höhlen der Zeit sein.«

Arir winkte nachsichtig ab und erklärte:

»Ich wollte dich schlafen lassen, da du in der Nacht so unruhig warst. Die anderen können noch auf uns warten.«

Willow gähnte und streckte sich.

»Danke, die Nacht war furchtbar. Ich habe so schreckliche Bilder gesehen.«

Es schauderte ihr, als sie daran zurückdachte.

»Aber jetzt bin ich einigermaßen erholt.«

Nach einem kurzen Mahl brachen sie auf. Es war ein ereignisloser Marsch, von dem nichts weiter zu berichten ist.

9   Rivalinnen

Gegen Abend, die Sonne bettete sich bereits zur Ruhe, trafen sie an den Höhlen der Zeit ein. Verborgen von einem dichten Wald aus hochgewachsenen Blumen lag der Eingang unscheinbar an einem Hügelkamm. Der Eingang veränderte jedes Mal sein Aussehen und war auch nur für Personen zu finden, die hineinkommen durften. Am Eingang wartete eine schlanke, hochgewachsene Gestalt auf sie. Es war Miral. Als sie Arir erblickte, stürzte sie auf ihn zu. Willow sah, wie sie ihn glücklich anlächelte, ihn schwungvoll umarmte und ihn unvermittelt küsste. Sie sah, wie Arir ihren Kuss ohne zu zögern erwiderte. Willow stand irritiert daneben und spürte einen Stich in ihrem Herzen. Sie war verletzt, befangen und verwirrt, obwohl sie wusste, *wissen sollte*, dass Arir und Miral ein Paar waren. Und doch schrie alles in ihr: Sie war betrogen.

Nun bemerkte Miral Willow. In ihrer Freude über Arirs Rückkehr hatte sie Willow offenbar völlig übersehen.

»Willow, du hier?«

Willow sah ihr Erstaunen in den Augen. Und dann ein immer größer werdendes Erschrecken. Miral erbleichte, während ihre Augen über Willows Körper glitten und immer größer wurden. Willow war sich bewusst, wie sehr sich ihr Aussehen im Vergleich zu ihrer letzten Begegnung verändert haben musste. Sie war dem Mäd-

chenkörper entwachsen und zu einer wunderschönen
Frau geworden. Täuschte sie sich oder fühlte sich Miral
durch sie bedroht?

Willow musterte Miral ebenfalls genau. Wie zwei
Raubkatzen umkreisten sie sich, immer zum Sprung
bereit. Miral war wie bei ihrem letzten Treffen eine
schöne Frau. Sie strahlte etwas Königliches aus und
auch ihr Gewand, eine goldblaue Festrobe, verlieh ihr
eine magische Aura. Ihr Wissen, das sie als Seherin in
sich trug, ließ ihre grünen Augen erstrahlen. Anders
als Willow setzte sie nicht auf natürliche Schönheit,
sondern unterstrich sie durch Schmuck und allerlei Lu-
xus. Neben den goldenen Fäden ihres Kleides glitzerte
das Gold ihrer Armbänder, Ohrringe und ihrer Hals-
kette. Auch in ihrem braunen Haar, das sie kunstvoll in
Zöpfen aufgedreht und hochgesteckt hatte, funkelten
goldene Perlen. Das Rot ihrer Lippen war künstlich verstärkt worden und auch auf ihren Lidern schimmerte
hinzugefügte Farbe.

Das gegenseitige Mustern hatte nur kurz gedauert und
Miral schickte ihre Frage hinterher, ohne dass das gegen-
seitige Zögern bemerkt wurde:
»Willow, was machst du hier? Schön, dich zu sehen.«
Und damit neigte sie ihr Haupt. Willow tat es ihr
gleich. Arir antwortete währenddessen:
»Es gab einen Kampf. Jack hat Willow angegriffen.«
Miral fragte erschrocken:
»Geht es dir gut?«
Willow antwortete gequält:

»Körperlich, ja. Meine Heilkräfte heilen solche Wunden schnell.«

»Was ist genau geschehen?«, fragte Miral.

Willow seufzte schwer, Arir lenkte ein:

»Sind die anderen da? Sie sollen es auch erfahren.«

»Natürlich. Kommt. Ihr habt bestimmt Hunger. Wir haben gerade ein Mahl bereitet.«

Und so betraten sie die Höhlen der Zeit.

Willow sah sich aufgeregt um – sie war zwar schon einmal hier gewesen, aber ohne Bewusstsein. Eine angenehm frische Luft wehte ihr entgegen. Frischer und reiner als sie es je erlebt hatte. Sie stand in einem Wäldchen mit schönen Bäumen, alle in ihren besten Jahren. Zartes, junges Grün leuchtete. Auf dem Waldboden wuchsen liebliche Blumen, bunt, in allen Farben zwischen starken Farnen. Hindurch führte ein gepflasterter Steinpfad. Die Luft war vom Gesang klarer Vogelstimmen erfüllt. Willow sah nach oben. Sie meinte, die Höhlendecke zu sehen. Von oben kam ein weiches Licht, das sich rot färbte.

»Was?«, fragte Willow erstaunt.

Arir lächelte sie an und erklärte: »Die Höhlen haben ihr eigenes Licht. Wir nennen es ebenfalls Sonne, da es dem gleichen Rhythmus folgt, wie die draußen.« Und wie draußen ging sie langsam unter. Willow blickte fasziniert um sich, vergaß die Zeit.

Als Willow ihren Kopf wieder senkte, war Miral bereits außer Sichtweite. Nur Arir stand noch neben ihr und verfolgte mit Genugtuung ihr Staunen.

»Gefällt es dir?«

Willow sah ihn an, ein Strahlen in ihren Augen, und antwortete:

»Ja, sehr.«

»Jetzt komm. Morgen zeige ich dir gern mehr.«

Willow nickte und raschen Schrittes folgten sie Miral.

10 Wiedersehen

Nach wenigen Minuten, die sie durch den Wald gegangen waren, erreichten sie eine ausladende Lichtung. In der Mitte war eine große, steinerne Tafel, an der Stühle standen, umgeben von vereinzelten zerbrochenen Säulen. Um diese herum, zwischen den Bäumen, ein großer Holzhauskomplex. Doch darauf sah Willow nicht. An der Tafel, die mit köstlichen Leckereien gedeckt war, saßen Bigor, Schara, Sirair und Mural. Willow stürmte auf sie zu und rief:

»Bigor!«

Dieser wandte sich ihr lächelnd zu. Den Blick des Drachens in seinen Augen. Freudestrahlend begrüßten sie sich und dachten an ihre Begegnung im Gebirge mit dem Riesen Jonathan, als sich Bigor in eine lebende Kugel verwandelt hatte.

»Willow, schön, dich zu sehen.«

Sein Blick strich über ihre Körper und er meinte:

»Du hast dich verändert. Bist du gewachsen?«

Willow verstand das unsichtbare Augenzwinkern und lachte.

»Wie geht es dir?«

»Gut. Was führt dich her? Was ist geschehen?«

Willow stockte bei dieser Frage. Sie brachte die Erinnerung zu schnell und zu hart zurück.

Währenddessen waren Sirair und Schara herangekommen. Sirair verneigte sich vor ihr. Willow antwortete ihm mit einem Knicks und freundlichen Worten. Dann begrüßte Schara sie. Willow war etwas kühl. So sehr packte sie das Grauen, als sie an Lord Dragon zurückdachte, an das getötete Kind und seine Eltern. Schara lächelte umsichtig. Er schien sie zu verstehen. Schnell schloss er seine Lippen über seine langen Schneidezähne, die er schon immer besessen, dann aber so schändlich missbraucht hatte. Dann trat Schara zur Seite und ließ Mural vor. Willow musterte sie neugierig, sie kannte sie kaum. Sie hatte sie nur kurz beim Kampf gegen Kankarios gesehen und dort war ihre Aufmerksamkeit auf andere Dinge gerichtet gewesen. Mural war genauso groß wie sie, schlank und quirlig. Sie wirkte wie eine junge Frau in Willows Alter, auch wenn sie – wie die anderen des Alten Stammes – mehrere hundert Jahre alt war. Mural trug robuste Hosen, ein kariertes Hemd und eine Weste. War das ihre Grabungskleidung?

»Hallo Willow, endlich lernen wir uns kennen«, begrüßte Mural Willow herzlich und umarmte sie.

»Ich hoffe, es ist in Ordnung, wenn ich Willow sage. Oder möchtest du lieber ›Herrin‹ genannt werden?«

Willow löste sich aus der Umarmung und schüttelte heftig den Kopf.

»Nein, auf keinen Fall. Nenn mich bitte Willow!«

»Gern«, antwortete Mural und lächelte sie an. Dann deutete sie zu den anderen, die sich bereits um die Tafel versammelt hatten, und fragte:

»Wollen wir?«

»Ja, gern«, antwortete Willow und folgte Mural an den Tisch. Willow setzte sich neben Arir, der ihr einen Platz zu seiner Linken freigelassen hatte – zu seiner rechten Seite saß Miral. Mural setzte sich neben Willow. Schara, Sirair und Bigor saßen ihnen gegenüber.

»Lasst es euch schmecken. Greift zu. Es ist genug für alle da. Und noch einmal herzlich willkommen, Willow.« Mit diesen Worten eröffnete Bigor das Mahl. Er hatte sich, wie er es öfter tat, fast allein um das Essen gekümmert.

Arir griff nach einem Stück Brot und reichte Willow ein noch warmes, süßes Gebäck. Sie brach eine Ecke davon ab und biss hinein. Es schmeckte gut und wärmte sie. Die Sonne ging in diesem Moment unter und tauchte die Lichtung kurz in Dunkelheit. Zugleich leuchteten einige Laternen auf – strahlende Blütenköpfe. Willow hatte von ihnen gehört. Sie leuchteten von sich aus, einige Stunden lang, je nachdem wie viel Sonne sie tagsüber aufgefangen hatten. Die Lichtung glitt in ein diffuses, wärmendes Licht, und Willow fühlte sich geborgen – als wäre sie nach langer Zeit endlich wieder nach Hause gekommen. Hier war sie sicher.

Als alle gegessen hatten, kam wieder die Frage nach dem Geschehenen auf. Willow erzählte stockend. Arir half ihr dabei. Die übrigen Anwesenden waren erschüttert. Niemand von ihnen hatte Jack so etwas zugetraut.

»Eine böse Macht schien sich seiner zu bemächtigen. Als wäre er nicht mehr er selbst«, versuchte Willow, sein Verhalten zu beschreiben.

»Die Macht des Goldenen Hundes hat ihn verändert«, fügte Arir hinzu.

»Es ist sehr merkwürdig. Ich kenne mich mit dem Bösen aus. Aber ich verstehe nicht, wie er sich plötzlich so ändern kann«, überlegte Schara: »Ich werde auf jeden Fall morgen zu meinem Schloss aufbrechen. Vielleicht finde ich in meiner umfangreichen Bibliothek etwas, das uns weiterbringt.«

»Danke, Schara«, flüsterte Willow.

Sie sah ihn lange an. Der hilfsbereite Schara war ihr noch ungewohnt.

»Auch ich werde meine Bibliothek aufsuchen«, versprach Sirair.

Willow dankte auch ihm.

»Mural und ich werden uns morgen auf den Weg machen, um Jack aufzuspüren. Vielleicht ist er wieder normal und wir können mit ihm sprechen«, erklärte Bigor. Mural nickte zustimmend.

Arir sah beide beunruhigt an und ermahnte sie:

»Seid aber vorsichtig. Wenn er immer noch böse ist, ist er sehr gefährlich. Riskiert nichts.«

Bigor sah ihn mit einem genervten Grinsen an und meinte:

»Wir werden schon aufpassen … *Vater*.«

Arir lachte genervt und antwortete:

»Ich will es nur gesagt haben. Ihr zwei seid manchmal allzu unbekümmert. Und mit Jack ist wirklich nicht zu spaßen.«

Mural langte herüber und berührte kurz Arirs Hand. Sie versuchte, ihn mit folgenden Worten zu besänftigen:

»Bitte, bitte … Wir werden achtgeben. Keine Sorge.«

Miral unterbrach das Gespräch, indem sie Willow fragte:

»Sind dir in der letzten Zeit keine Veränderungen an ihm aufgefallen?«

Willow sah sie mit großen Augen an, dann senkte sie den Kopf. Einige Zeit blieb sie stumm, dann sprach sie mit stumpfer Stimme:

»Doch, leider. Er war stiller, irgendwie betrübt. Etwas schien ihn zu belasten …«

Sie stoppte. Kurz versank sie in den Erinnerungen. In den Stunden ihrer Krankheit. Sie ging noch einmal im Kopf ihre Gespräche durch, ihr Verhalten, sein Verhalten. Doch vieles war wie hinter einem dichten Schleier.

Miral riss sie aus der Erinnerung und drängte sie weiter:

»Willow, der Angriff gestern war nicht der erste. Jack hat dich schon einmal angegriffen. Durch deine Not wurde Arir gerufen. Was hat Jack zu seinem Angriff veranlasst? Was war der Auslöser?«

Willow erstarrte und begann wie im Fieber zu zittern. Sie öffnete den Mund, wollte etwas sagen, schloss ihn aber unverrichteter Dinge wieder. Mural, die direkt neben ihr saß, verstand als Erste, dass aus ihr heute nichts mehr herauszubekommen war. Sie lenkte ein und schlug vor:

»Lassen wir es für heute gut sein. Es ist schon spät. Und es war ein langer Tag.«

Willow sah sie dankbar an. Die anderen nickten zustimmend. Arir lächelte sie nachsichtig an. Auch er war neugierig. Willow hatte ihm zwar erzählt, dass Jack aus-

gerastet war und sie geschlagen hatte, als sie beide zu
Bett gehen wollten. Doch den eigentlichen Grund hatte
sie auch ihm nicht genannt. Sie hatte ihm nicht alles
erzählt. Sie verheimlichte etwas.

Sie erhoben sich von den Sitzen. Miral bot Willow an:
»Wir haben ein kleines Gästezimmer. Es ist direkt neben unserer Unterkunft. Du kannst dort gern schlafen.«
Willow bedankte sich für das Angebot, doch sie lehnte
ab. Sie wollte draußen schlafen. Sie fühlte sich momentan ohne Wände um sich, die sie einsperren konnten,
wohler. Miral wollte sie vom Gegenteil überzeugen,
doch Arir beendete die Diskussion. Miral eilte schnell
ins Haus und kam mit Decke und Kissen zurück. Wil-
low lächelte.
»Das wäre nicht nötig gewesen.«
Miral verneigte sich und verabschiedete sich zur Nacht.
Sie ging auf das Haus zu und blieb noch einmal stehen.
Sie sah Arir an und fragte ihn stumm:
»Kommst du?!«
Willow sah sein Zögern. Er ging ein paar Schritte
hinter Miral her, doch dann stoppte er und kam zu ihr
zurück. Kurz berührte er Willows Hand und sah sie an.
Ihre Blicke trafen sich. Sie sah bloßes Bedauern in seinen
Augen – war es sein Gefühl oder spiegelte sich nur ihre
Empfindung in seinen Augen?

Arir folgte Miral ins Haus, ins Schlafzimmer. Als er die
Tür hinter sich geschlossen hatte, warf sie sich ihm um
den Hals.

»Ich habe dich vermisst. Als du plötzlich verschwunden warst …«

»Du bist doch eine Seherin«, erwiderte Arir.

Miral sah ihn gespielt böse an und schalt ihn:

»Du weißt doch genau, dass ich meine Fähigkeit seit dem Fluch verloren habe. Nur manchmal habe ich noch hellseherische, klare Momente. Aber jetzt bist du wieder da.«

Sie küsste ihn auf den Mund. Es war eine zärtliche Berührung, die aber zugleich forderte. Dieses Mal erwiderte Arir den Kuss nicht. Er dachte viel zu sehr an Willow, an ihren Blick, als Miral ihn in ihrer Gegenwart geküsst hatte. Er dachte an ihr goldenes Haar, das er berührt hatte, an ihren Duft, der noch in seiner Nase lag. An ihren Körper, den er gern berühren würde. An ihre Augen, als sie feucht waren von Tränen.

Mirals Hände holten ihn zurück in die Wirklichkeit. Sie glitten forschend und fordernd über seinen Körper. Mirals Lust auf ihn schien ungebremst zu sein. Das hatte auch ihre lange Trennung nicht geändert. Sie war immer noch so vernarrt in seinen muskulösen Körper, begehrte ihn, wollte ihn spürte. Ihre Finger öffneten den ersten Knopf seiner Jacke, als Arir erstarrte. Er dachte daran, warum er diese Jacke trug, er dachte an Willows flehende Augen. Nein, er durfte sie nicht ausziehen. Er hielt Mirals Hände fest. Sie sah ihn verwundert an, ihr ganzer Körper schien vor Begehren zu beben.

»Was hast du?«, fragte sie und griff wieder an den Saum der Jacke. »Ich habe dich vermisst.«

Und damit küsste sie ihn erneut, fordernder als zuvor

und zog ihn Richtung Bett. Er machte sich abrupt los und entgegnete:

»Nein, heute nicht.«

Er drehte sich um und verschwand im nebenanliegenden Bad. Die Tür fiel knallend hinter ihm ins Schloss.

Arir betrat fluchtartig das Bad. Er spürte immer noch Mirals Lippen auf seinem Mund, ihre Finger auf seinem Körper. Und doch sah er nur Willow. Wenn er an sie dachte, war in ihm eine Wärme, ein Feuer, das immer mehr entbrannte. Er konnte ihren Körper, ihr Haar, ihren Duft und ihre Augen nicht vergessen. Er schälte sich aus der Jacke und dem Hemd und übergoss sich mit kaltem Wasser. Es nahm ihm die Hitze, aber nicht die Sehnsucht. Er wollte sich nicht eingestehen, dass er nur noch an Willow dachte. Wie sie jetzt allein im Freien schlief und er hier eingesperrt war. Er wollte wieder neben ihr ruhen, sie vielleicht sogar in seinen Armen halten, wie sie es in der ersten Nacht erlaubt hatte. Und dann war da noch Miral. Er wollte sie nicht verletzen. Sie waren nun schon seit Jahrhunderten ein Paar.

Er entkleidete sich vollständig, wusch sich weiter und schlüpfte in frische Kleidung. Auch lag dort eine seiner eigenen Jacken. Er ergriff sie. Bevor er sie aber überstreifte, beobachtete er das Ornament auf seinem Arm im Spiegel. Die Farbe war kräftig wie zuvor, nur mischte sich nun in die schwarze Tusche ein grüner Schimmer, wie es bei Willow schon anfangs zu sehen gewesen war. Auch wenn es merkwürdig war, musste er zugeben, dass es ihm gefiel.

Schließlich war er fertig. Er konnte nicht länger hier im Bad verweilen, sonst würde Miral ihn für verrückt halten. Er verließ den Raum und fand sie im gemeinsamen Bett sitzen. Mit offenen Haaren in einem feinen, leicht durchsichtigen Nachtkleid. Sie lächelte und fragte sanft:

»Geht es dir besser?«

Arir nickte, während er auf seiner Bettseite unter die Decke rutschte.

»Besser. Aber ich bin müde, es war ein anstrengender Tag.«

»Ich verstehe das. Es ist schlimm, was mit Willow geschehen ist. Aber morgen wird es schon anders aussehen. Wir werden eine Lösung finden.«

Arir hörte nur halb hin und wünschte ihr eine gute Nacht. Sie tat es ihm gleich und drehte sich von ihm weg. Das letzte Licht erlosch und Arir starrte in die Dunkelheit. Er war nicht müde. Dafür war er zu aufgewühlt. Für eine Weile schloss er die Augen, doch er schlief nicht; er war hellwach.

Neben ihm schlief Miral nun tief und fest. Bei ihm war es vergebliche Mühe, er konnte hier nicht schlafen. So stand er auf und verließ auf leisen Sohlen das Zimmer und anschließend den Hausbereich. In den Fenstern von Scharas Wohnung war noch Licht. Er pflegte, nachts nie zu schlafen. So sehr hatte er sich an den Rhythmus seines Vampiregos gewöhnt. Wahrscheinlich meditierte er, um so mit seinen Vergehen, die ihn quälten, fertig zu werden. Soweit er wusste, schliefen auch Bigor und Mural nicht. Bestimmt saßen sie zusammen, um endlos zu reden, Witze zu machen und zu lachen. Sie liebten diese Nächte, und oft hörte Arir auch lautes Gelächter aus Bigors oder Murals Unterkunft. Niemanden von ihnen wollte er jetzt stören und so ging er zurück zur steinernen Tafel.

Sie war leer und wirkte verloren. Schließlich entdeckte er, was bzw. wen er suchte. Willow! Sie hatte ihr Nachtlager nicht weit entfernt aufgeschlagen, im weichen Moos unter einem schützenden Haselnussstrauch. Sie lag ausgestreckt auf der Decke, die ihr Miral gebracht hatte, das Kissen unter dem Kopf und ihren Umhang bis zur Hüfte hochgezogen. Soweit er erkennen konnte, schlief sie nicht. Ihre Augen waren geöffnet und sahen nach oben in die Finsternis. Hier waren zwar keine Sterne zu sehen, dafür aber silberne Linien, die Ornamente zeichneten. Staub und Dunst, der nach oben stieg.

Arir näherte sich. Willow bemerkte ihn schnell und erschrak leicht, bis sie ihn erkannte. In der Dunkelheit sah er den Ansatz eines Lächelns und ein Funkeln in ihren fragenden Augen. Doch Arir sprach nicht, sondern ließ sich wortlos neben ihr nieder. Ohne zu reden, machte sie ihm Platz auf der Decke und schmiegte sich an ihn, als sie nebeneinanderlagen. Er legte seinen Arm schützend um sie und gemeinsam glitten sie schweigend in einen tiefen Schlaf.

11 Verbotener Kuss

Willow erwachte in der Frühe als Erste. Wieder riss sie ein Albtraum, der mit einem Schrei endete, aus dem Schlaf. Das Ende einer unruhigen Nacht. Bilder der Gewalt waren durch ihren Kopf gegeistert.

Sie sah zu Arir. Er schlief fest neben ihr und so nah, dass ein Zittern durch ihren Körper jagte. Wie glücklich war sie gewesen, als er gestern zu ihr gekommen war. Aber sie wusste nicht, was sie davon halten sollte. Was empfand er für sie? Wie stand er zu Miral? Diese Fragen verwirrten sie. Und was fühlte sie für Arir? Wie sollte sie ihre Gefühle, das Kribbeln deuten? Und konnte sie momentan überhaupt ihren Gefühlen trauen, nach dem, was Jack ihr angetan hatte? Und was war mit ihren Gefühlen für Jack? All diese Gedanken, die sich ständig in ihrem Kopf im Kreis drehten und auf die sie keine Antwort fand, machten sie schwer, dumpf. Vorsichtig setzte sie sich auf und strich kurz über Arirs Hand, befangen. Er schlief weiter und sie wollte ihn nicht wecken. Sie brauchte Zeit für sich, musste einen Moment allein sein. So stand sie auf und ging in den Wald hinein, fort vom Haus. Sie wollte niemandem begegnen.

Kurze Zeit war sie durch die Baumreihen gewandert. Hier gab es keinen Weg, und Willow hoffte, somit niemandem in die Arme zu laufen. Aber eigentlich bestand dafür keine Gefahr, es war noch sehr früh. Bald stieß sie auf eine kleine Lichtung, die sich weitete und den Blick auf einen kleinen Teich mit glänzender Wasseroberfläche preisgab. Willow freute sich darüber. Die Luft war klar, der Ort ruhig, nur das leise Zwitschern eines Vogels war zu hören. Alles lag noch im Dämmerlicht, die Sonne war kurz vor dem Aufgehen.

Willow beschloss, sich an diesem Gewässer zu erfrischen. Einmal sah sie sich noch um. Sie war allein.

Rasch schlüpfte sie aus ihrem Kleid, legte es auf einem nahe gelegenen Stein ab und ließ sich im Slip am Ufer nieder. Sie tauchte ihre Hände in das Wasser. Es war kalt und erfrischend. Die Schwere, durch ihre Sorgen und Ängste hervorgerufen, verflüchtigte sich und Willow atmete tief. Dann wusch sie sich, funkelnde Tropfen glitten ihren Körper hinab. Zuletzt warf sie sich einige Handvoll Wasser ins Gesicht, ihre Augen geschlossen. Plötzlich erklang ein Geräusch neben ihr, sie erschrak und riss die Augen auf. Neben ihr war Arir an den Teich herangetreten. Schnell versuchte sie, ihre Blöße notdürftig mit überkreuzten Armen zu bedecken. Arir, der knieend neben ihr saß, blickte geradeaus und reichte ihr, ohne sie anzusehen, das Handtuch, das er mitgebracht hatte. Dankbar ergriff sie es und bedeckte damit ihre Blöße. Erst dann sah Arir sie lächelnd an und fragte:

»Weißt du, dass du in meinen privaten Meditationsplatz eingedrungen bist?«

Er klang nicht böse, auch wenn er es ihr vorspielen wollte. Er sah weg und beugte sich über das Wasser. Er wusch sich, sein Körper und seine Haare glänzten. Dieser Anblick zog Willows Aufmerksamkeit auf sich. Arir saß mit nacktem Oberkörper da und strahlte so viel Stärke und Leben aus, dass ihr schwindelig wurde. Dieser makellose Anblick war kein Vergleich zum geschundenen und aufgeriebenen Körper des Kentauren. Fasziniert folgten ihre Augen dem Muskelspiel unter seiner Haut, den starken und feinen Rundungen seiner Muskeln. Seine Stimme holte sie wieder in die Gegenwart zurück.

»Ich komme hier jeden Morgen zur Meditation her. Die anderen akzeptieren diesen Ort als meinen privaten Raum und stören mich nicht. Und nun bist du hier.«

Er sah sie wieder an und lächelte. Sein Blick fiel kurz auf ihre nackte, nasse Haut, dann zwang er sich, in ihre Augen zu sehen.

»Ich wollte allein sein und …« Verlegen verstummte sie.

Arir lächelte sie an und fragte:

»Wollen wir gemeinsam allein sein?«

Willow musste lachen, dann fragte sie:

»Wie meditierst du?«

Arir blieb kurz stumm, schien einen inneren Kampf auszufechten, dann erhob er sich. Die junge Frau sah fragend auf und folgte seiner Bewegung mit dem Kopf. Arir trat hinter sie und ließ sich in ihrem Rücken nieder. Ihre Nackenhaare stellten sich auf, als sie den Lufthauch spürte, den Arir aufgewirbelt hatte, und sie bemerkte, wie nah und dicht er hinter ihr saß. Seine Beine berührten leicht ihre Oberschenkel, zwischen ihren Körpern waren nur wenige Zentimeter.

»Schließ deine Augen«, forderte er sie auf.

Sie sah ihn unsicher an, war, wie schon so oft, befangen.

»Keine Angst«, flüsterte er in ihr Ohr.

Sie gehorchte und schloss ihre Lider.

»Spürst du deinen Atem?«, fragte er sie weiter.

Sie nickte.

»Konzentriere dich darauf, merke, wie er regelmäßiger und ruhiger wird.«

Willow befolgte auch dies. Ihr Atem war schnell gegangen, beruhigte sich nun aber zunehmend. Sie nahm auch seinen Atem dicht hinter ihr wahr und glich ihren seinem ruhigen Atemrhythmus an. So saßen sie einige Zeit, er berührte sie nicht, nur sein warmer Atem glitt über ihre Haut. Sie genoss diese Ruhe und die Entspannung, die sich in ihr ausbreiteten. Kurz nickte sie ein, als seine Stimme sie wieder zurückholte. Er bat sie mit schwingender Stimme:

»Und jetzt öffne deine Augen.«

Sie tat es und staunte. Gerade ging die Sonne über den Gipfeln der Bäume, im Spiegel des Teiches auf. Die Lichtung war in goldenes Licht getaucht, das Wasser glitzerte in warmen Farben. Willows Körper erfüllte sich mit einer angenehmen Wärme und sie sah Arir dankbar an.

»Danke«, sagte sie.

»Für mich ist es immer das Schönste des ganzen Tages«, erwiderte Arir und sah auf ihren Hals.

Hier funkelten noch einige Wassertropfen. Auch ihr Rücken glänzte.

»Ab heute wohl nicht mehr«, berichtigte er sich.

Willow verstand, was er damit meinte. Sie fühlte sich unsicher. Trotzdem unterdrückte sie nicht den Drang, sich an seinen Körper zu lehnen. Beide erbebten, als sich ihre Oberkörper berührten. Arirs Hände berührten vorsichtig ihren Rücken, strichen zärtlich, tastend, über ihre Seiten. Er neigte seinen Kopf und küsste Wassertropfen von ihrer Schulter. Willow spürte all dies, genoss es und verstand das Gefühl in sich. Sie blieb an Arir gelehnt, das Handtuch fest an ihre Brust gedrückt. Arir hielt sie ruhig in seinen Armen.

Plötzlich schreckte ein Geräusch hinter ihnen Willow hoch. Sie zuckte zusammen und sah Arir unsicher an.

»Ist da jemand?«, fragte sie flüsternd. Ihr war die Angst, entdeckt zu werden, ins Gesicht geschrieben.

Arir drehte seinen Kopf und sah nach hinten. Doch im Wald hinter ihnen konnte er niemanden ausmachen. Sie waren allein.

Mit einem Lächeln drehte er sich wieder zu Willow um und meinte:

»Kein Angst, da ist niemand. Wir sind allein.«

Er sah, wie Willow langsam ausatmete und sich entspannte. Dann lehnte sie sich wieder an ihn und er umfing sie zärtlich mit den Armen. Während er einen zarten Kuss auf ihre rechte Schulter drückte, geisterten folgende Gedanken durch seinen Kopf: War da nicht doch ein Schatten gewesen? Hatte sie jemand entdeckt?

Schließlich lösten sich Willow und Arir wieder voneinander. Die Sonne war aufgegangen, der Tag hatte nun endgültig begonnen. Arir erhob sich zuerst und half Willow auf. Dann ging er zurück zur Baumreihe, ergriff sein

Hemd und schlüpfte hinein. Auch Willow zog sich an. Arir blieb so lange umgedreht, bis der Stoff ihres Kleides auf ihrer Haut lag. Dann trafen sich ihre Blicke. Nun war wieder alles unsicher. Beide befangen.

»Nun, denn …«, fing Arir an und wollte sie so in den Alltag zurückholen.

Doch Willow unterbrach ihn mit einem leisen Ausruf: »Arir!«

Er sah sie wartend an und sie trat vorsichtig an ihn heran. Ihre Hände legten sich auf seine Unterarme und ihr Körper streckte sich zu ihm hoch. Automatisch neigte er seinen Kopf, noch unsicher, was geschah. Willow sah Arir kurz in die Augen, dann schloss sie ihre und küsste ihn auf den Mund. Ihre Lippen berührten sich zärtlich. Es war ein schüchterner Kuss. Willow war viel zu unsicher, wie er empfand. Und wohl auch, weil ihr so viel an Arir lag. Ihm ging es nicht anders, obwohl er fast automatisch ihren Kuss erwiderte. Er wusste nicht, wie weit er gehen wollte und vor allem konnte. Würde er sie erschrecken, wenn er zu fordernd wurde? Mit diesen Gedanken und Ängsten in ihren Köpfen vergaßen sie fast, ihren ersten gemeinsamen Kuss zu genießen. Und so war er allzu schnell wieder vorbei.

Beide blickten danach zur Seite, wollten etwas erwidern, doch keiner von ihnen brachte einen vernünftigen Satz zustande. Arir streckte seine Hand nach Willow aus, wollte sie berühren, doch sie zuckte zurück. Dann sah sie, dass sie ihn damit verletzt hatte, und ergriff seine Hand. Kurz hielten sie sich an den Händen, ihre Finger streichelten sich. Doch keiner wagte es, wieder einen Schritt weiter zu gehen. Arir lächelte und sprach endlich:

»Gehen wir zu den anderen zurück?«

Willow nickte und sah auf ihren Arm. Sie hatte ihre Jacke noch nicht angezogen. Auch Arirs Ornament war zu sehen.

»Wollen wir es den anderen zeigen? Vielleicht wissen sie etwas dazu?«, fragte Willow ihn.

Er war einverstanden. Es war Willow gewesen, die es verschweigen wollte. War sie nun so weit, sich eine Beziehung zu Arir einzugestehen? Wie auch immer sie sein mochte?

12 Quälende Erinnerung

Sie verließen die Lichtung und kehrten zum Wohnkomplex zurück. Während Willow den Weg zur steinernen Tafel einschlug, ging Arir ins Haus, um Handtuch und Jacke zurückzulegen. Dort begegnete er Miral. Sie schloss lautstark die Tür hinter ihm und funkelte ihn mit wütenden Augen an. Sie trat einige Schritte auf ihn zu, bis sie mit zu Fäusten geballten Händen vor ihm stehen blieb. Er wich vor der rasenden Wut in ihrem Blick zurück. Ihre Augen waren rot unterlaufen – wohl von Tränen, deren verräterische Spuren er noch auf ihren geröteten Wangen ausmachen konnte. Arir sah sie verwirrt an und fragte:

»Miral, was hast du?«

Diese schrie ihre Wut heraus:

»Bin ich dir denn gar nichts wert?«

»Natürlich bist du mir wertvoll. Wie kommst du darauf?«

»Dich nachts aus dem Zimmer schleichen. Du brauchst es nicht zu leugnen. Ich weiß, wo du heute Nacht gewesen bist. Ich weiß, woher du gerade kommst. Ich habe EUCH gesehen!«

»Miral?«

»Gerade an deinem Meditierplatz! Dort habt ihr euch sicher ungestört gefühlt!«

Arir wich alle Farbe aus dem Gesicht. War sie tatsächlich dort gewesen? Hatte sein Gefühl ihn doch nicht getäuscht?

»Miral, bitte! Beruhige dich«, versuchte er, sie zu beschwichtigen. Er trat auf sie zu und wollte nach ihren Armen greifen. Doch sie entwand sich ihm.

»Ich soll mich beruhigen? Meinst du das ernst? *Beruhigen?!*«

»Miral. Lass es mich erklären.«

»Schläfst du mit ihr?«

Arir erstarrte.

»Schläfst du mit ihr? Ist die Frage so schwer zu verstehen? Hat sie sich dir schon hingegeben?«

Arir schüttelte den Kopf.

»Miral, bitte.«

»Schläfst du mit ihr?«

Arir sah sie ernst an und meinte tonlos:

»Nein. Nicht in der Bedeutung, wie du meinst. Wir haben heute zwar gemeinsam unter freiem Himmel geschlafen, aber es ist nichts geschehen.«

Mirals Zorn verebbte etwas und sie sprach wieder in normaler Lautstärke.

»Liebst du sie? Empfindest du nichts mehr für mich?«

Arir seufzte und antwortete:

»Miral, du weißt genauso gut wie ich, dass es mit uns nicht mehr richtig funktioniert. Ich bin nicht mehr dieser starke und unfehlbare Krieger, den du so verehrt hast. Ich habe dich gern, aber wir sind nicht mehr das Paar, das wir einmal waren.«

»Aber wir passen doch so gut zusammen.«

»Miral, ich bitte dich bei unserer Freundschaft, lass mich frei. Ich kann dir nicht sagen, wie sich das mit

Willow entwickeln wird, aber so etwas habe ich schon seit langer Zeit nicht mehr gespürt.«

Miral wandte sich voller Gram ab.

»Willst du es so beenden?«

»Nein, aber ich möchte die Freiheit, mir über meine Gefühle klar werden zu können.«

Arir sah Mirals inneren Kampf, doch dann sagte sie:

»Gut, dann tu doch, was du willst.«

Ohne ihn nochmal anzusehen, wandte sie sich ab und verließ das Zimmer.

Arir schmerzte es, Miral verletzt zu haben, aber es war wohl das Beste, gleich Klarheit zu schaffen.

Als er zur steinernen Tafel kam, waren bereits alle versammelt und das Frühstück aufgetragen. Er ließ sich, wie gewohnt, auf seinem Platz neben Miral nieder. Sie sah ihn an und schenkte ihm schließlich ein Lächeln. Er wurde von Schara, Sirair, Mural und Bigor begrüßt. Willow, die zwischen Bigor und Sirair saß, sah ihn schüchtern an. Kurz fiel sein Blick auf ihre Lippen, dann zwang er sich, sich zusammenzureißen.

»Ihr habt uns eine schöne Überraschung verheimlicht«, meinte Bigor lächelnd.

Arir erschrak kurz, weil er glaubte, ihr Kuss war offenbart worden, aber er fand Erleichterung, als er erkannte, dass Bigor nur über die Ornamente sprach. Und so erzählte er noch einmal, wie es dazu gekommen war. Niemand von den anderen kannte so etwas, aber Schara und Sirair, die wegen Jack ihre Bücher befragen wollten, versprachen, auch deswegen nachzusehen. Dann schloss sich ein lockeres Gespräch an, während sie sich alle dem Frühstück widmeten. Schließlich, als sie fertig waren, war die Erwartung wieder da. Was war Jacks eigentlicher Grund für sein Ausrasten gewesen? Nun musste Willow eine Antwort geben. Zunächst fragte Bigor sie behutsam, was genau geschehen war. Er hatte wie die anderen bereits einen schrecklichen Verdacht. Willow blieb stumm; ihr Körper verkrampfte sich völlig.

»Willow?«, begann Arir und versuchte, in ihre Augen zu sehen. Doch sie reagierte auch nicht auf ihn. Stattdessen starrte sie auf die Tischplatte, um den erwartungsvollen und neugierigen Blicken der Anwesenden zu entgegen.

»Hey, bedrängt sie nicht so!«, tönte Mural, die etwas abseits saß. Sie erhob sich und kam auf Willow zu. Dabei verscheuchte sie Bigor und Sirair von ihren Plätzen, setze sich neben Willow und versuchte, sie schützend vor den neugierigen Blicken ihrer »Geschwister« abzuschirmen. »Willow, du musst überhaupt nichts erzählen! Es ist alles gut«, sagte sie sanft zu Willow. Dann fragte sie vorsichtig:

»Vielleicht möchtest du es nur einer Frau erzählen?«

Willow sah sie unsicher an und wusste nicht, was sie sagen sollte. Mural entschied für sie und sprach lauter:

»Los, Jungs! Auf! Lasst uns etwas Freiraum.«

Damit wedelte sie mit den Händen und nacheinander entfernten sich Schara, Bigor und Sirair. Bigor würdigte Willow eines sanften Blickes und schenkte ihr ein aufbauendes Lächeln. Auch Miral stand auf, entfernte sich mit den Worten »In kleiner Runde redet es sich leichter« und berührte im Vorübergehen Arirs Schulter.

»Komm«, sagte sie zu ihm.

Arir war noch bis zum Schluss sitzen geblieben. Er war sich unsicher, er wusste nicht, ob er Willow verlassen sollte. Er wollte bei ihr bleiben. Doch schließlich gehorchte er Mirals Aufforderung und Murals strengem Blick und stand auf.

Doch als er sich gerade abwenden und gehen wollte, hielt ihn Willows schwache Stimme zurück, die flüsterte:

»Arir, bitte bleib.«

Und damit langte sie über den Tisch und streckte ihre Hand nach ihm aus. Arir sah sie fragend an, dann nickte er und setzte sich wieder. Er griff mit seiner rechten Hand über den Tisch und berührte ihre ausgestreckte Hand.

Miral sah dies mit Argwohn, entfernte sich aber, ohne noch etwas zu sagen.

Endlich fand Willow die Kraft zu sprechen. Leise, stockend, mit schwindender Stimme.

»Unsere Beziehung hatte sich weiterentwickelt. Wir wurden die letzte Zeit immer vertrauter und es entging mir nicht, dass Jack auf eine Vertiefung hoffte. Öfter sah er mich auf eine bestimmte Art und Weise an, machte Andeutungen. Ich war nicht blind. Ich wusste, dass er schon erfahren war, früher sogar eine Art Jungfrauensammler …«

Willow zitterte und stockte. Arir sah ihre Qual, wand sich selbst innerlich. Hatte er sie womöglich mit seiner Annäherung verletzt? Was hatte Jack ihr bloß angetan?! Mural nickte aufmunternd und streichelte über Willows Rücken. Alles würde gut werden. Sie war nicht allein.

Willow fasste Mut und sprach weiter:

»Ich war aber noch nicht so weit. Diese Welt war mir fremd. Ich wollte mir sicher sein. Jack schien diesen Wunsch zu akzeptieren. Aber schließlich geschah es am besagten Abend. Wir wollten zu Bett gehen. Ich wollte mich gerade umziehen …

Er kam zu mir, ich legte mich auf meine Bettseite. Er küsste mich. Es war normal.«

Willow sah auf ihre Finger, sie zitterten unkontrolliert. Sie entzog Arir ihre Hand und verschränkte ihre Finger ineinander, um das Zittern so zu kontrollieren. Es gelang ihr nur mäßig. Sie sprach leise weiter:

»Dann rutschte er auf mich, küsste mich.

Plötzlich lag seine Hand schwer auf meinen Schenkeln.

Ich wollte mich von ihm wegdrehen.

Ich sagte ihm, er ginge zu weit.

Doch er drückte mich mit seinem Gewicht schwer in die Polster.

Seine Hand wanderte aufwärts.

Ich riss mich gewaltsam los, sprang vom Bett.

Er kam mir nach.«

Willow erstarrte. Die Erinnerung hatte sie nun vollkommen gepackt. Arir sah, wie sie dagegen ankämpfte, einen lauten Schrei auszustoßen. Verzweifelt presste sie ihre Lippen aufeinander, blickte Mural an, die sie freundschaftlich umfing. Kurz blieb sie noch still, dann sprach sie weiter:

»Jack haschte nach meinem Kleid, zog daran. Ich verlor fast das Gleichgewicht, stürzte aber noch nicht.

Doch er ließ nicht locker.

Er griff nach mir.

In meiner Panik manövrierte ich mich selbst in die Falle.

Statt die Leiter herunterzustürmen, zog ich mich in eine Ecke des Raumes zurück.

Hinter mir die Wand, vor mir Jack.

Ich konnte nicht mehr entkommen.

Jack erkannte das und lachte hämisch. Es war der schrecklichste Laut, den ich je aus seinem Mund vernommen habe.

Jack griff erneut nach mir, zerrte an meinem Kleid.

Ich versuchte, ihn abzuwehren, seine Hände zurückzuhalten.

Doch er schlug mir mit voller Kraft ins Gesicht.

Ich fiel, stürzte, schlitterte gegen die Wand.

Der Schmerz raubte mir für einen kurzen Moment den Atem.

Als ich wieder Luft bekam, war Jack bereits über mir.

Er versuchte, mich in die Höhe zu zerren.

Doch ich entglitt seinen Händen, fiel schwer zurück auf den Boden.

Ohne es selbst zu bemerken, fing ich an zu weinen.

Es machte ihn wahnsinnig.

Er war rasend, nicht mehr er selbst.

Er folgte mir auf den Boden, zerrte an meinem Kleid, drückte mich mit seinem Körper nieder.

Und er schlug mich …, er schlug mich die ganze Zeit.«

Tränen glänzten erneut in ihren Augen. Ihr versagte die Stimme.

Arir stieß stoßweise Luft zwischen seine zusammengepressten Zähne, seine Finger krallten sich in die Tischplatte. Voller Zorn brach es aus ihm hervor:

»Willow, hat er dich vergewaltigt?«

Sie zuckte zusammen, dann sah sie ihm beunruhigt in die Augen und antwortete flüsternd:

»Nein, das hat er nicht.«

»Nicht!«, stieß Arir erleichtert aus.

»Nein, er hat es versucht. Fast wäre es ihm gelungen. Meine Gegenwehr ließ nach, mit jedem Schlag. Ich hatte einen Schock …

Doch meine Kraft hat mich gerettet. Als ich dachte, ich bin verloren, brach sie aus mir hervor. Mein Körper glühte auf, meine Haut wurde brennend heiß. Jack wich schreiend zurück, wütend, doch er wagte nicht mehr, mich erneut zu berühren.

Er verschwand. Und ließ mich zurück.

In Panik rannte ich hinaus. In den Regen. So hast du mich gefunden.«

Willow verstummte. Der Bericht hatte sie viel Kraft gekostet. Über ihre Wangen flossen schwere Tränen, ihr Körper zitterte und sackte kraftlos in sich zusammen. Ihre Wunden zeigten sich erneut. Die geschwollene Wange, die blutigen Lippen, Blut tropfte von einer aufgeplatzten Augenbraue. An ihrer Schulter zeichneten sich offene Schlieren unter ihrem Kleid ab. Ihr Blick war gebrochen, ihre Atmung flach. Mural erschrak. Arir wandte sich vor Schmerzen ab. Er hatte Willow schon in diesem Zustand gesehen und sich gewünscht, dies nie wieder zu müssen.

»Willow?«

Mural wandte sich ihr zu, fragend, wollte ihr helfen, doch sie wusste nicht, was sie tun sollte. Dann rief sie nach den anderen, während sie versuchte, Willow so gut es ging zu stützen.

»Hilfe, Willow ist verletzt! Wir brauchen Verbandszeug.«

Während Bigor, Schara und Sirair irritiert näherkamen, lief Miral ins Haus, um Verbandszeug zu holen.

»Was ist los?«, fragte Bigor, als er zur Tafel kam. Erschrocken betrachtete er Willows Wunden.

»Was ist passiert? Woher hat sie diese Verletzungen?«

Mural sah ihn verzweifelt an.

»Ich kann es mir nicht erklären. Sie sind plötzlich erschienen.«

Arir versuchte, es zu erklären:

»Es sind die Verletzungen, die ihr Jack damals zugefügt hat. Die aufgeplatzten Lippen, die Wunde über dem Auge, die Verletzungen am ganzen Körper. Anscheinend durchlebt ihr Körper erneut ihre Erinnerungen.«

Arir verstummte und sah Willow an. Ihre Wunden verschwanden nicht. Was war mit ihren Heilkräften? Die junge Frau hatte die Augen geschlossen und musste von Mural gestützt werden. Sie war in einem schlimmeren Zustand, als Arir sie in der besagten Nacht gefunden hatte. Warum ging es ihr jetzt so schlecht? Konnte dies alles durch die bloße Erinnerung bewirkt worden sein? In ihm keimte ein Gedanke, eine Idee …

Miral kam zurück. Sie brachte eine Schüssel voll klarem Wasser, frische Tücher und Verbandszeug. Sie stellte es auf dem Tisch vor Mural ab und diese griff sogleich nach einem frischen Tuch, um das Blut von Willows Gesicht zu tupfen. Willow öffnete die Augen, während sich Mural daran machte, ihre Verletzungen zu versorgen.

Willow sah Arir an, flehend. Er erwiderte ihren Blick und reichte ihr seine Hand. Kurz berührten sich ihre Finger. Arir erschrak vor der Kälte ihrer Haut. Willow fühlte seine Wärme und sie atmete dankbar ein. Ihre Finger lösten sich wieder voneinander, ihre Blicke nicht. Als Willow ausatmete, schlossen sich die Wunden, die blauen Flecken verschwanden. Mural wich erstaunt zurück, ließ das Verbandszeug unverrichteter Dinge sinken. Es glitt aus ihren Händen zu Boden. Alle beobachten überrascht, wie Willows Kräfte wieder aktiv wurden und ihren Körper heilten. Was aber war mit ihrer Seele?

Arir hatte seine »Geschwister« zu einer Beratung zusammengerufen. Kurz trafen sie sich am Eingang des Hauses, während Willow abseits, ohne ihrer Unterhaltung folgen zu können, an einen Baum gelehnt am Waldrand saß. Sie war traurig und geschockt.

»Wir müssen etwas tun. Ihre Seele hat großen Schaden genommen. Sie kann nicht mehr ruhig schlafen, wälzt sich umher.«

Bigor fragte:

»Was hast du vor? Hast du schon eine Idee?«

Arir nickte und sagte:

»Geben wir ihr etwas von der Milch der Einhörner.«

»Was?!«, stieß Miral aus und Sirair fügte hinzu:

»Dieser Trank ist nicht für Menschen gedacht. Er ist für den Alten Stamm. Höhere Wesen.«

Arir wandte wütend ein:

»Ist Willow nicht auch ein höheres Wesen?! Bei den Einhörnern, sie ist die Herrin!«

»Das können wir nicht sicher sagen.« Miral fiel ihm in den Rücken.

»Es ist doch wohl deutlich. War sie es nicht, die uns erlöst hat?! Das konnte nur die Herrin. Sollten wir sie jetzt nicht auch erlösen? Wenigstens von ihrer Qual?«

»Gut, sie ist die Herrin«, lenkte Schara ein, »aber sie ist auch Mensch.«

»Du weißt, dass der Trank anfangs bedrohliche Effekte hervorbringt«, fügte Sirair hinzu. »Können wir ihr das zumuten?«

»Wir müssten natürlich minimal dosieren. Und wenn ihr jemand beisteht, wird sie die Anfangsphase gut überstehen und dann wird es ihr besser gehen. Sie braucht etwas Frieden. Sonst wird sie die Zeit, die kommen wird, nicht überstehen. Ihr wisst alle, dass es nicht einfach werden wird. Jack könnte dauerhaft zum Ungeheuer werden.«

Nach langem Hin und Her konnte Arir die anderen überzeugen. Man wollte ihr einen Schluck gewähren. Wenn sie ihn annahm. Arir wollte sie davor über die Nebenwirkungen aufklären. Während er den Trank bereitete, verabschiedeten sich Schara und Sirair, um jeweils ihre Bibliotheken zu befragen. Auch Bigor und Mural brachen auf, um Jack zu suchen. Mural zögerte zunächst, sie war sich nicht sicher, ob sie Willow allein lassen sollte. Doch als Arir ihr sagte, dass er Willow beistehen würde, war sie beruhigt. Während Arir die Milch der Einhörner vorbereitete, saß Willow weiterhin zusammengekauert am Waldrand. Sie fühlte sich elend. Die Erinnerungen an die schreckliche Nacht geisterten in ihrem Kopf umher. Auch schämte sie sich ein wenig, den anderen so viel Kummer zu bereiten. Sie war dankbar für ihre Hilfe, aber sie wollte ihnen nicht zur Last fallen. Sie zuckte leicht zusammen, als sie Schritte auf sich zukommen hörte, und hob den Kopf. Eigentlich hatte sie Arir erwartet, doch Miral kam auf sie zu. Sie spürte, wie sich ihr Herz vor Scham und Schuldgefühlen verkrampfte. Sie hatte Arir geküsst – das war Miral gegenüber nicht fair gewesen.

»Miral?«, brachte sie zögernd hervor.

Miral blieb mit ernster Miene vor ihr stehen. Sie trug ein weißes Kleid über dem Arm.

»Hier, das schenke ich dir. Dein Kleid ist blutig und muss gereinigt werden.«

Willow bedankte sich und zog sich im Schatten eines Baumes um. Als sie wieder hervorkam, bemerkte sie, wie Miral bei ihrem Anblick leicht zusammenzuckte.

Willow sah an sich herunter. Das Kleid war wunderschön. Weiß wie Schnee. Ein zarter Stoff, feinste Seide, mit prächtigen Stickereien.

»Das kannst du mir nicht schenken.«

Sie sah Miral ernst an und bemerkte, wie sich Tränen in Mirals Augen sammelten. Willow war unsicher und wusste nicht, wie sie darauf reagieren sollte. Sie wollte etwas erwidern, doch ihr blieben die Worte im Halse stecken.

Miral schloss kurz die Augen, dann straffte sie sich merklich und antwortete mit fester Stimme:

»Doch, ich bitte dich, es ist mein größter Wunsch.«

Damit drehte sie sich um und ging. Leise, jedoch nicht so leise, dass es Willow nicht mehr hören konnte, ergänzte sie:

»Dieses Kleid hat Arir seiner Liebsten geschenkt. Und die bin ich nun nicht mehr ...«

Willow erschrak über ihre Worte – Miral wusste über sie und Arir Bescheid. Sie wollte Miral hinterher, sich erklären, doch Mirals bestimmter Gang, ihre aufrechte Haltung ließen sie zögern. Sie blieb, wo sie war. Ihre Scham und ihre Schuldgefühle hielten sie zurück.

Willow band sich ihren Umhang um und wickelte sich in ihn ein. Ihr war kalt und sie wollte damit das Kleid verhüllen. Sie war nicht würdig, dieses Kleid zu tragen.

Schließlich kam Arir zu ihr. Er trug ein kleines, undurchsichtiges Gefäß.

»Willow, wir haben uns entschlossen, dir ein Privileg zu gewähren. Wir verfügen über die Milch der Einhörner. Sie macht uns jung, nimmt Sorgen und Ängste. Eigentlich ist es keinem Menschen gestattet, davon zu trinken, aber wir möchten es dir erlauben. Wo du doch auch ein höheres Wesen bist.«

Willow sah ihn fragend an. Sie hatte schon von der Milch der Einhörner gehört, aber nicht wirklich daran geglaubt. Neugierig sah sie auf den Becher. Arir zeigte ihn ihr. Er war mit einigen Tropfen weißer Flüssigkeit gefüllt.

»Mit diesem Trank wird es dir besser gehen. Deine Sorgen werden wahrscheinlich nicht völlig verschwinden, aber es wird leichter.«

Willow nickte, dachte an Frieden.

»Leider zeigen sich anfangs starke Negativeffekte.«

»Inwiefern?«

»Deine Ängste, der Schrecken verstärken sich. Es dauert nicht lange, aber es kann sehr beängstigend sein. Deswegen gebe ich dir nur wenige Tropfen und werde dir in dieser Phase beistehen. Du müsstest die Situation noch einmal erleben. Vielleicht zeigen sich wieder die Wunden. Es ist nicht ganz genau abzuschätzen.«

Willow hörte Arirs Sorge. Sie dachte nach. Sie erlebte jede Nacht den Albtraum von Neuem, dann sollte sie es jetzt auch überstehen. Und vielleicht fand sie danach wirklich etwas Frieden.

»Gut«, sagte sie.

Mehr nicht. Arir nickte. Dann ging er fort von der Lichtung, schritt durch die Baumreihen, bis er auf einen baumfreien Platz im Wald stieß. Willow war ihm gefolgt und sah ihn an.

»Bist du bereit?«, fragte er sie und hielt ihr das Gefäß hin.

»Und denke daran, ich bin bei dir, es kann dir nichts geschehen. Alles, was du siehst, ist nur Erinnerung.«

Willow ergriff mutig den Becher und trank die Flüssigkeit. Sie schmeckte köstlich. Das Beste, das sie je getrunken hatte. Leicht, cremig, süßlich mild. Während sie ihre Kehle hinunterrann, wurde es Willow schwarz vor Augen. Sie fiel. Arir fing sie auf und hielt sie behutsam fest. Nach kurzer Dunkelheit fand sich Willow in ihren Albträumen wieder. Sie sah ihre Hölle, spürte ihre Qual, schmeckte ihre Angst, schrie ihre Wut heraus. Willow wütete wild in Arirs Armen. Sie schrie wie von Sinnen unverständliche Laute. Ihr ganzer Körper bebte, sie zitterte, Schweiß legte sich auf ihre Haut.

Der Kampf währte nicht lange. Willow sackte in einem letzten Aufbäumen zu Boden. Entkräftet und zitternd. Ihr Kopf war glühend heiß. Ihr Haar strähnig. Arir kniete neben ihr, redete ihr gut zu und streichelte sie beruhigend. Schließlich war der Spuk vorbei. Willow hatte sich beruhigt und war in eine ruhige Bewusstlosigkeit gefallen. Sie war nicht mehr in Gefahr. Jetzt begann die Milch, ihre verwundete Seele zu heilen. Arir verließ sie. Er wusste, dass sie nun Zeit für sich brauchte, um neue Kraft zu tanken.

13 Weide unter Weide

Willow erwachte nach kurzer Zeit allein. Sie lag immer noch auf der Lichtung, zu der Arir sie geführt hatte. Sie fühlte sie etwas schwindelig und ihr Gedächtnis ließ sie im Stich. Dafür war sie innerlich leicht, eine große Last von ihr abgefallen. Erst unsicher, wohin sie sich wenden sollte, beschloss sie, die Höhlen der Zeit zu erkunden und noch nicht zu Arir und Miral zurückzukehren. So wanderte sie durch den lebenden Wald. Sie sah kristallklare Bäche, an deren Ufer sie sich erfrischte, fand wundersame Plätze, beobachtete liebreizende Tiere. Schließlich wurde sie müde und fand eine kleine Lichtung, auf der eine Weide stand. Zu ihren Füßen ruhte ein dicht mit Moos bewachsener Felsen. Dort ließ sie sich nieder und glitt in einen friedlichen Schlaf.

Willow lag schlafend auf einem weichen, frisch duftenden Moosbett. Ihre Brust hob sich leicht auf und nieder, aus ihrem geöffneten Mund entwichen sanfte Lüftchen. Ihr feines, weißes Kleid lag wie Milch auf ihrer Haut. Es war das Kleid, das er einst Miral geschenkt hatte.

Sie war ein Engel. Arir näherte sich scheu und lächelte. Sie lag wie ein Geschenk vor ihm. Der Moment war heilig, Arir blieb stehen und wagte nicht, sich zu rühren. Zarte Sonnenstrahlen strichen über ihre seidige Haut, in den Ästen der Weide über ihr wiegte sich der sanfte Wind. Arir sah in die tanzenden Zweige, blickte wieder auf Willow hinab. Ähnliche Muster spiegelten sich auf ihrer Haut. Er grinste. Weide ruhte unter Weide. Er genoss den Anblick, bis sich die junge Frau rührte. Ihre Beine streckten sich, dann zuckten ihre Lider. Sie schlug ihre Augen auf. Sofort entdeckte sie ihn. Arir blickte etwas verunglimpft, schuldig. Willow lächelte und sah ihn freudestrahlend an. Sie hatte den Regenbogen in den Augen.

Arir riss sich von ihren Augen los und zwang sich, auf den Boden zu sehen, da er es sich verbot, seinen Blick über ihren Körper, dessen Kurven sich unter ihrem seidenen Kleid abzeichnen würden, wandern zu lassen. Willow setzte sich auf, zog ihre Knie an und strich einmal kurz durch ihre Haare. Das goldene Schillern, das sie reflektierten, zog seine Augen wieder zu ihr.

»Komm zu mir«, flüsterte Willow, lächelnd und doch scheu.

Er sah sie zögernd an, dann trat er vor sie an den moosbewachsenen Felsen. Weidenzweige strichen durch sein Haar. Willow lachte, dann streckte sie ihre Hand aus. Er ergriff sie und ließ sich von ihr heranziehen. Nun berührten seine Beine den warmen, von der Sonne aufgeheizten Stein, seine Flanken leicht ihre angezogenen Knie. Willow kam ihm entgegen, rutschte an ihn heran und ließ sich auf ihre Knie nieder. Sie war so nah herangekommen, dass sich ihre Oberschenkel berührten, ihre Hände griffen in sein Hemd, dann hob sie den Kopf zu ihm. Er sah zu ihr herab und brachte nur »Willow« hervor. Zu sehr waren seine Augen damit beschäftigt, den Kurven ihres Körpers zu folgen, seine Nase ihren zarten, frischen Duft aufzusaugen, seine Ohren, das Flüstern des Windes zu erahnen und vor allem seine Hände, sie nicht zu berühren. Ihre Hände glitten seine Arme hinauf und zeigten seinen Händen, was sie zu tun hatten. Sie fanden ihren Rücken, strichen vorsichtig über feinen Stoff und nackte Haut. Willow streckte sich noch weiter zu ihm, ihr Blick fiel auf seine Lippen. Arir hatte schon lange verstanden. Nun folgte er ihrem Fordern. Er rundete leicht seinen Rücken und kam ihr entgegen, damit sie sich nicht weiter strecken musste. Ihre Münder hauchten sich leise Liebesbotschaften zu, als sich ihre Lippen fanden. Dieses Mal war es ein viel selbstbewussterer Kuss. Willow zögerte nicht und zog Arir enger an sich heran. Er war noch vorsichtig, fast scheu gewesen, gewann aber durch ihr Tun an Vertrauen und wurde gleichsam fordernder. Es war ein langes Schenken und Beschenken. Klar, ohne Zögern, ohne Necken.

Schließlich lösten sich beide, schwerer atmend voneinander. Willow rutschte zurück auf den Felsen und machte ihm Platz. Arir setzte sich neben sie, worauf sie sich an ihn kuschelte. Dann küsste sie seinen Hals, sanft und zärtlich. Er genoss ihre Berührung, doch er zögerte.

Sie sah ihn fordernd an, fast flehend. Erst als er sich zu ihr beugte und sie auf den Punkt des dritten Auges küsste, lächelte sie. Dann zog er sich zurück. Ihre Hand folgte dem Ornament auf seinem linken Arm und blieb schließlich auf seinen Handrücken liegen. Ihre beiden Muster vereinten sich und schufen ein eigenes Kunstwerk.

»Geht es dir gut?«, fragte Arir, um wieder einen klaren Kopf zu bekommen.

»Danke, sehr gut.«

Willow lächelte und führte aus:

»So gut habe ich seit Langem nicht mehr geschlafen. Ohne Albträume. Das Problem ist noch nicht gelöst, aber ich kann wieder Licht am Ende des Tunnels zu sehen. Der Trank, den du mir gegeben hast, hat mir wirklich geholfen.«

»Die Milch der Einhörner. Sanft und doch voller Kraft. Schön, dass es dir gut geht«, erwiderte Arir.

Ihm kam das Bild der misshandelten Willow in den Sinn; er sah noch einmal ihre Wunden, das Blut und die Tränen. Er wurde stumm und senkte betroffen den Kopf. Er war zu ihr wegen einer Nachricht gekommen, die sie wieder an Jack erinnern würde. Bald musste er es ihr sagen. Sie ahnte es und gab ihm stumm zu verstehen, er solle ihr noch etwas Zeit lassen. Er nickte und gab ihr sein Einverständnis. Für kurze Zeit wollte er sie an eine heile Welt glauben, dieses Paradies in den Höhlen der Zeit genießen lassen. Arir raffte sich sichtlich auf und lächelte ihr entgegen. So viele Fragen waren noch ungeklärt, so viele Probleme ungelöst.

Willow lächelte zurück, dann begann sie stockend:

»Arir, eine Sache interessiert mich. Ich weiß nicht, wie ich es sagen soll …«

Er sah sie direkt an und meinte aufmunternd:

»Einfach frei heraus damit.«

»Du kommst mir jünger vor als bei unserer ersten Begegnung im Wald. Wie alt bist du eigentlich?«

Arir lächelte über diese Frage und beantwortete sie gern:

»Als Mitglied des Alten Stammes bin ich – wie du – viele hundert Jahre alt, fast so alt wie Ayin selbst. Im Vergleich zu dir verfüge ich über die Erinnerung an jede Minute dieser Jahrhunderte. Aber du meintest wohl eher das Alter, das mein Körper in Menschenjahren hätte. Als du mich im Dunklen Wald getroffen hast, war ich wohl etwa 39 Jahre alt. Als Kentaur bin ich nämlich schneller gealtert, als ich es als Mitglied des Alten Stammes tat. Zwar langsamer als ein Mensch, aber es war sichtbar. Nun bin ich erlöst, wieder in meiner wahren Gestalt. In ihr altere ich in Ayin noch langsamer als ein Kentaur. Und in den Höhlen der Zeit steht die Zeit für meinen Körper nicht nur still, nein, sie bewegt sich rückwärts. Die Milch der Einhörner verjüngt. Sie führt den Körper auf sein wirkliches Alter zurück. Da ich sozusagen durch meine Erlösung wiedergeboren wurde, bin ich nun so alt, wie ich zu meiner Erschaffung war. Und demnach wäre ich wohl in Menschenjahren 28. So wie ich geschaffen wurde. So wie du mich geschaffen hast.«

Er sah sie lächelnd an, sie strich ihm mit den Fingern durch das Haar, fuhr über sein Gesicht, das so glatt und fein war wie Marmor. Kurz zuckte in ihrem Geist das Bild des Kentauren auf. Er war damals auch stattlich und schön gewesen, doch hatten sich bereits tiefe Falten in sein Gesicht gelegt. Nun war Arir frei von den negativen Einflüssen des Lebens. Stattlich, edel und schön.

»So wie ich dich geschaffen habe.«

Willow lachte. Es war immer noch ein merkwürdiger Gedanke.

»Du musst zugeben, ich hatte einen sehr guten Ge-

schmack«, meinte sie schließlich lächelnd und beugte
sich vor, um ihn zu küssen.

Arir lächelte dankbar zurück und flüsterte:

»Schönheit kann nur Schönheit hervorbringen.«

»Danke«, flüsterte Willow und küsste seine lächelnden
Lippen.

Kurz erwiderte er zärtlich ihren Kuss, dann trennten
sie sich.

Willow ließ sich nach hinten sinken und legte sich zurück auf ihr Moosbett. Sie zog Arir mit sich, der sich
neben sie bettete. So lagen sie eng beieinander, spürten,
wie sich ihre Seiten leicht berührten, und sahen hinauf
zum Himmel. Er war nur wenig zu sehen; über ihnen
breitete sich die üppige Krone der Weide aus. Nur wenn
der Wind die Äste wiegte, blitzte kurz der blaue Himmel der Höhlen auf. Willow schloss kurz die Augen und
hörte nur auf das Schlagen von Arirs Herz. Arir selbst genoss das Spiel der Weidenzweige über ihnen und wandte
sich schließlich der Weide neben sich zu. Er wartete darauf, dass sie die Augen öffnete, doch das tat sie nicht
von selbst. Dabei grinste sie wie ein Schelm. Arir musste
sich ihre Aufmerksamkeit verdienen. Arir lächelte, dann
beugte er sich herab und küsste eines ihrer Augenlider.
Kurz verharrte er auf ihrer Haut, dann berührten seine
Lippen das andere Auge. Willow öffnete die Augen kurz,
dann schloss sie sie neckisch wieder. Arir küsste ihre
Stirn und wandte sich ihrem Hals zu. Er fand eine Stelle,
an der sie kitzelig war. Und dies nutzte er aus. Willow
versuchte erst, das Lachen zu unterdrücken, schließlich

brach es laut hervor und die junge Frau setzte sich mit einem Ruck auf.

»Okay, gut, du hast gewonnen!«, schrie sie freudig.

Arir beendete seine Attacke und drückte einen letzten Kuss auf ihren Halsansatz.

»Und was bekommt der Gewinner?«

Willow sah ihn glücklich an und gab ihm mit den Augen die Antwort: Alles, was du willst. Laut entgegnete sie:

»Freispruch vom Vergehen, mich beim Träumen gestört zu haben.«

»Ich habe gerade daran gedacht, dass ich dich eigentlich noch nicht in Aktion gesehen habe.«

»Wie bitte?«

Arir deutete hinauf zu den Zweigen.

»Jetzt kannst du dich in die Weide schlechthin verwandeln und ich habe es noch nie gesehen, sondern muss mit deiner Kollegin vorliebnehmen.«

Willows Augen glühten auf und sie fragte:

»Du möchtest mich in Verwandlung sehen?!«

Arir nickte und erwiderte:

»Sehr gern. Jetzt kennst du schon mich verwandelt.«

Willow erhob sich schwingend vom Stein.

»Ich zeige es dir gern. Komm mit.«

Dann begab sie sich zur freien Lichtung vor der Weide und wartete darauf, dass Arir folgte. Er eilte ihr mit raschen Schritten hinterher.

Willow grinste ihm entgegen. Er sah, wie sehr sie sich darauf freute, sich endlich nur aus Lust und Tollerei zu verwandeln. Beschwingt drehte sie sich im Kreis. Arir verharrte einige Meter vor ihr und sah sie staunend an. Während sie herumwirbelte, veränderte sich ihr Körper. Er streckte sich, wurde stark und fest. Das Drehen stoppte und vor ihm stand eine große, stattliche Weide mit leuchtend frischen Blättern. Arir trat staunend näher, ging durch den Kranz herabhängender Zweige. Einige strichen durch sein Haar. Er blieb stehen und sah nach oben, als die Äste, die er gerade passiert hatte, nach seinem Körper griffen, ihn sanft am Hals berührten und über seine Arme strichen. Dann neigte sich schließlich die ganze Krone vorsichtig zu Arir herab und noch mehr Äste umfingen seinen Körper. Arir lachte auf, versuchte, ihre tänzelnden Zweige zu fassen. Schließlich schob sie ihn weiter in ihren Schatten und seine Hände berührten ihren Stamm. Die Rinde war hart und weich zugleich. Er strich sanft darüber und hörte den Wind in den Blättern über sich rauschen.

»Tanz mit mir«, forderte ihn die Weide auf. Arir schüttelte belustigt den Kopf und lächelte.

Dann umarmte er in Tänzerpose den Baum und begann mit den ersten Schritten. Der Baum folgte langsam und mit vorsichtigen Bewegungen, dann schrumpfte er und schließlich tanzte Arir mit der zurückverwandelten Willow. Blätter schimmerten in ihrem Haar. Arir ergriff eines und roch daran. Wie der Frühling. Willow blies es fort und ließ sich von Arir in einen langsameren Tanz führen. Dicht drängte sie sich an ihn, er zog sie enger und genoss ihren zarten Duft. Kurze Zeit bewegten sie sich so, fast auf der Stelle, langsam, in Schweigen vertieft.

Doch beide wussten, dass es nun Zeit wurde. Mehr Zeit konnten sie sich nicht mehr stehlen. Schließlich fragte Willow:

»Arir, mit welcher Nachricht kamst du zu mir?«

Er hörte auf zu tanzen, aber beide blieben noch eng aneinandergeschmiegt.

»Bigor und Mural sind zurückgekehrt.«

Willows Körper spannte sich bereits an, als er mit seinem Bericht begann.

»Sie waren bei eurem Haus und haben Jack getroffen.«

Willow drängte sich nun noch enger an ihn. Er bemerkte es und versuchte, ihr Halt zu geben, indem er sie fester umschloss. Kurz schwieg er, dann sprach er weiter:

»Er war zurückverwandelt. So wagten sie es, ihn anzusprechen. Doch er hat sie nicht erkannt, er schien verstört. Sein Blick war wirr und sein Gesicht voller Hass.«

Willow begann zu zittern, so stark, dass es Arir an seinem Körper spürte. Sie drückte sich wie ein aufgescheuchtes Tier an ihn, als wollte sie in ihn hineinkriechen, in Sicherheit. Arir war erschrocken über ihre starke Reaktion und fast damit überfordert, ihr zu helfen. Sanft strich er über ihren Rücken und ihr Haar. Ihr Zittern wurde stärker, aber schließlich schien sein Tun doch Wirkung zu zeigen und sie beruhigte sich etwas, so weit, dass sie sprach:

»Und was ist geschehen?«

Arir setzte seinen Bericht fort:

»Sie wollten ihn herbringen, aber als Bigor seinen Arm berührte, drehte Jack durch. Er knurrte und verwandelte sich. Dann schlug er nach ihm.«

»Bigor ist verletzt? Ich muss ihm helfen. Warum hast du es mir nicht gleich gesagt?«

»Keine Angst, es ist nicht schlimm. Ein Kratzer. Mural hat die Wunde bereits versorgt. Auf jeden Fall ist Jack entkommen. Kurz verfolgten sie ihn, aber er war zu schnell und entschwand nach Nómai.«

Damit hatte Arir seinen Bericht beendet und streichelte Willow. Er genoss diese Nähe, auch wenn ihn gleichzeitig ihre Angst quälte. Willow drückte ihr Gesicht an seine Schulter und fragte gedämpft:

»Was ist nur mit ihm los? Warum verhält er sich so?«

Arir wollte sie aufmuntern und versuchte, ihr Hoffnung zu machen:

»Bald sind Schara und Sirair zurück. Sie haben bestimmt etwas gefunden, das uns weiterhilft.«

»Gut.«

Willow hob den Kopf von seiner Schulter, ihre Augen schimmerten verdächtig rot, dann löste sie sich langsam von ihm. Ihre Körper schrien dürstend auf, als sie sich trennten. Arir berührte sie zärtlich am Kinn. Er wollte sie nicht loslassen. Sie sah ihn an, dann riss sie sich sanft, aber bestimmt los. In seine Augen mischte sich daraufhin Traurigkeit. Sie ergriff seine Hand und küsste sie. Arir spürte ihre Lippen, ersehnte sie auf den seinen, aber sie zog sich wieder zurück. Er wollte ihr folgen, aber er wagte es nicht. Plötzlich war Kälte, ein Graben zwischen ihnen. Sollte das die Realität sein? Arir stellte schließlich die Frage, die zwischen ihnen stand, obwohl er damit noch warten wollte, sollte. Doch sie brach aus ihm heraus:

»Willow, was ist das mit uns? Was ist mit Jack? Wir müssen darüber reden.«

»Ich weiß«, antwortete Willow tonlos.

Mehr sagte sie nicht. Arir wusste, er sollte sie nicht drängen, aber er musste es.

»Liebst du ihn?«

Willow sah ihn verletzt an. Aber wieder antwortete sie ohne Aufklärung:

»Er schlägt mich.«

Sie hatte ihren Blick abgewandt. Arir spürte, wie sich ein bleiernes Gefühl der Einsamkeit auf ihn herabsenkte. Willow stand fern und rührte sich nicht. Sie schien unerreichbar.

Doch er überwand die Distanz zwischen ihnen und berührte sanft ihre Wange. Willow drehte ihren Kopf zu ihm, sah sein unsicheres Lächeln.

»Willow, es tut mir leid. Ich hätte das nicht sagen dürfen. Verzeihst du mir?«

Und dabei sah er sie mit flehenden Augen an. Willow blieb erst stumm, dann lachte sie. Er stimmte mit ein und sie stieß ihm spaßhaft in die Seite. Dann wurde sie wieder ernst und streckte sich zu ihm.

»Natürlich verzeihe ich dir«, sprach sie und küsste ihn.

14 Träume

Hallo, mein Liebling. Ich habe dich vermisst.«

Jack kam langsam auf sie zu. Ihr Herz überschlug sich. Ein wohliges Zittern ging durch ihren Körper. Jack!

Er war zu ihr zurückgekehrt. Sie vergaß sich in der Berührung, die folgte …

Willow und Arir kehrten zur steinernen Tafel zurück. Schnell lief sie auf Bigor zu und heilte seine Wunde. Er sah sie dankbar an und führte sie zu einem Stuhl. Dort ließ sie sich nieder und lauschte seinem und Murals Bericht.

Dann kehrten Schara und Sirair zurück. Sie brachten zahlreiche Bücher mit und die nächsten Stunden waren von angestrengtem Lesen bestimmt. Fand sich dort eine Lösung, eine Heilung für Jack? Hilfe, um ihn zu retten?

Aus dem Dunkeln rief er sie.

»Willow, komm zu mir zurück. Ich warte auf dich.«

Sie schreckte aus dem Traum hoch. Lange Zeit hatten sie gelesen, diskutiert, Lösungen ersonnen. Irgendwann war sie eingenickt. All die Sorgen hatten sie erschöpft.

Sie sah sich um. Sie war nicht mehr an der steinernen Tafel, wo sie eingeschlafen war. Sie lag in einem Bett. Jemand hatte sie hierhergebracht.

Neben sich auf einem Stuhl entdeckte sie Arir. Sein Kopf ruhte auf seinen Armen, die er auf die Stuhllehne gelegt hatte. Er lächelte sie zögerlich an. Dann stand er auf und kam zu ihr. Er berührte sie.

Sie schreckte zurück. So sehr war sie noch in ihrem Traum gefangen, in Jacks Berührung. Arir wich daraufhin unvermittelt zurück. Willow sah die Verwirrung in seinen Augen und versuchte, ihn mit einem Lächeln zu beruhigen.

Nächste Nacht rief Jack sie erneut.

Die folgenden Tage bestanden aus Sorgen am Tag und verwirrenden Träumen in der Nacht. Die Albträume waren verschwunden – die Milch der Einhörner hatte ihr diese Qual genommen. Doch Willow träumte immer noch von Jack. Nun waren es keine Schreckensbilder, die sie heimsuchten. Es waren Bilder der Liebe, Bilder des Glückes. Mit denen Jack sie rief. Und er sprach mit ihr.

»Vielleicht gibt es einen Bannzauber?«, überlegte Bigor laut.

Sirair schüttelte traurig den Kopf. Seit Stunden brüteten sie über den Büchern, aber sie hatten noch nichts Brauchbares gefunden.

»Was ist dieses Wesen, in das er sich verwandelt? Der Goldene Hund scheint es nicht mehr zu sein«, warf Mural in die Runde.

Auch sie hatte Jack verwandelt gesehen. Den Anblick dieses hässlichen Ungetüms konnte sie nicht mehr vergessen.

Schara warf in die Runde:

»Es ist etwas tief Böses in ihm. Ich spüre es. Es ist zwar noch recht schwach, aber es wird mit jeder Stunde stärker.«

»Wir sollten uns ihm nicht mehr nähern, bis wir nicht wissen, was wir dagegen unternehmen können«, fügte Mural hinzu.

Willow unterbrach sie. Lange Zeit hatte sie schweigend dabeigesessen, nun sprach sie voller Überzeugung:

»Ich sollte zu ihm gehen. Auf mich wird er hören.«

»Nein!«, fuhren ihr Arir und Bigor über den Mund.

Sie sahen sich an. Bigor meinte mit einem nachsichtigen Lächeln:

»Willow, bitte, es wäre nicht gut, wenn er dich jetzt sehen würde. Es ist zu gefährlich. Wir können nicht wissen, wie er reagieren wird. Er könnte dich wieder verletzen.«

Und damit war diese Diskussion beendet. Zumindest für den Moment.

Doch Willow würde auf ihrem Vorschlag beharren. Sie wollte Jack sehen! Sie würde sich nicht davon abbringen lassen.

Arir sah ihr Drängen mit Unruhe. Auch bemerkte er, wie sie sich von ihm distanzierte. So schnell sie sich nahegekommen waren, so schnell entfernten sie sich wieder voneinander. Willow berührte ihn nicht mehr. Sie kam ihm nicht mehr nahe. Und sie sprach nur noch von Jack.

»Ich muss zu ihm!«

»Warum drängst du so darauf? Er hat dir wehgetan! Er wird es wieder tun.«

»Das weißt du nicht! Ich muss zu ihm.«

»Lass jemanden von uns gehen.«

»Nein, ich muss zu ihm.«

Arir erwartete, dass sie sagen würde:

»Weil ich ihn liebe.«

Doch das tat sie nicht. Aber Arir musste sich wohl eingestehen, dass dies der Grund für Willows Drängen war. Schließlich waren Willow und Jack ein Paar gewesen oder waren es noch. Und warum sollten plötzlich ihre Gefühle verschwunden sein – auch wenn Jack ihr übel mitgespielt hatte? Was hatte er sich nur gedacht bei ihrer kurzen, aber intensiven Annäherung? Er rettete sie und brachte sie in die Höhlen der Zeit – und schon wurden sie ein Liebespaar?

Trotzdem – es war so echt gewesen! So wahr. Und er wusste, dass bereits bei ihrem ersten Treffen im Dunklen Wald zwischen ihnen eine besondere Verbindung bestanden hatte. Damals, als er noch ein Kentaur gewesen war.

Er wusste nicht, was er denken sollte!

Schließlich am dritten Tage – nach zahlreichen verwirrenden Träumen, nach vielen endlosen und leider fruchtlosen Diskussionen – war Willow nicht mehr aufzuhalten. Um die Mittagstunde, als sich alle zu einer kurzen Ruhepause zurückgezogen hatten, machte sie sich reisefertig. Sie ergriff ihren Umhang und band ihn mit einer raschen Bewegung um. Dann verließ sie den Platz der steinernen Tafel, als Arir ihr entgegentrat.

»Willow, wo willst du hin? Machst du einen kleinen Spaziergang durch die Höhlen?«

Er lächelte sie an, er freute sich darauf, mit ihr wieder einmal allein sein zu können.

Doch Willow erwiderte sein Lächeln nicht und entzog sich seiner Hand, die sie zart berühren wollte.

»Ich gehe zu Jack!«, sagte sie bestimmend.

»Nein!« Arir erstarrte und beschwor sie: »Willow, das darf du nicht.«

»Ich gehe!«

»Nein!«, schrie Arir, versuchte und sie festzuhalten. Doch sie entwich ihm. Auch die anderen, die herbeigeeilt waren, konnten sie nicht mehr aufhalten. Sie ging.

15 Verraten

Jack trat mit ausgebreiteten Armen auf Willow zu. Sie näherte sich zögernd, ihr Herz schlug wild – die Erinnerung an den unglückseligen Abend war fest in ihr Gedächtnis gebrannt. Angst durchzuckte sie. Und ein kleiner Funken Hoffnung.

Jack umarmte sie, als sie sich gegenüberstanden. Willow ließ es unsicher geschehen. Dann entspannte sie sich an seiner Schulter. Sie lösten sich aus der Umarmung, als Jacks Blick auf Arir fiel, der etwas abseits stand. Willow wollte eigentlich niemanden beim Treffen dabeihaben, doch Arir hatte sich nicht abweisen lassen, mitzukommen und zumindest in Sichtweite zu bleiben. Willow sah, wie sich Jacks Miene bei Arirs Anblick verächtlich verzog. Natürlich musste ihn gerade seine Anwesenheit stören. Sie schaute kurz zu Arir zurück. Dieser hatte zwar den Blick abgewandt, aber sie war sich sicher, dass er jede Bewegung, jedes Wort mitbekommen würde. Sie blickte wieder zu Jack und bemerkte zu ihrer Überraschung, wie sich ein breites Grinsen auf seinen Lippen ausbreitete. Er schaute demonstrativ zu Arir, dann berührte er Willows Kinn und küsste sie sanft und zärtlich auf den Mund. Sie ließ es geschehen, erwiderte den Kuss. Doch dann wurden Jacks Lippen fordernder, aggressiver. Mit einem Schlag wich Willow zurück, wie von einer Schlange gebissen. Sie wollte das nicht. Sie hatte in diesem Moment erkannt, dass Jacks Verhalten nur Show war. Theater, das für Arir bestimmt war. Er versuchte, ihn zu provozieren und sie zu manipulieren. Sie spürte, wie ihre letzte Zuneigung für Jack zerbrach, und erkannte, wen sie tatsächlich liebte. Arir!

Ein kurzer Blick auf Jacks wütendes Gesicht verriet ihr, dass er dies ebenfalls erkannt hatte. Sein Blick wanderte von Willow zu Arir und wieder zu ihr zurück.

»Wirklich?«, presste Jack leise zwischen zusammengebissenen Zähnen hervor. »Du liebst ihn? Sag mir, dass das nicht wahr ist!«

Willow zuckte erschrocken zusammen. Wie hatte er es erraten können? Sie wich ängstlich zurück und schaute Hilfe suchend zu Arir hinüber. Dieser blickte sie mit leeren Augen an. Er schien unsicher zu sein, wie er sich verhalten sollte, da er nicht wusste, was der Kuss zu bedeuten hatte. Jacks Frage hatte er offenbar nicht gehört.

Jack stand bebend vor ihr. Wut brodelte in ihm hoch, seine Hände ballten sich zuckend zu Fäusten.

»Jack …« Willow versuchte, die Situation zu entspannen.

Doch es war zu spät. Es hatte bereits begonnen.

Jack verwandelte sich schrittweise. Seine rechte Hand wurde zur Pranke. Er hob sie an, schlug nach Willow und riss eine tiefe Wunde in ihren Hals. Sie wich zurück. Schmerz durchzuckte ihren Körper.

Sie hörte, wie Arir einen Schrei ausstieß und herbeieilte. Doch er kam zu spät. Jack verwandelte sich vollständig und seine Raubtierzähne gruben sich tief in Willows

Hüfte. Brüllend ging die junge Frau in die Knie. Zähne schlugen sich durch Fleisch, Muskeln, ritzten Knochen.

Dann fiel ein Schatten über sie und sie erkannte Arir, wie er sich schützend vor sie stellte. Er griff nach ihr, um sie zu stützen. Sie spürte, wie ihre Kraft aus ihrem Körper schoß und wie ein Blitz in seinen Körper fuhr, um sich mit dem Teil, den sie ihm bereits gegeben hatte, zu vereinigen. Willow sackte tiefer in sich zusammen und sah, wie die vereinigte Kraft aus Arir hervorbrach. Es war ein gewaltiger Energiestoß. Jack, der vor ihnen stand, wurde mit einem Beben fortgeschleudert. Lauernd starrte er zurück. Arir stand weiterhin beschützend vor Willow. Willow war sich sicher, dass er sie bis zu seinem Tode verteidigen würde. Kurz verharrte Jack, dann erhob er sich und floh humpelnd. Als Wolfswesen verschwand er über die Brücke der Gier ins einstige Reich der Dunkelheit. Schatten des Bösen auf seiner Seele.

»Willow! Nein!«, schrie Arir und griff nach ihr. Sie stöhnte vor Qual. Ein stechender Schmerz breitete sich in ihrer Hüfte aus und lähmte sie. Ihr wurde schwindelig und übel. Sie versuchte, aufzustehen, doch sie glitt entkräftet zu Boden. Schmerzen wie von Dolchstößen durchfluteten ihre Hüfte. Mit einem Seufzen verlor sie das Bewusstsein. Ihre Augen weit aufgerissen.

Arir berührte verzweifelt ihre Wange, wollte sie zurückholen, doch sie kam nicht mehr zu Bewusstsein. Panisch betrachtete Arir ihre Verletzungen. Die Wunde am Hals blutete stark. Arir riss ein Stück Stoff aus ihrem Kleid und verband damit die Wunde. Dann wandte er sich ihrer Hüfte zu. Dort hatten sich die Verletzungen bereits geschlossen, doch tiefe schwarze Flecke waren zurückgeblieben. Genau dort, wo Jack die Zähne in ihren Körper geschlagen hatte. Die Haut drumherum pulsierte, schwitzte. Was sollte er tun?

»Herr Arir!«, rief eine süße Stimme.

Im Mair war eine weibliche Person aufgetaucht. Die rothaarige Nixe Flamme. Neben ihr ihre beiden Gefährtinnen.

»Kommt! Wir bringen sie nach Korloch. Dort kann man ihr schnell helfen.«

Arir zögerte nur kurz, dann hob er Willows leblosen Körper mit seinen Armen auf und trug sie vorsichtig, aber in Eile zum Wasser. Die Frauen griffen nach ihr und hüllten sie mit einem Zauberspruch in eine stabile Luftblase, um sie so unbeschadet in die Unterwasserstadt bringen zu können. Arir watete in den Fluss und folgte Willow, die in ihrem Kokon auf dem Wasser trieb. Flamme berührte sanft Arirs Hals, dann wuchsen ihm Kiemen.

»Das wird die Sache erleichtern«, meinte sie, glitt ins tiefe Wasser und tauchte unter.

Ihre Begleiterinnen folgten ihr. Gemeinsam führten sie Willow mit sich. Arir blickte noch einmal kurz zurück, dann verschwand er ebenfalls in den Wogen des Mairs. Die Strömung des Flusses half ihnen und so gelang es, Willow schnell und sicher nach Korloch zu bringen.

16 Dornröschenschlaf

Die Gruppe landete im Thronsaal. Während Arir die bewusstlose Willow durch die Tür trug, trat ihnen Psyche mit einer kleinen Dienerschaft entgegen.

»Arir, was ist geschehen? Ich habe etwas von einem Angriff gehört.«

Ihr Blick fiel auf die verwundete Willow in seinen Armen. Arir ging einige Meter, dann legte er Willow auf dem Boden ab. Verzweifelt folgte Psyche ihm und kniete neben Willow nieder. Sie fragte erneut:

»Was ist geschehen?«

Doch Arir antwortete ihr immer noch nicht. Er hustete und keuchte, aber bekam kein Wort heraus, da sich seine Kiemen schmerzhaft zurückbildeten.

»Sie hat einen Schock. Und diese Wunde! Arir, wer hat ihr das angetan?«

Schließlich antwortete Arir. Er erzählte mit stockender Stimme von der unglückseligen Begegnung mit Jack. Davon, dass er Willow abhalten wollte und es ihm nicht gelungen war. Von seinen Schuldgefühlen. Dann verstummte er. Das Adrenalin in seinem Körper ließ langsam nach und er glitt immer mehr in einen Schockzustand. Seine Hände zitterten.

Psyche erkannte, wie es um ihn stand, dass er selbst kurz davor war, zusammenzubrechen. Willows Verwundung machte ihm sehr zu schaffen.

»Schnell, wir bringen sie in meine Gemächer.«

Sie winkte einen Bediensteten heran, der Willow tragen sollte. Doch Arir kam ihm zuvor und hob sie erneut auf seine Arme. Er wankte, die Kraft schien ihn zu verlassen, dann hatte er sich wieder im Griff. Er folgte Psyche, die mit raschen Schritten den Thronsaal verließ.

Während des Weges quälten ihn schlimme Schuldgefühle. Er hatte sie gehen lassen. Mitten in ihr Verderben. Er hatte sie nicht von ihrem Vorhaben abhalten können. Nun hatte Jack sie erneut verletzt. Nun würde er Willow nie mehr allein lassen. Ab sofort würde er sie immer beschützen. Koste es, was es wolle.

Schließlich erreichten sie das Gemach. Es war ein kleines Schlafzimmer. Alles strahlte beruhigendes Blau aus, das Himmelbett, das Tischchen, der Boden und die Wände.

»Mein Zimmer für enge Freunde«, erklärte Psyche, trat zum Bett und schlug die weiche Decke zurück.

»Sie braucht an erster Stelle Ruhe. Ich werde ihr einen Trank zubereiten, der sie kräftigt, damit sie den Schock überwinden kann.«

Arir legte Willow vorsichtig auf das Bett, zog ihr sanft die Sandalen aus und deckte sie zu. Seine Hand fuhr zärtlich über ihre Augenlider, die sie dankbar schloss. Arir hoffte, dass sie nun in einen erholsamen Schlaf glitt.

Psyche hatte mit einem Lächeln seine Zärtlichkeit gegenüber Willow beobachtet und sprach, als er sich ihr zuwandte:

»Es freut mich, dass ihr euch gefunden habt.«

Arir sah ertappt drein, wollte abwehren, doch Psyche sprach weiter:

»Hat sie dir nie von ihren Träumen erzählt?«

»Nein, welche Träume?«

Psyche lächelte wissend und erwiderte:

»Das habe ich mir gedacht. Diese Träume erschrecken sie selbst noch. Ich habe Visionen und es ist mir auch manchmal möglich, Träume zu sehen. Wie ihre Träume der letzten Zeit. Träume, die sie zum Teil an ihr wahres Ich erinnerten.«

»An die Herrin?«

»Ja, an die Herrin. Und an dich. Sie erinnerte sich im Traum daran, wie sie dich geschaffen hat, und vor allem was ihre Gedanken dabei waren.«

»Wie bitte?«

Arir sah sie ungläubig an.

»Vertraue mir. Als sie dich vollendet sah, war ihr Ausspruch:

›Dies ist der Mann, den ich einmal lieben will.‹«

Arir sah erst Psyche, dann Willow verwirrt an. Er öffnete den Mund, um etwas zu sagen, schloss ihn aber unverrichteter Dinge wieder. Psyche lächelte ihn nachsichtig an und sagte:

»Schon immer war es ihr Wunsch gewesen, dich zu lieben. Vielleicht wählte sie deshalb die Gestalt eines Menschen, einer Frau.«

Das letzte Wort klang in Arirs Kopf nach. Sein Blick fiel auf Willow. Auf ihr langes, seidiges Haar, auf ihre feinen Gesichtszüge und ihre sinnlichen Lippen. Ja, sie war eine Frau und er ein Mann – nicht mehr der große, un-

nahbare Krieger, der er früher gewesen war, nicht mehr
der Mann mit Tierleib. Nein, ein ganz normaler Mann.

»Ich habe auch noch andere Träume gesehen. In ihnen
rief sie die Bestie.«

»Meinst du Jack?«

»Ja, das, was einmal Jack gewesen ist. Viel von ihm ist
nicht mehr in diesem Geschöpf. Die Macht des Goldenen Hundes und sein eigener dunkler Schatten haben
sich zu etwas tief Bösem vereint. Es rief Willow in Jacks
Gestalt jede Nacht in den letzten Tagen. Nur deshalb
ging sie zu ihm.«

»Was denkt sie über ihn? Liebt sie ihn noch?«, fragte
Arir vorsichtig. Psyche lächelte und meinte:

»Bist du noch unsicher, was sie für dich empfindet?
Es stimmt, sie ist dir eine Antwort schuldig, aber diese
Antwort trägt sie tief in sich. Vertraue auf ihren Traum,
den ich dir nannte.«

Arirs Augen leuchteten bei diesen Worten.

»Einst liebte sie Jack. Es hätte eine starke Liebe werden
können. Aber sie könnte keinen Mann lieben, der ihr so
wehgetan hat wie er. Er hat sie so tief verletzt, dass nicht
einmal ich sagen kann, wie weit sie sich davon erholen
wird. Gib ihr Kraft, Zeit und Vertrauen. Sie wird sich
dir dann von selbst offenbaren.«

Psyche brach auf.

»Ich werde mich nun um die Herstellung des Heil-
mittels kümmern. Obwohl ich glaube, dass allein du
die Stärkung sein kannst. Nicht umsonst hat sie dich als
Bewahrer ihrer Kraft ausgewählt.«

Arir sah auf sein Ornament.

»Ja, du vermutest richtig. Es ist eure Verbindung. Sie übertrug dir damals einen Teil ihrer Kraft, damit du sie bewahrst, bis sie sie wieder braucht. Ich glaube, nun ist die Zeit gekommen.«

Damit öffnete Psyche die Tür, schritt hindurch und wandte sich noch einmal um.

»Hier, ein Bediensteter bringt dir etwas zu essen, damit du bei Kräften bleibst.«

Der Diener stellte mit raschen Schritten ein kleines Tablett auf den Nachttisch, dann verließen er und Psyche das Zimmer und schlossen die Tür. Arir schaute kurz auf die Dinge, die der Diener aufgetragen hatte. Eine Karaffe voll klarem Quellwasser. Dazu gab es mehrere kleine, süße Honiggebäcke, Obst und Blüten.

Arir setzte sich vorsichtig neben Willow auf die Bettkante. Er sah sie an. Er hatte geahnt, dass sie tief für ihn empfand, doch sicher war er nicht gewesen. Schließlich waren sie sich gerade erst wieder begegnet, und sie war mit Jack zusammen gewesen. Diese Intensität, mit der sich ihre gegenseitigen Gefühle entluden, hatte ihn überrascht. Und dann wollte sich sie sich unbedingt allein mit Jack treffen – das hatte er nicht verstanden. Er verstand es immer noch nicht ganz. Auf jeden Fall hatte ihn dies sehr verunsichert. Er hatte befürchtet, dass sie ihn nur als kurzen Rettungsanker gebraucht hatte.

Er hoffte sehr, dass Psyche mit ihrer Behauptung recht hatte. Dass Willow ihn liebte. Er auf jeden Fall liebte sie. Lange war er sich nicht klar darüber gewesen, was er von diesem Gefühl der Wärme, das ihn immer in Willows Gegenwart durchströmte, halten sollte. Er glaubte sich noch an Miral gebunden, doch hatte er festgestellt, dass sich ihre Beziehung seit der Trennung durch den Fluch geändert hatte. Zu Beginn wollten es beide nicht wahrhaben, aber ihre Beziehung war zu Ende. Er war nicht mehr der Mann, den Miral einst geliebt hatte. Miral schien sich zwar immer noch an ihn zu klammern, aber auch nur, weil sie sich vor der Einsamkeit fürchtete, nicht weil sie ihn wirklich liebte.

Arir ergriff Willows Hand und spürte, wie ihre Kraft aus ihm zu ihr floss. Die verschorfte Wunde an ihrem Hals wurde etwas kleiner, verschwand aber nicht. Arir goss sich mit der anderen Hand einen Becher Wasser ein und trank. Er war durstig. Es war ein kräftezehrender Tag gewesen. Auch aß er ein wenig, aber ihm fehlte der Appetit, obwohl sein Magen knurrte. Dann drehte er sich zu Willow um und erschrak. Sie hatte die Augen geöffnet. Zuerst glaubte er, sie war wirklich aufgewacht und sah ihn an, aber das war nicht der Fall. Ihre Lider waren zwar gehoben, aber ihr Blick genauso apathisch wie zuvor. Auch flossen wieder Tränen aus ihren Augen. Liebevoll sprach er sie an, doch sie reagierte nicht.

Er blieb die ganze Nacht an ihrer Seite, hielt ihre Hand, sprach mit ihr, doch Willow blieb in ihrem apathischen Zustand. Manchmal schlossen sich ihre Augen und sie schien zu schlafen, aber immer wenn sie sich wieder öffneten, sah sie ihn mit ausdruckslosem, tränenreiche Blick an.

Gegen Morgen – es war noch dämmrig im Zimmer – erschien Psyche. Sie sah müde aus und reagierte betrübt, als sie Willows unveränderten Zustand sah. Arir blickte ihr erschöpft entgegen und konnte ein Gähnen nur mit Mühe unterdrücken. »Ich bringe das Stärkungsmittel. Ich möchte es damit versuchen. Vielleicht kann ich sie so zurückholen. Mach du eine Pause, du siehst, ehrlich gesagt, nicht viel besser aus. Das Bad findest du nebenan, dort könntest du dich etwas frisch machen.«

Sie deutete auf eine Tür gegenüber und ergänzte:

»Frische Kleidung liegt auch bereit.«

Arir zögerte, stand jedoch schließlich auf. Seine Hand konnte er nur mit Mühe aus Willows Fingern lösen. Er trottete erschöpft ins Bad. Frisches Wasser würde ihm guttun. Seine Kleidung war zerknittert und an seinem Körper klebte noch der Schweiß der Nacht. Er fand einen Bottich voll frischem Wasser vor. Er entkleidete sich und stieg hinein. Das Wasser nahm den Schmutz von seiner Haut, dann auch von seinen Gedanken. Und so stieg er sichtlich erholt aus dem Bad. Er trocknete sich ab und zog die bereitgelegte Kleidung an. Es war eine blaue Festtagsrobe mit goldenen Stickereien. Zuletzt betrachtete er sich im Spiegel. Seinem Gesicht war noch die Sorge der vorausgegangenen Nacht anzusehen, leichte Bartstoppeln zeichneten sich auf seinen Wangen ab, doch in seinen Augen funkelten Zuversicht und Tatendrang. Er würde Willow helfen, egal wie viele solcher Nächte er auch durchzustehen hatte.

Er trat wieder zu Psyche hinaus. Sie sah ihm traurig entgegen und sagte:

»Leider zeigt sie keine Reaktion. Der Trank stärkt ihren Körper, aber zu ihrer Seele komme ich nicht durch – auch nicht mit meiner Magie. Ich muss mich mit meinem Vater beraten und meine Bücher befragen. Ich bin ratlos.«

Arir sah sie traurig an, dann erblickte er Willows leblose Augen. Psyche erhob sich und sprach zu ihm, bevor sie aus dem Zimmer eilte:

»Sie scheint in einen Albtraum gefangen zu sein. Womöglich erlebt sie Jacks Angriff wieder und wieder, ohne dass sie ihm entfliehen kann. Bitte erzähle ihr etwas Erfreuliches. Etwas, das so stark ist, um sie aus den Schatten zu reißen. Etwas mit viel Kraft.«

17 Gift

Arir nickte, dann war er wieder mit Willow allein. Sein Blick fiel kurz auf den Nachttisch. Das Essen war aufgefüllt worden; er nahm sich ein Stück Gebäck und biss in Gedanken versunken hinein. Dann erzählte er von Willows Eltern, von ihren Freunden, mit denen sie so gelacht hatte, von der Schönheit Ayins. Aber nichts schien sie zu berühren. Schließlich erzählte er von den sorglosen Minuten unter der Weide, als sie sich wie ein Paar geküsst hatten. Er sprach von den Gefühlen, die er dabei empfunden hatte, auch von seiner Angst. Dann sprach er von ihrer Freude, als sie sich in eine Weide verwandelt und sie eng miteinander getanzt hatten. Arir wollte weitersprechen, als ihm plötzlich eine leise Stimme entgegnete:

»Tanzen würde ich sehr gern.«

Arir blickte erstaunt zu Willow herab und seine Augen trafen ihre. In strahlendem Blau leuchtend. Voller Seele.

»Willow!«

Die junge Frau zuckte mit den Lidern, dann wiederholte sie:

»Ich würde gern tanzen.«

Arir konnte seine Freude kaum zügeln, wollte sie stürmisch küssen, hielt sich aber im letzten Moment zurück.

»Geht es dir gut? Du möchtest tanzen? Gern. Ich auch!«

Damit erhob er sich vom Bett, reichte ihr seine Hand.

Er machte sich zwar Sorgen, dass sie sich überanstrengte, aber er wollte ihr diesen Wunsch nicht abschlagen, da gerade die Erinnerung an das Tanzen sie zurückgeholt hatte. Willow setzte sich auf und schob die Decke zurück. Kurz verharrte ihr Blick auf dem Loch in ihrem Kleid, aber zum Glück schweiften ihre Gedanken nicht weiter, zurück in den Schatten. Dann schwang sie ihre Beine über die Bettkante und ließ sich von Arir auf die Füße helfen. Er führte sie einige Schritte vom Bett weg. Sie war kraftlos und bei jedem Schritt, den sie mit ihrem rechten Bein tat, verzog sie schmerzvoll das Gesicht.

»Willow, was hast du?«

Arir stoppte und sah sie besorgt an.

«Es ist nichts«, log sie. »Halte mich nur fest.«

Damit klammerte sie sich eng an ihn und er umfing sie liebevoll. Arir sog ihren Duft ein, genoss ihre Wärme auf seiner Haut – so lange war sie ihm nicht mehr nahegekommen.

»Tanz mit mir«, forderte Willow ihn auf und er ließ sich nicht noch einmal bitten.

Er führte sie in einen ruhigen Tanz. Sie genoss seine langsamen Bewegungen so nah an ihrem Körper und drückte ihren Kopf an seine Schulter. Ihr Glück erfüllte die Stille.

Dann knickte Willows rechtes Bein ein, sie schrie auf und wäre zu Boden gestürzt, wenn sie nicht so eng an Arir gedrückt gewesen wäre. Voller Schmerz verharrte sie stehend, Tränen bahnten sich einen Weg über ihre Wangen. Ein stechender Schmerz fuhr durch ihre Hüfte.

»Willow, was ist mit dir?«

Arir stützte sie, dann hob er sie hoch, trug sie zum Bett und setzte sie vorsichtig auf die Bettkante. Willows Augen füllten sich weiterhin mit Tränen. Er verfolgte, wie sie versuchte, sich hinzulegen, doch ein starkes Zucken – ein erneuter Schmerz? – jagte durch ihren Körper und ließ sie hochschrecken. So blieb sie angespannt, fast nur auf einer Hüftseite sitzend, in aufrechter Haltung und klammerte sich an Arir, der sich neben ihr niedergelassen hatte.

»Willow, bitte, du hast Schmerzen. Was?«

Sie sah ihn voller Tränen an, ihr Blick verschwamm.

»Es tut so weh, als würde jemand tausend Messer in meine Hüfte stoßen.«

Arir umfing sie liebevoll, legte seinen Arm um sie und ergriff ihre Hand. Ihre Ornamente vereinigten sich und wieder gab Arir ihr Kraft. Willow schloss die Augen und lehnte sich an ihn, nur ihre tiefen Atemzüge waren zu hören. Langsam entspannte sich ihr Körper und der Schmerz flachte ab. Willow öffnete ihre Augen und sah Arir an. Er erwiderte ihren Blick und fragte nach ihrem Wohlergehen. Sie nickte leicht, wagte aber nicht, sich zu bewegen, aus Angst, den Schmerz wieder zu wecken. Arir sah sie zärtlich an und küsste sanft ihre Wange. Dann zog er sich unsicher zurück. Willow grinste ihn an und forderte:

»Mehr! Ich habe dich vermisst.«

Arir lächelte zurück und erwiderte mit seiner tiefen, schwingenden Stimme:

»Du hast mir auch gefehlt.«

Damit trafen sich ihre Lippen zu einem schüchternen, zärtlichen Kuss. Wie alte Bekannte zeigten sich ihre Lippen gegenseitig, was sie ersehnt hatten, und wurden fordernder. Arir zog Willow enger an sich, dabei aber bedacht, ihr nicht wehzutun. Ihre Finger suchten seine Brust und glitten unter den feinen seidenen Stoff, den er trug.

Doch allzu schnell zerbrach ihr Paradies. Arirs Hände glitten ihren Hals hinab, als Willow vor Schmerz zusammenzuckte. Abrupt lösten sie sich voneinander. Ihre Wunde am Hals war wieder aufgerissen, Blut benetzte ihre Haut und folgte ihrem Dekolleté. Beide sahen sich verstört an. Die Wunde war vernarbt gewesen, und sie hatten sich nicht so sehr gehen lassen, dass sie dadurch wieder aufreißen konnte. Aber sie war offen und schmerzte mehr als zuvor. Willow wollte sprechen, doch ihre Stimme versagte kläglich.

»Sprich besser nicht. Warte«, sprach Arir, ergriff ein frisches Tuch vom Nachttisch und tupfte vorsichtig das Blut von ihrer Haut.

Schließlich drückte er den Stoff auch behutsam auf die Wunde und erhöhte langsam den Druck, um damit die Blutung zu stoppen. Es brannte kurz in der Wunde und Willow zuckte, dann blieb sie ruhig. Schließlich stoppte die Blutung.

»Deine Heilkräfte scheinen hier nicht richtig zu funktionieren«, meinte er, als er ihre Wunde betrachtete.

Nachdem sie zu bluten aufgehört hatte, schloss sich die Wunde schnell, aber verschwand nicht völlig. Willow schwieg; sie wusste nichts zu erwidern. Arir betrachtete ihren Hals, eine Spur Blut war unter ihr Kleid geflossen. Willow sah seinen Blick und deutete auf das Tuch zwischen seinen Fingern. Er wollte es ihr geben, doch stattdessen ergriff sie seine Hand und führte sie zum Ausschnitt ihres Kleides. Dann ließ sie erschöpft ihre Hand sinken und nickte. Arir tupfte das Blut vom Rand des Kleides, schließlich glitt seine Hand auch unter den Stoff. Obwohl die Situation kaum erotische Gedanken zuließ, verstand Arir sehr wohl diesen neuen Vertrauensbeweis.

Willow klammerte sich entkräftet an ihn. Er war erschrocken über ihre Schwäche, genoss aber gleichzeitig ihre Nähe. So saßen sie einige Zeit beisammen, bis sie das Geräusch der Tür aufschreckte.

Arir sprang auf und stand wartend neben dem Bett. Er wusste nicht, ob Willow ihre Beziehung bereits öffentlich zeigen wollte, und so blieb er, wo er war. Auf Distanz.

Psyche trat ein. Ihr Blick war müde, aber als sie Willow auf dem Bett sitzen sah, strahlte ihr Gesicht und sie eilte glücklich zu ihr.

»Willow, ein Wunder! Du bist aufgewacht!«

Vorsichtig umarmte sie Willow und drückte sie herzlich.

»Psyche …«, wollte Willow sie begrüßen, doch ihre Stimme versagte.

Der Schmerz in ihrem Hals ließ sie verstummen und ihre Hände tasteten nach ihrer Kehle. Die Wunde schmerzte noch immer.

»Jack hat dich hier verwundet?«

Willow nickte als Antwort. Arir erklärte:

»Jack hatte sich wieder verwandelt. Eine Klaue schlug er in ihren Hals, bevor er in ihre Hüfte biss. Die Wunde war schon vernarbt, aber gerade ist sie wieder aufgerissen und hat von Neuem geblutet. Und nun ...«

Psyche erkannte, was er meinte. Die Verletzung war wieder geschlossen, vernarbt. Doch gleichzeitig schien sie immer noch zu leben.

»Das ist seltsam. Ich habe noch nie solche Verletzungen gesehen. Auch die Wunde an der Hüfte ...«

»Was?«, unterbrach sie Willow. Ihre Hände griffen zum Saum des Kleides, um ihn hochzuheben, doch sie zögerte. Ihr Blick fiel auf Arir. Er verstand und drehte sich gehorsam um. Willow nickte dankbar, dann hob sie ihr Kleid. Psyche setzte sich neben sie und betrachtete mit ihr die Wunde.

Willow erschrak, dass sie die Bissstellen auf ihrer Haut noch so deutlich erkennen konnte. Sie waren zwar verheilt, aber es waren dunkle Schatten zurückgeblieben, die tief ins Fleisch reichten.

»Tut es weh?«, fragte Psyche, während sie vorsichtig über die Male strich. Unter ihren Fingern zitterte und schwitzte die Haut.

Willow antwortete mit einem Nicken, zu sprechen wagte sie nicht.

«Wie Dolche, die in ihr Fleisch gestoßen werden«, fügte Arir betrübt hinzu, ihnen immer noch den Rücken zugewendend.

Psyche sah ihn kurz an, dann fiel ihr Blick noch einmal auf die verwundete Hüfte. Dann glitt der Stoff des Kleides wieder darüber.

Willow hob den Kopf und sah Arir an, dann rief sie ihn leise mit gequälter Stimme:

»Arir!«

Er drehte sich zu ihr um und trat wieder auf sie zu. Kurz berührte er zärtlich ihre Wange. Willow schenkte ihm ein Lächeln.

»Es scheint ein starkes Gift zu sein, das Jack in dir hinterlassen hat«, überlegte Psyche laut.

»Was können wir dagegen tun?«, fragte Arir. »Irgendwie muss es doch zerstört werden können.«

»Leider kenne ich kein Mittel, das wir dir geben könnten«, entschuldigte sich Psyche und sah Willow traurig an.

»Willow, dein Körper muss wieder stärker werden, deine Kräfte. Wahrscheinlich können nur sie dieses Gift besiegen.«

»Viel Ruhe.«

»Stärkendes Essen.«

»Aufbauende Gedanken.«

So warfen sich Psyche und Arir gegenseitig die Bälle zu. Willow nickte. Sie musste lächeln. Dann ließ sie sich langsam auf das Bett sinken. Nun hinderten sie nicht einmal die Schmerzen in der Hüfte daran. Die Schwäche war stärker.

»Ja, ruh dich aus«, bekräftigte sie Psyche. Sie half ihr und deckte sie fürsorglich zu.

»Ich lasse euch wieder allein. Vielleicht finde ich noch etwas, das helfen kann. Arir, du bleibst bei ihr?«

Sie sah ihn kurz an, er nickte. Dann ging sie zur Tür, drehte sich dort aber noch einmal um.

»Ich lasse euch Suppe bringen. Willow, du solltest etwas essen, damit du wieder zu Kräften kommst.«

Damit verließ sie den Raum. Die beiden waren allein.

»Geht es?«, fragte Arir.

Er saß nahe bei ihr. Einen Stuhl hatte er an die Bettkante gezogen. Zärtlich strich seine Hand über ihr Haar. Sie sah ihn dankbar an. Leise antwortete sie:

»Müde.«

Arir drückte ihr einen Kuss auf die Wange.

»Ruh dich aus. Ich wecke dich, wenn die Suppe da ist.«

Willow hatte eine halbe Stunde geschlafen, als Arir sie sanft weckte. Er hielt ihr einen Teller voll dampfender Suppe entgegen.

»Hier, das wird dir guttun«, sagte er mit einem Lächeln.

Willow brauchte einen kurzen Moment, um sich zu orientieren, dann versuchte sie, sich in eine aufrechte Position zu ziehen. Es gelang ihr nicht. Stechender Schmerz durchfuhr ihre Hüfte. Ein gequälter Laut kam ihr über die Lippen.

Arir bemerkte es, stellte den Teller zurück auf den Nachttisch, dann griff er zögernd nach ihren Schultern.

»Darf ich dir helfen?«

Vorsichtig zog er sie hoch. Sie schrie auf und zog ihr rechtes Bein an. Arir erstarrte und wehrte ab:

»Nein, Willow. Bitte, ich will dir nicht wehtun.«

»Hilf mir hoch«, brachte Willow unter Schmerzen hervor. Arir zog weiter, obwohl sich alles in ihm sträubte. Er fügte ihr Schmerzen zu. Schließlich saß Willow am Bettrand, das rechte Bein immer noch angezogen.

»Es tut mir so leid«, entschuldigte sich Arir.

Sie antwortete nicht, atmete nur tief ein und aus, um dem Schmerz die Stärke zu nehmen. Endlich nahm er ab und Willow konnte etwas entspannen. Das Sitzen war nun fast schmerzfrei möglich. Sie war dankbar und bewegte sich nicht. Dann sah sie Arir mit einem Lächeln an.

»Du … hast etwas von … Suppe … gesagt«, brachte sie stammelnd hervor.

Sie bemerkte sein Zögern. Sein Blick verharrte noch kurz auf ihrer Hüfte, bis er überzeugt schien, dass der Schmerz abgenommen hatte. Dann reichte er ihr den Teller. Willow nahm ihn dankend entgegen, ergriff den Löffel aus Arirs Hand und begann zögerlich zu essen. Die feinen Gewürze und die Wärme taten ihr gut.

Arir sah es mit Freude, dann aß er ebenfalls.

Willow leerte einen weiteren Teller Suppe. Arir freute sich lächelnd darüber. Das war ein gutes Zeichen.

Schließlich gab ihm Willow den Teller zurück und sah ihn an. Zögernd ergriff sie seine Hand und begann mit zitternder Stimme:

»Du hast mich gerettet.«

»Ja, mit deiner Kraft.«

»Ich danke dir.« Sachte neigte sie sich vor und küsste zärtlich seine Lippen.

Dann vergrub sie ihr Gesicht an seinem Hals. Ihre Stimme war gedämpft von Tränen, als sie weitersprach:

»Es tut mir leid, dass ich gegangen bin. Ich wollte dich nicht verletzen. Aber er hat mich gerufen.«

Arir strich besänftigend über ihr Haar, dann ergriff er ihr Kinn und hob ihren Kopf an, damit sie sich in die Augen sehen konnten.

»Ich weiß davon. Psyche hat es mir erzählt. Er hat sich in deine Träume eingeschlichen und dir etwas vorgemacht.«

»Psyche? Du weißt davon. Es tut mir so leid.«

Tränen liefen ihre Wangen herab.

»Ich wollte dich nicht verraten.«

Arir sah sie einige Zeit stumm an, sah in ihre feuchten Augen. Dann neigte er sich vor und küsste ihre Wangen. Willow lächelte dankbar, da sie nun erkannte, dass er ihr nicht mehr böse war.

»Es tut mir so leid, es tut mir so leid«, wiederholte sie wieder und wieder, während sie seine Lippen auf ihrer feuchten Haut spürte. Arirs Hände strichen ihren Hals entlang, sein Mund folgte ihnen. Mit warmem Atem flüsterte er in ihr Ohr:

»Ich verzeihe dir, wenn du mir von deinen anderen Träumen erzählst.«

»Welche anderen?«

»Psyche sprach davon. Von Träumen, die dich ebenso verwirrt hätten.«

Willow wich leicht zurück, doch dann kam sie ihm wieder nahe und drückte sich an ihn. Leise flüsterte sie in sein Ohr:

»Ich träumte vom Moment, als ich dich geschaffen habe. Zuerst war da nur Licht und dann sah ich dich. Deine Augen, die sich öffneten, deinen Blick … Und ich spürte, dass ich dich liebte. Anders, als ein Schöpfer seine Schöpfung liebt. Ich wusste, dass du der Mann bist, den ich einmal als Frau lieben wollte.«

Zärtlich küsste sie ihn.

»Nun bin ich endlich eine Frau.«

Arir lächelte und erwiderte:

»Und ich ein Mann.«

18 Unzertrennlich

Willows Wunden verheilten zunehmend. Arirs Pflege, seine Liebe und Zärtlichkeit bewirkten Wunder. Schließlich war Willow kräftig genug, um ihr Bett verlassen und kleine Spaziergänge mit Arir durch Korloch unternehmen zu können.

Bei einer ihrer ersten Wanderungen kamen Willow und Arir auch in den Thronsaal. Erinnerungen durchfluteten die junge Frau und ihr Blick streifte kurz den großen Thron des Königs. Der Raum war leer und der Platz unbesetzt. Willow war froh darüber; sie wollte allein sein, allein sein mit Arir. Sie trat zum großen Fenster. Das Blau des Wassers funkelte ihr entgegen, bunte Fische schwammen vorbei. Kurz meinte sie, den riesigen SorMor aus dem Schatten kommen zu sehen, doch sie schüttelte die Erinnerung ab. Arir, der still in der Mitte des Saales gestanden hatte, trat leise zu ihr und umfing sie von hinten. Sie erschrak und er ließ sie alarmiert los. War er zu weit gegangen? Willow blieb kurz vor Schreck erstarrt stehen, blickte ins Leere, dann wandte sie sich zu Arir um und lächelte ihn an, um Nachsicht heischend.

»Bitte komm zu mir.«

Arir trat ihr vorsichtig entgegen und nahm sie in die Arme. Sie lehnte sich an ihn und ließ sich umarmen.

»Ich wollte dich nicht verletzen«, flüsterte Arir ihr sanft ins Ohr.

»Das hast du nicht. Es kam nur eine ungute Erinnerung zurück, als du mich umarmt hast. Ich war auf meiner Reise mit Jack, Myth und Rachel auch hierhergekommen. Doch damals waren wir noch nicht als Freunde aufgenommen worden. Wir waren Gefangene und ich sollte eine Konkubine in Ixions Harem werden. Er verging sich hier in aller Öffentlichkeit an mir.«

Arir hatte still zugehört. Nun tröstete er sie mit sanften Berührungen. Sie genoss es, drehte sich zu ihm um und küsste ihn zärtlich. Er erwiderte ihren Kuss und zog sie an sich. Als sie sich voneinander lösten, lächelte sie ihn glücklich an und ergänzte:

»Ixion ist bestraft worden. Ich habe ihn überlistet.«

Damit ließen sie das Thema fallen. Sie standen noch einige Zeit am Fenster und genossen ohne schlechte Gedanken die Aussicht.

»Kennst du die Gärten?«, fragte Willow.

Arir lächelte und meinte:

»Ja, in meiner Zeit als Herrscher war ich hier oft zu Besuch. In diesem Saal gab es viele rauschende Feste zu meinen Ehren. Den König kenne ich außerdem sehr gut. Ich bin für alle hier ein guter alter Bekannter. Ich glaube, ich habe hier jeden Ort gesehen.«

Willow nickte, dann meinte sie augenzwinkernd:

»Da stimme ich dir zu, mit einer Ausnahme. Ich glaube, die Gefängnisse kennst du nicht so gut wie ich.«

Arir musste lachen und antwortete:

»Nein, ich kenne zwar die Nixen, aber ich bin immer zuvorkommend behandelt worden.«

Sie gingen hinauf zu den Gärten. Auf ihrem Weg begegneten sie niemandem. Alle Nymphen hatten sich zurückgezogen. Es war kurz vor Dämmerung. Die Zeit, in der sich die Beine der Nymphen wieder in Fischschwänze zurückverwandelten. Willow war froh, dass sie niemanden trafen.

Schließlich erreichten sie die Gärten. Es war dämmrig, bald würde die Sonne aufgehen. Willow trat an die steinerne Außenmauer der Gärten, sah auf den Mair, der die Nympheninsel umspülte und wartete auf die aufgehende Sonne. Sie spürte zwar die Sorgen, die auf ihr lasteten, den Schmerz, der sie quälte, doch trotzdem war sie glücklicher als je zuvor. Still genossen beide das Farbenspiel, Willow seufzte auf vor Glück und Kummer, dann sah sie Arir an und fragte ihn:

»Müssen wir zurück? Muss es nur Kampf, Leid und Tod geben? Kann ich nicht einfach nur leben?«

Aus Willows Stimme klang der ganze Schmerz ihres Lebens, als Kind des Krieges, als Freundin des Teufels, als Frau des Leids. Sie sah Arirs gequälten Gesichtsausdruck und ließ sich von ihm umarmen. Er hielt sie fest, während er leise erwiderte:

»Ich verstehe dich. Ich verstehe deinen Wunsch nach Frieden. Mir geht es genauso. Ich will nicht mehr kämpfen. Ich möchte auch, dass das Leid aufhört.«

»Jack will doch nur mich. Wenn er mich nicht findet, hört er auf?«

Arir schüttelte bedauernd den Kopf. Er zögerte kurz, bevor er antwortete:

»Willow, ich weiß, du willst das nicht hören, aber ich

glaubte nicht mehr daran, dass Jack wieder normal werden könnte. In ihm ist so viel Hass, so viel Dunkelheit.«

Doch stimmte er zu, dass Willow nicht mehr in seine Nähe kommen sollte. Nie wieder würde er zulassen, dass sie sich ihm näherte.

Wenn er weiterhin böse blieb, würde sich der Alte Stamm um ihn kümmern. Doch bis jetzt verhielt sich Jack ruhig. Arir glaubte nicht, dass dies so bleiben würde, deshalb hatte er noch am selben Tag, als er Willow nach Korloch gebracht hatte, ein kurzes Schreiben an Miral und die anderen geschickt. Dass es ihnen gut ginge, Willow sich aber erst von ihren Verletzungen erholen müsse. Bezüglich Jack sollten sie nichts im Alleingang unternehmen, ihn nur beobachten, ob er jemandem schadete.

»Wir bleiben hier. Vergiss die Vergangenheit.«

Arir wusste, dass er sie und sich belog. Irgendwann mussten sie sich Jack stellen, aber nun sollte Willow zuerst ganz gesund werden. Willow küsste ihn dankbar, glaubte an ein friedliches Leben mit ihm, ohne Schmerz und Leid.

Die Sonne war vollständig aufgegangen. Ihre Strahlen wärmten sie und nahmen ihr Leid und Qual.

»Gehen wir zum Nymphenbrunnen?«

Arir nickte zustimmend und langsam gingen sie los. Sein Blick fiel auf Willows rechtes Bein. Sie zog es immer noch etwas nach und bei jedem Auftreten schien es zu schmerzen. Willow verbarg es zwar fast meisterhaft, doch es ging ihr nah. Arir zögerte kurz, dann hob er sie auf die Arme und trug sie. Willow wehrte sich spielerisch, dann lächelte sie ihn dankbar an. Sie drückte ihren

Kopf an seine Schulter, ihre Finger spielten mit seinem Hals. So erreichten sie den Brunnen.

»Und jetzt geht jemand baden!«, rief Arir lachend und schwang Willow über das Wasserbecken.

Sie kreischte und klammerte sich an Arir. Der Schwung ließ beinahe beide im Brunnen landen. Doch Arir gewann sein Gleichgewicht zurück, nur Willows Fuß tauchte ins Wasser. Es war kühl, angenehm, doch Willow verzog, anscheinend von Schmerz gequält, den Mund. Dann lachte sie Arir an, der sie nun vorsichtig auf der steinernen Beckenumrandung absetzte. Er setzte sich neben sie und sah sie an. Sie grinste ihm entgegen. Dann traf ihn ein Schwall Wasser, das sie heimlich aus dem Becken geschöpft hatte. Er zuckte zurück, dann war seine Hand im Brunnen und er spritzte zurück. Sie lachten beide und beendeten ihre Wasserschlacht. Dann lehnte sich Willow an Arir und sie saßen ruhig beieinander. Arirs Hand ergriff ihre und sie streichelten sich. Beide gingen auf Entdeckungstour. Seine Hände fanden ihren Hals, der durch ihre langen, seidigen Haare verdeckt war. Er strich zart über die weiche Haut und schenkte ihrem Rücken Küsse. Sie schloss genießend die Augen, spürte seine Berührungen. Dann drehte sie sich um und sah ihn an. Sie küssten sich und Willow tastete nach seiner Brust. Ihre Finger öffneten zitternd die Knöpfe seiner Robe und glitten über seine warme Haut. Er neigte sich nach hinten und ließ sich rücklings auf dem Stein nieder. Sie folgte ihm und lag ruhig auf ihm. Sie kuschelte sich an seine Brust, spürte seine Hände in ihrem Haar und auf ihrer Haut. So schlief sie ein.

Arir bemerkte es und lächelte. All das Leid und ihre Verletzungen hatten sie erschöpft. Er ließ sie schlafen und genoss ihre Nähe. Sie lag leicht auf ihm. Zu leicht. Sie musste wieder mehr essen. Die Sache mit Jack hatte ihr zu oft den Appetit genommen. Seine Finger strichen zärtlich über ihr Gesicht. Es war entspannt. Ihre Lippen waren weich und warm. Arir ersehnte ihre sanften Berührungen. Nun schloss er ebenfalls die Augen und fiel in einen ersten tiefen Schlaf seit vielen unruhigen Nächten.

Als Arir schließlich erwachte, stand die Sonne schon hoch am Himmel. Er sah auf und erschrak. Willow war nicht mehr da. Er sprang in Sorge auf. Panisch sah er sich um und da … Er beruhigte sich. Willow lag unweit unter einem Baum im weichen, duftenden Gras, umgeben von bunten Blumen. Es war ihr wohl im Sonnenschein zu warm geworden und sie hatte den Schatten vorgezogen. Er ging zu ihr und ließ sich neben ihr nieder. Sie schlief tief. Er legte sich zu ihr und sie schmiegte sich im Schlaf an ihn.

Schließlich erwachte auch sie in seinen Armen. Sie sah ihn mit funkelnden Augen an und küsste ihn zärtlich. Er erwiderte ihren Kuss und wurde fordernder. Sein Körper rutschte über ihren, sie bemerkte es und schubste ihn spielerisch von sich herunter. Er zog sie mit und sie rollten im Spaß über die Wiese. Schließlich gewann er und blieb über ihr liegen. Dieses Mal ruhte sein Körper schwer auf ihr und sie atmete mühsam. Er lachte sie triumphierend an und drückte sie noch stärker zu Boden.

Erst als er bemerkte, dass sie nach Luft rang, stützte er seinen Körper etwas ab. Aber nur so weit, dass sie wieder genug Luft bekam, frei ließ er sie nicht. Beide sahen sich stumm an. Willow wirkte wie ein scheues Reh, ihre aufgerissenen Augen blickten ihn ängstlich an. Er spürte ihren warmen Körper unter seinem, ihre Kurven, die sich an seinen Leib drückten.

Willow spürte seine Schwere und die Kraft, mit der er sich vom Boden abstützte. Sie erwartete, panisch zu werden, an die schreckliche Nacht mit Jack denken zu müssen, aber das Grauen sprang sie nicht an. Stattdessen entbrannte in ihrem Leib eine ungekannte, aber umso wohligere Hitze, beginnend in ihrem Bauch und durch all ihre Glieder strömend. Ihr Körper bewegte sich leicht unter ihm und schmiegte sich enger an ihn. Ihre Hände berührten seinen Hals, glitten ihn hinab, über seine Schultern, an seine Seiten. Sie küsste ihn, der stumm geblieben war, und zog ihn näher an sich.

Sein Körper wollte ihr folgen, doch Arir bremste sich. Zwar erwiderte er ihren Kuss, aber überschritt nicht die Grenze.

Willow war ihm im nächsten Moment dankbar dafür, denn ein starker Schmerz fuhr durch ihr Bein und ließ sie schreien. Der Schmerz war wieder da, das Gift in ihr tat erneut seine Wirkung. Arir setzte sich auf und zog Willow mit sich. Über ihre Wangen liefen Tränen, unsichtbare Dolche stießen wieder und wieder in ihren Leib. Arir stand auf und half ihr hoch. Als sie neben ihm stand, das schmerzende Bein leicht angezogen, nahm der Schmerz etwas an Heftigkeit ab. Sie atmete auf und hielt sich immer noch an ihm fest. Sie sah ihn an und erkannte erst jetzt, was gerade fast geschehen wäre. Erst jetzt wurde es ihr bewusst. Sie spürte noch die Glut in ihrem Innern und vermisste in sich die Angst davor.

Arir war es ebenfalls nicht entgangen. Er hatte ihr Verlangen gespürt und war erstaunt, wie weit sie schon gegangen waren. Er hatte noch nicht daran gedacht, das Thema war eigentlich überhaupt erst durch Mirals Fragen in seinen Blickwinkel gerückt. Er wusste nicht, ob er schon so weit war. Ihre beiden Körper waren es, aber wie sah es mit ihren Seelen aus? Er wollte Willow nicht verletzen. Der Vorfall mit Jack war erst wenige Tage her. Sie kannten sich noch nicht lange. Was weckte in ihr ein so großes Verlangen? War es die Seele der Herrin, die ihn schon so viele Jahrhunderte lang begehrt hatte? Und nun wurde ihr Paradies gestört. Jack verfolgte Willow weiterhin, das Gift warf einen Schatten auf sie.

Die junge Frau zitterte, sie fror. Der Schmerz vertrieb die Hitze in ihr.

»Du weißt, dass ich dich liebe?«, fragte sie Arir leise.

Er sah sie zärtlich an und streichelte ihre Hände.

»Ich weiß.«

»Ich war in Jack verliebt gewesen, doch Liebe fand ich erst in dir«, ergänzte Willow.

Arir drückte ihr einen Kuss auf den Haaransatz.

»Und was ist mit dir? Hast du mich gern?«

Arir musste schmunzeln:

»Ich habe dich nicht *gern*. Nein …, ich liebe dich. Mehr als alles andere auf der Welt. Ich liebe dich wie Sonne und Regen, wie Luft und Wasser.«

Ihre Augen strahlten, als sie seine Worte vernahm.

»Und bleibst du bei mir?«, fragte sie ihn weiter.

»Ich werde dich nie mehr verlassen, außer es wäre dein innigster Wunsch. Ich bin frei, gelöst von Miral.«

Glücklich umarmten sie sich.

Gegen Nachmittag verließen sie die Gärten und kehrten in das Schloss zurück. Bevor sie ihre Gemächer erreichten, fing sie ein Bediensteter ab.

»Herr Arir, bitte, folgen Sie mir. Mein Herr freut sich darauf, Sie zu sehen.«

Er führte sie unverzüglich in den Thronsaal. Willow humpelte immer noch und stützte sich auf Arirs Arm. Im Saal empfing Ozeanus sie persönlich. Er saß auf seinem Thron; einige Wachen standen um ihn herum, sonst war der Raum leer. Als Ozeanus sie erblickte, erhob er sich und kam ihnen entgegen. Willow verbeugte sich in Ehrfurcht und Arir neigte leicht den Kopf.

»Nicht doch, nicht doch. Eher bin ich es, der sich verneigen sollte.« Freundlich reichte er ihnen die Hand.

»Ich bin meinen Wohltätern tausendmal zum Dank verpflichtet.«

Willow sah Arir an und dachte an den gemeinsamen Kampf gegen Kankarios.

»Schön, dass ich Euch wieder einmal zu sehen bekomme. Ihr seid mir immer willkommen. Es tut mir leid, liebste Willow, dass Ihr verletzt worden seid, aber ich hoffe, dass Ihr hier die nötige Ruhe finden werdet, um zu genesen.«

Willow bedankte sich, sonst blieb sie eher still, während Ozeanus und Arir über alte Zeiten sprachen. Arirs früheres Ich war für Willow ungewohnt und sie war fast überzeugt, dass er ihr als Krieger nicht gefallen hätte. Dieser schien viel härter und egoistischer gewesen zu sein. Sie wurde aus ihren Überlegungen gerissen, als Psyche hinter dem Thron hervortrat. Willow sah sie nun zum ersten Mal auch mit Fischschwanz, der golden leuchtete. Gold auf tiefgründigem Blau. Psyche war schöner als je zuvor. Die Prinzessin begrüßte sie mit einem Lächeln und wandte sich dann an Willow:

»Sind die Schmerzen schon besser geworden?«

Willow verneinte traurig.

»Sie kommen schubweise.«

»Es ist ein starkes Gift, das Jack in dir hinterlassen hat. Es ist der pure Hass. Dein Körper muss stärker werden, um es bekämpfen zu können. Ich habe dir noch ein Stärkungsmittel gemischt. Nimm es zu dir, wenn du zu Bett gehst. Und du musst essen. Ich werde dir etwas auf das Zimmer bringen lassen.«

Kurz fiel ihr Blick auf Ozeanus und Arir, die abseits standen, immer noch ins Gespräch vertieft.

»Arir wird heute wohl mit meinem Vater speisen.«

Willow sah erschrocken auf. Sie ertrug den Gedanken nicht, ihn verlassen zu müssen. Plötzlich überfiel sie eine große Schwäche. Sie sackte in sich zusammen, Psyche griff rasch zu und hielt sie aufrecht. Der Schmerz überfiel sie erneut. Arir und Ozeanus hatten den Vorfall bemerkt und waren unverzüglich herbeigeeilt.

»Willow, was ist mit dir?«, fragte Arir besorgt. Ihr Blick verschwamm, kurz wurde ihr schwarz vor Augen.

»Sie muss ruhen«, tönte Ozeanus: »Wache, du, trag sie hinauf!«

Doch bevor der angesprochene Wachmann hinzukommen konnte, griff Arir nach ihr und hob sie auf seine Arme. Er erklärte:

»Majestät, ich hätte noch gern weiter mit Euch gesprochen, aber ich fürchte, wir müssen das Gespräch auf später verschieben.«

Damit verließ er den Thronsaal. Psyche sah ihren Vater mit einem vielsagenden Lächeln an, dann eilte sie Arir hinterher. Der König blieb mit seinen Wachen zurück und meinte schmunzelnd:

»Wahrlich, das ist Liebe.«

Willow fand ihr Bewusstsein wieder, als Arir sie ins Gemach trug. Er eilte zum Bett und setzte sie vorsichtig darauf.

»Geht es dir besser?«

Sorge war in sein Gesicht geschrieben.

»Danke, es geht schon wieder. Es war nur ein vorübergehender Schwächeanfall.«

Psyche war nun auch neben Willow getreten.

»Du musst ausruhen. Hier, trink diesen Stärkungstrank; er wird dir auch die Schmerzen nehmen. Iss etwas, bevor du dich hinlegst.«

Sie winkte einen Gehilfen heran, der auf einem Tablett warme Speisen herbeitrug. Eine nährende Suppe, gedünsteten Fisch mit frischem Gemüse. Der Gehilfe stellte ein Tischchen vor das Bett und servierte zwei Gedecke. Für Arir platzierte er einen Stuhl davor. Dann verschwand er wieder so still und leise, wie er gekommen war.

»Arir, achte darauf, dass sie genug isst. Wenn du willst, das Bett ist nebenan für dich gerichtet.«

Er bedankte sich, dann verschwand Psyche.

Arir sah gedankenverloren auf den bereitgestellten Stuhl.

»Komm zu mir«, forderte ihn Willow auf und deutete auf das Bett.

Er lächelte und setzte sich neben sie. Dann reichte er ihr den bereits gefüllten Suppenteller. Sie nahm ihn und begann zu essen. Er tat es ihr gleich, achtete aber sehr darauf, dass sie den Teller leerte. Die Wärme der Suppe verdrängte die Kälte in ihr und Willow fühlte sich etwas besser. Und auch ihr Appetit erwachte. So aß sie auch noch vom Fisch und dem Gemüse und endete erst, als sie völlig satt war. Arir sah sie dankbar an und vertilgte den Rest seiner Mahlzeit. Dann räumte er ab und ließ sich wieder neben Willow nieder. Er fragte:

»Kann ich noch etwas für dich tun?«

Willow warf ihm einen vieldeutigen Blick zu, dann meinte sie:

»Ich würde mich gern etwas frisch machen. Könntest du mich ins Bad bringen?«

Arir nickte lächelnd, dann hob er sie erneut hoch und brachte sie ins Bad. Er setzte sie auf einem kleinen, hölzernen Hocker nieder, der neben einer alten, gusseisernen Badewanne stand. Willows Blick fiel darauf, ihre Finger glitten zärtlich über das kalte Metall. Sie dachte an ihr angenehmes Bad während ihres letzten Aufenthalts hier, an die Wärme, den Duft und die friedliche Stille. Arir bemerkte ihre Reaktion, dann ließ er sie allein.

Willow erschien kurz darauf wieder an der Badtür. Arir ging ihr entgegen und trug sie zurück zum Bett. Sie hatte sich gewaschen, ihre Haut glänzte noch feucht. Dankbar ließ sie sich auf dem Bett nieder, dessen Decke nun zurückgeschlagen war. Willow gähnte, sie war erschöpft. Arir half ihr, die Schuhe auszuziehen, dann reichte er ihr das bereitgelegte Nachthemd – ein kurzes, weiches Kleid. Er drehte sich um, sodass die junge Frau sich umziehen konnte. Dann sah er sie wieder an. Sie hatte sich ins Bett gelegt, aber die Decke noch nicht über sich gezogen.

»Ich hoffe, du kannst jetzt gut schlafen«, meinte er, unsicher, ob er gehen sollte. »Gute Nacht.«

Willow streckte ihre Hand aus und bat ihn:

»Bitte bleib.«

»Ich möchte dich nicht stören.«

Arir war unsicher. Er dachte an den Vorfall in den Gärten zurück. An ihre gegenseitige Sehnsucht, an sein Verlangen.

»Bitte, das Bett ist groß genug für uns beide.«

Arir gehorchte. Er wollte sie nicht wirklich verlassen. Er setzte sich auf die Bettkante und knöpfte seine Robe auf. Sie war zu dick und starr, um darin zu schlafen. Willow sah sein Vorhaben und richtete sich auf. Sie schmiegte sich an seinen Rücken und ihre Hände halfen ihm mit den Knöpfen. Schließlich glitt der Stoff von seinem Oberkörper. Willows Hände berührten seine nackte

Haut, sie küsste seinen Rücken. Arir drehte sich zu ihr um und küsste sie, dann wandte er sich seinen Schuhen zu, die er mit einer raschen Bewegung auszog. Schließlich löste er die Zierborte, die wie ein Gürtel um seine Hüften lag. Die Hose, luftiger und leichter als die Jacke behielt er an. Willow sank zurück ins Bett und zog ihn mit sich. Sie schmiegte sich eng an seine Brust, während er ihr Haar streichelte. Mehr wagten beide nicht, obwohl sie innerlich bebten. Willow spürte wieder die angenehme Glut in sich und sackte schnell in einen tiefen Schlaf. Arir folgte ihr bald und sie trafen sich im Land der Träume.

19 Ein Stückchen vom Paradies

Willow erwachte, als der erste blaue Schimmer der Morgendämmerung in das Zimmer fiel. Sie fand den Platz neben sich leer. Sie war traurig. So gern wäre sie in Arirs Armen aufgewacht. Wo war er? Hatte er es nicht mit ihr ausgehalten und war stattdessen in sein eigenes Bett gegangen? Fragend sah sie sich um, während sie sich streckte und herzhaft gähnte. Sie fühlte sich gut, obwohl die Sorge um Arirs Aufenthalt an ihr nagte. Die Tür öffnete sich. Die junge Frau sah gespannt auf – vielleicht ein Bediensteter mit dem Frühstück. Es war Arir selbst. Er lächelte ihr entgegen. Schnellen Schrittes eilte er auf sie zu, setzte sich auf die Bettkante und drückte ihr einen Kuss auf die Stirn.

»Guten Morgen, meine Rosenblüte.«

Willow errötete bei diesem Kosenamen und küsste ihn ebenfalls. Dann wurde ihr Blick vorwurfsvoll und sie fragte:

»Wo warst du? Ich habe dich vermisst.«

»Bitte nicht böse sein. Ich habe eine Überraschung für dich.«

Und damit half er ihr aus dem Bett.

»Was für eine Überraschung?«

Arir führte sie zur Badtür.

»Geduld, Geduld, du wirst schon sehen.«

Er sah verstohlen auf ihr rechtes Bein. Willow humpelte leicht, sie schien es aber nicht zu bemerken, zu sehr war sie auf die Überraschung gespannt.

»Schließ die Augen«, forderte er sie auf. Als sie seinem Wunsch nachkam, öffnete er die Badtür und führte sie hinein. Der Duft nach Blumen und brennenden Kerzen drang an ihre Nase. Erfreut öffnete sie die Augen. Vor ihr leuchteten zahlreiche Kerzen im Halbdunkel und in ihrer Mitte stand die Badewanne gefüllt mit warmem, dampfenden Wasser, auf dessen Schaum rote Rosenblätter tanzten. Arir, der die Tür hinter ihnen geschlossen hatte, trat an sie heran und berührte leicht ihre Schulter.

»Ich dachte mir, dass dir das gefallen könnte. Mir ist dein Blick gestern nicht entgangen.«

Willow unterbrach ihn, indem sie ihn zärtlich auf den Mund küsste.

»Danke.«

Arir lächelte, glücklich, dass seine Überraschung gelungen war.

»Gut, dann lasse ich dich nun allein. Nimm dir Zeit. Wenn du fertig bist, wartet ein köstliches Frühstück auf dich.«

Willow ließ ihn zur Tür gehen, zögerte, dann rief sie ihn zurück:

»Bitte bleib.«

Arir sah sie fragend an, ihr Blick war unsicher, sie wusste offenbar selbst nicht, wie weit sie gehen wollte.

»Gut, ich werde heute dein Diener sein.«

Er umarmte sie von hinten und küsste ihren Hals. Sie genoss seine Berührung und rutschte aus dem Kleid. Er half ihr, seine Hände glitten über ihre Seiten, blieben dort. Sein Blick fiel auf ihren nackten Rücken, er strich ihre Haarmähne nach vorne, sie fiel über ihre Brust und verdeckte ihre Blöße. Seine Hände folgten ihrem Rücken, strichen über ihre Flanken, fanden ihre Schenkel.

Willow erzitterte. Es war eine neue Berührung, zart, nicht so forschend und fordernd, wie sie Jack berührt hatte, sondern viel vorsichtiger und scheuer. Ihr Atem beschleunigte sich in Spannung, die auch nicht absackte, als Arir seine Hände wieder hob und ihren Hals berührte. Dann trat er zurück und hob ein Handtuch als Sichtschutz.

»Bitte, meine Dame, Ihr Bad ist bereitet.«

Willow lächelte ihn amüsiert an, dann schlüpfte sie aus ihrer Unterhose und glitt in das warme Badewasser. Es umfing weich ihre Glieder, in leichter Bewegung, und sie dachte an Arirs Hände. Sie versank fast vollständig in der Wanne, nur ihr Kopf schaute heraus, den sie auf dem Wannenrand ablegte. Als der Schaum ihren Körper vollständig bedeckte, senkte Arir das Handtuch und setzte sich auf einen Hocker am Kopfende der Wanne.

»Ist alles in Ordnung?«, fragte er sie leise.

Sie lächelte ihn an, ihr Blick wirkte müde, entspannt. Er berührte ihren Nacken und massierte ihn vorsichtig. Sie schloss genussvoll die Augen und fiel in tiefe Entspannung. Sein Blick fiel wohlwollend auf sie, dann küsste er sie wieder wach. Sie erwiderte seinen Kuss und tauchte unter. Als sie wieder auftauchte, wusch er ihre Haare und wickelte sie anschließend in ein Handtuch. Willow selbst blieb noch einige Zeit im warmen Wasser. Ihre Glieder entspannten sich, Verkrampfungen in den Muskeln verschwanden. Arir saß lautlos bei ihr, berührte sie ab und zu, blieb aber wie sie still. Schließlich wurde das Wasser kalt und Arir stand auf, hob das Handtuch. Willow stieg aus der Wanne und ließ sich in den weichen Stoff wickeln. Er rubbelte sie trocken, dann setzte sie sich im Handtuch auf den Hocker und Arir kämmte ihr Haar so lange, bis es trocken war und im Kerzenschein funkelte. Willow genoss seine Zärtlichkeiten und war glücklich. Schließlich reichte Arir ihr frische Kleidung und verließ sie.

Als Willow wenig später in einem feinen, zart geschnittenen, blauen Kleid das Schlafzimmer betrat, fand sie Arir auf dem frisch gemachten Bett sitzen, vor ihm ein üppig gedeckter Frühstückstisch. Sie roch den Duft frisch aufgebrühten Tees und gerade gebackener Teigwaren. Die Frische süßer Früchte lockte sie heran und sie ließ sich neben Arir nieder. Er begrüßte sie mit einem Kuss auf die Wange, dann hielt er ihr eine Tasse Tee hin. Sie nahm sie gern an und trank einen ersten Schluck. Die Temperatur war genau richtig. Sie aß sich satt und glaubte an das wahre Glück der Welt. Arir war neben ihr still geblieben, hatte sie nur die ganze Zeit betrachtet. Als sie fertig war, küsste er sie erneut und streckte ihr seine geschlossene Hand hin.

»Du hast uns zwar schon ein Symbol für unsere Verbindung geschenkt.«

Sein Blick fiel auf ihre Ornamente.

»Aber ich möchte dir etwas geben, damit du weißt, dass ich immer bei dir sein werde und wir zusammengehören.«

Mit diesen Worten öffnete er seine Hand. Auf der

Handfläche lag ein kleiner silberner Ring. Willow stieß einen überraschten Laut aus. Drei kleine, blattförmige Smaragde funkelten ihr entgegen. Es war ein exakter Zwilling seines Herrscherrings. Des Ringes, der ihr schon so oft aufgefallen war, den sie so oft auf ihrer Haut gespürt hatte, wenn er sie berührte.

»Willow,« damit fiel er vor ihr auf die Knie: »Möchtest du meine Frau werden?«

Vorsichtig griff Arir nach ihrer Hand. Willow sah ihn einen Moment verwirrt an, dann küsste sie ihn zärtlich auf die Stirn. Ihr geflüstertes »Ja« erfüllte sie beide mit einem nie empfundenen Glück. Arir lächelte dankbar, dann ergriff er den Ring und streifte ihn über ihren linken Ringfinger. Er passte wie angegossen. Arir freute sich und küsste ihren Finger. Willow hob erstaunt ihre Hand, sah den Ring und begann zu weinen. Warme Tränen glitten über ihre Wangen, ihr Körper zitterte. Arir sah es, war erschrocken, dann nahm er sie tröstend in die Arme und flüsterte:

»Es ist gut. Alles ist gut.«

Kurz weinte sie an seiner Schulter, dann atmete sie geräuschvoll aus und sah ihn mit feuchten Augen an. Er lächelte ihr entgegen und sie antworte ihm ebenso. Dann hauchte sie mit zitternder Stimme:

»Danke.«

Ihre Lippen suchten seinen Mund und bedanken sich auf ihre Weise.

Kurz darauf betrat Psyche das Zimmer. Willow saß auf dem Bett, Arir räumte gerade den Tisch ab. Psyche lächelte, als sie Willows vor Glück strahlende Augen sah. Auch bei Arir entdeckte sie dieses Gefühl.

»Es freut mich, euch so glücklich zu sehen. Schön, Willow, es scheint dir besser zu gehen, oder?«

Sie setzte sich zu ihr.

»Ja, ich habe momentan keine Schmerzen.«

»Das freut mich und auch meinen Vater. Er wollte unbedingt wissen, wie es dir geht. Er hat sich viele Sorgen gemacht um dich.«

»Richte ihm aus, dass es mir nicht besser gehen könnte. Der Schatten verschwindet.«

Psyche sah Arir dankbar in die Augen. Er erwiderte ihren Blick.

»Es wird meinen Vater freuen, denn er hat gehofft, euch beide zum Ball heute Abend einladen zu können. Es wäre uns eine Ehre.«

Arir lächelte und auch Willow war davon angetan. Ohne Zögern sagten beide zu.

»Gut, ich werde es sogleich meinem Vater berichten. Geeignete Kleidung werdet ihr später in euren Gemächern finden. Arir, begleitest du mich bitte? Mein Vater möchte dich kurz sprechen.«

Arir nickte und folgte ihr. Als sie das Zimmer verlassen hatten und einige Meter weit gegangen waren, erhob Psyche endlich das Wort.

»Kannst du dafür sorgen, dass Willow heute Abend ihr Diadem trägt? Es ist nämlich eine Feier zu euren Ehren.«

»Ich weiß, ich habe es schon mit deinem Vater besprochen. Ich werde dafür sorgen.«

Psyche reichte ihm ein Schreiben. Es war eine Antwort

von Miral. Arir las es sogleich. Was darin stand, gefiel ihm nicht.

»Jack hat sich in die Finsternis zurückgezogen. Er scheint aber etwas zu planen. Ich glaube, ein Kampf ist unausweichlich.«

Psyche seufzte und fragte ihn:

»Du weißt, dass wohl allein Willow ihn besiegen kann?«

»Ich weiß und ich fürchte mich davor, es ihr zu sagen. Ich konnte ihn nicht besiegen. Sie musste mich vor ihm retten. Und als ich sie aus seinen Klauen befreite, war es ihre Kraft, nicht meine, die das Ungetüm vertrieb. Sie will nicht mehr kämpfen, aber bald wird sie es tun müssen.«

»Es tut mir leid.«

»Bitte sag ihr nichts. Ich möchte noch darüber schweigen, bis wir Genaueres wissen.«

»Ja, schenken wir ihr Frieden und hoffen, dass ihre Wunden schnell heilen.«

Dann verabschiedeten sich die beiden und Arir ging zurück zu Willow.

Willow war staunend auf dem Bett sitzen geblieben. Mit einem Lächeln betrachtete sie den Ring an ihrem Finger, berührte ihn. Ihr Herz schlug so wild, dass sie glaubte, es würde gleich vor Glück zerspringen. Die Erinnerung an vergangene Zeiten stieg in ihr auf, sie sah ihre Eltern, wie sie sich geküsst hatten in Zeiten des Glücks, an den Blick ihrer Mutter, wenn sie ihren Mann nach Abwesenheit wiederkommen sah. Würde sie auch solch ein

Glück haben mit Arir? War es ihr erlaubt, ihn zu lieben? Sie durfte ihre Liebe schenken und es kam Liebe zu ihr zurück. Es war für sie das größte Glück auf Erden.

Als Arir ins Zimmer zurückkehrte, fiel sie ihm um den Hals. Er lachte ihr freudig entgegen, während er die dunklen Gedanken über Jack abschüttelte. Er wirbelte sie herum und in ihrem Schwung stürzten sie beide auf das Bett. Arir über ihr. Kurz küssten sie sich, genossen die Nähe ihrer Körper, dann erhob er sich und zog sie mit sich. Willow ließ sich nur so weit in die Höhe ziehen, bis sie auf der Bettkante saß, dann umfing sie den stehenden Arir. Er strich ihr zärtlich über ihr Haar, dann setzte er sich neben sie auf das Bett. Sie kuschelte sich an ihn, während er ihr einen Kuss auf den Scheitel drückte.

»Danke, dass du Ja gesagt hast«, sage er ernst.

Sie sah ihn mit wachen Augen an, dann stahl sich ein Grinsen auf ihre Lippen. Sie erwiderte:

»Danke, dass du gefragt hast!«

Er musste lachen. Dann küsste er sie, seine Lippen wanderten weiter über ihre Wangen, berührten sie leicht wie ein frischer Frühlingshauch. Willow schloss genießend ihre Augen und er küsste sanft ihre Lider. Dann löste er sich sichtlich schwer von ihr und stand auf.

»Komm, ich möchte dir etwas zeigen.«

Willow sah ihn fragend an und erhob sich.

»Eine neue Überraschung?«

Arir lächelte sie verschmitzt an und zog sie mit sich, während er sagte:

»Du magst doch Bücher, oder?«

»Ja, natürlich, ich lese sehr gern. Nur die letzte Zeit bin ich nicht dazu gekommen.«

Sie folgte Arir, als er sie aus dem Zimmer und durch verschiedene Gänge des Schlosses führte, bis sie schließlich vor einer großen, schweren Tür haltmachten. Sie war aus altem Holz gefertigt und mit filigranen Schnitzereien verziert. Willow fuhr gedankenverloren über eine geschnitzte Rose, als Arir den schweren Türgriff herunterdrückte und die Tür öffnete. Er ließ der jungen Frau den Vortritt, die in eine wunderbare Schatzkammer eintrat. Eine Schatzkammer voller vergilbtem, staubigem Papier. Es war die Bibliothek der Nymphen. An allen Wänden reihten sich hohe, alte Regale aneinander, über und über mit Büchern vollgepackt. Willow trat begeistert ein, roch den Duft alter Bücher, den sie liebte, sah die Kostbarkeiten, die hier lagerten. Arir erkannte, dass seine Idee ein erneuter Erfolg war, schloss die Tür hinter sich und führte Willow weiter in den Raum hinein. Die Bibliothek erstreckte sich über eine ganze Etage des Schlosses und der Raum, der zunächst klein erschienen war, erweiterte sich in alle Richtungen, führte in weitere Räume. Es war ein großes Labyrinth aus Büchern. Willow tauchte darin ein und ließ sich von Arir zu einer gepolsterten Sitzbank führen, versteckt hinter vielen Regalen, verborgen vor allzu neugierigen Blicken plötzlich eintretender Besucher. Dort ließ sie sich nieder und Arir versprach, ihr etwas Interessantes zu zeigen. Er verschwand kurz und kam schließlich mit einem alten, ledergebundenen Buch zurück. Dieses legte er auf das Beistelltischchen vor der

Bank und setzte sich neben Willow. Diese sah gespannt auf, als er das Buch ergriff.

»Ich möchte dir etwas zeigen.«

Er schlug das Buch auf. Willow sah auf das Titelblatt und erstarrte. Dort stand nämlich in altertümlicher Schrift:

»Die Legende von der Herrin und Arir dem Kühnen«

Ungläubig berührte sie die geschwungenen Buchstaben und sah Arir an.

»Wirklich?«, fragte sie.

Arir nickte und führte aus:

»Es ist das älteste Buch, das über dich und mich erhalten ist. Und es stammt aus der Zeit, als ich noch als Krieger über Teile Ayins geherrscht habe. Ich kannte den Verfasser. Er war mehrmals bei mir zu Besuch. Vor allem um Zeichnungen anzufertigen. Es sind exzellente Werke entstanden.«

Mit diesen Worten schlug er die nächste Seite auf. Auf dieser war ein Bild zu sehen. Willow verschlug es den Atem. In einem Kreis aus goldenem Licht schwebte eine Frau. Willow konnte ihr Gesicht nicht erkennen, doch die ganze Gestalt erstrahlte in voller Schönheit.

Am gegenüberliegenden Bildrand erkannte Willow eine weitere Person. Es war ein Mann. Er ruhte auf einem nicht sichtbaren Boden. Er war zum größten Teil nackt, nur ein leichtes Tuch verdeckte seine Blöße. Er schien gerade aus einem tiefen Schlaf zu erwachen, reckte sich in die Höhe und blickte die Frau an. Willows Augen wanderten zum unteren Rand des Bildes, lasen den Titel.

»Die Herrin erschafft Arir, den Kühnen.«

Willow sah erneut auf das Bild, auf den nackten Körper. Arir meinte lachend:

»Ich muss zugeben, dass ich für dieses Bild kein Modell gestanden habe. Aber er hat mich ganz gut getroffen.«

Willow ging nur halbherzig auf seinen Scherz ein, so sehr war sie von dem Bild gefesselt. Ihre Hände strichen über den Frauenkörper im Licht.

»Damals wusste man nicht, in welcher Gestalt du erscheinst. Man sah dich in Weiden. Doch Sarakoff, der Verfasser, hat sich dich gern als junge Frau vorgestellt.«

Er küsste sie zärtlich auf den Hals.

»Es ist das schönste Bild, das ich je gesehen habe«, flüsterte er.

Willows Augen füllten sich mit Tränen, sie schluckte schwer, dann blätterte sie weiter. Auf den nächsten Seiten erzählte Sarakoff von der Schöpfung Ayins, vom Erscheinen der Herrin. Arir erzählte ihr, was Sarakoff schrieb, denn sie tat sich schwer, den altertümlichen Text zu lesen. Er kannte ihn auswendig. Und so erfuhr sie, wie sie entstanden war, wie sie den Alten Stamm erschuf. Danach brach der Bericht über sie ab. Niemand wusste, wohin sie nach dem Schöpfungsakt verschwunden war. Und so wendete sich Sarakoff der Geschichte Arirs zu. Er berichtete von Arirs ersten Jahren, von seinen Heldentaten. Willow klebte an Arirs Lippen, lauschte den Erzählungen über sein Leben. Arir, der sich an jede Minute seines langen Lebens erinnern konnte, streute meist Kommentare ein, aber er folgte in der Regel Sarakoffs Bericht und blätterte auch im Buch weiter. Schließlich schlug er eine Seite auf, auf der ein Porträt von ihm selbst abgebildet war. Willow stoppte seine Hand, allzu schnell wollte er weiterblättern. Ihre Finger strichen über die kräftige Farbe. Arir war in seiner weißen Rüstung dargestellt. Den Helm Ayins hatte er abgenommen und hielt ihn im Arm. Sein Blick war ernst und streng. Sein Gesicht strahlte Würde aus, sein Körper pulsierte vor Stärke. Um ihn herum leuchtete das satte Grün des Dunklen Waldes. Willow sah den Herrscherring an seiner rechten Hand funkeln, die sich um ein schweres Schwert legte. Willow blickte auf ihren Ring, dann ergriff sie Arirs Hand, berührte seinen Ring.

»Dieses Mal stand ich wirklich Modell. Es war in einer Zeit, als ich auf dem Höhepunkt meiner Macht stand. Ich residierte in meinem Schloss im Dunklen Wald, behütete weite Teile Ayins. Ich wurde geliebt, pflegte rege Beziehungen zu den Nymphen.«

»Dein Schloss?«, fragte Willow verdutzt.

»Ja, ich hatte eine Residenz. Eine wunderschöne Anlage auf einer grünen, sonnigen Lichtung im Dunklen Wald. Sie verfügte über weite Jagdgründe, geheime Wege zu den Nymphen sowie prächtige Gärten, die sich über die Ebene erstreckten, die heute von den Todessümpfen bedeckt ist.«

Er blätterte weiter.

»Sieh.«

Auf den nächsten Bildern hatte Sarakoff das Schloss verewigt.

»Aramin, die grüne Zuflucht.«

Willow versank in den prächtigen Bildern, lauschte seiner leisen Stimme, die Geschichten über Aramin erzählte, hörte seinen ruhigen Herzschlag, spürte seine Wärme, fühlte seine Hände auf ihrer Haut. Sie schlief ein. Sie träumte vom Paradies, das Arir ihr erschuf.

Willow erwachte allein. Sie war darüber betrübt. Gern wäre sie in Arirs Armen aufgewacht. Sie sah sich um. Das Buch lag auf den Beistelltisch. Und daneben ein silberner Teller. Darauf lagen seltsame, braune Muscheln. Willow betrachtete diese genauer, doch so etwas hatte sie noch nie gesehen. Dann fasste sie eine Muschel an. Es war keine wirkliche Muschel. Sondern aus einer braunen Masse geformt. Die Oberfläche fühlte sich glatt und kühl an. Willow roch daran. Die Muschel verströmte einen süßlichen Duft. Die junge Frau legte sie wieder auf den Teller, dann fiel ihr Blick auf ihre Fingerspitzen, die die Muschel gehalten hatten. Etwas von der dunklen Masse war an ihren Fingern zurückgeblieben, die Muschel war angeschmolzen. Vorsichtig probierte Willow den Rest an ihrem Finger. Sie schmeckte Süße, in die sich etwas Bitteres mischte. Beide Pole eng vereint, so wie auch im Leben. Und es war köstlich. Auf den Geschmack gekommen, nahm sie sich eine ganze Muschel und biss hinein. Mit der Süße durchströmte sie ein angenehmes Gefühl. Gier ergriff sie und voller Genuss verschlang sie die restliche Muschel. Während die Süßigkeit cremig in ihrem Mund zerfloss, trat Arir heran. Er lächelte sie verschmitzt an, dann setzte er sich zu ihr und küsste sie stürmisch. Auf ihren Lippen schmeckte er noch einen Rest der Süße.

»Wie ich sehe, hast du die Schokolade schon kennengelernt.«

»Schokolade? Was ist das?«

»Eine Süßigkeit, die aus braunen Bohnen gemacht wird. Wir haben sie von der Erde.«

»Von der Erde?«

»Ja, mit Sirairs Spiegel waren wir dort häufiger. Aber das ist Jahrhunderte her.«

Willow schüttelte ungläubig den Kopf, dann sah sie Arir vorwurfsvoll an.

»Wo warst du eigentlich?«

»Ich hatte etwas mit dem König zu besprechen.«

»Zu besprechen. Aha.«

Sie sah ihn verstimmt an und meinte maulend:

»Ich würde gern einmal aufwachen und du bist nicht verschwunden.«

Arir lächelte sie, um Verzeihung bittend, an und versprach:

»Ich werde mich bessern. Das nächste Mal wirst du in meinen Armen aufwachen.«

Gemeinsam genossen sie die restlichen Muscheln mit viel Witz und Zärtlichkeit. Dann lehnte sich Willow zurück und sah Arir sehnsüchtig an. Er folgte ihr und drängte sich an sie. Sie küssten sich gegenseitig die Süße von den Lippen, dann wurden ihre Küsse leidenschaftlicher. Willow spürte die Schwere, mit der er auf ihr lag. Sie fühlte die Leidenschaft in ihm, seine Sehnsucht, das Wilde, das er nur noch schwer zähmte. Sie wartete darauf, ihn ungehemmt, ungezähmt zu erleben. Gleichzeitig erstaunte er sie mit seiner Zärtlichkeit. Wie er sie küsste, sie wiegte, sie hielt und umfing.

Und auch sie spürte eine nie erahnte Sehnsucht in sich. In ihr glühte eine Hitze, die bald zu einem lodernden Feuer auswachsen konnte. Sie wollte ihn näher spüren, sie wollte in ihm versinken. Ihre Hände glitten seinen Rücken hinab, an seine Seiten, dann zog sie ihn näher an sich heran.

Er spürte, wie sie sich an ihn drückte. Ihr Mund suchte seinen Hals, ihre Finger spielten mit seinem Haar. Sie spürte seine Lippen, seine Hände auf ihrer Haut, sie erinnerte sich an den Geschmack der Schokolade, sie fühlte die Wärme. Vielleicht wählte die Herrin die Gestalt einer Frau, um so genießen zu können, so geliebt zu werden, dachte sie bei sich, und hätte sich völlig fallen gelassen, wenn das Knarren einer Tür sie nicht aufgeschreckt hätte. Sie setzte sich auf. Arir ließ von ihr ab und lauschte ebenfalls. Der Klang von Schritten, die sich fortbewegten. Erst jetzt realisierte Willow wieder, wo sie waren. In der Bibliothek der Nymphen, die für jeden zugänglich war. Wo sie jederzeit gestört werden konnten. Dieser Gedanke brachte sie auf die Beine und sie blieb neben der Bank stehen. Arir, der sitzen geblieben war, ergriff ihre Hand und wollte sie wieder zu sich ziehen, doch sie folgte ihm nicht. Er lächelte amüsiert, dann erhob er sich ebenfalls. Er umarmte sie von hinten und drückte ihr einen Kuss auf die Wange.

»Was hältst du von einem Spaziergang in den Gärten?«, fragte er sie.

Sie nickte bejahend. Arir räumte das Buch wieder an seinen Platz, dann verließen sie die Bibliothek und gingen hinauf in die Gärten. Dort genossen sie die Strahlen

der Sonne und ihre eigene Wärme, führten Gespräche –
manchmal geistreich, manchmal albern. Sie lernten sich
dabei besser kennen, ihre Wünsche und ihre Ängste.
Willows Wunden begannen zu heilen, sowohl die kör-
perlichen als auch die seelischen. Nur selten meldete sich
das Gift in ihrem Körper und sie humpelte, aber meist
vergaß sie das Leid und die Wunde blieb stumm.

20 Der Ehrenball

Erst als es dämmerte, gingen sie zurück in Willows
Gemach. Es war Zeit, sich für den Ball vorzubereiten.
Arir spürte ihre Aufregung und Vorfreude. Ihm ging
es genauso. Vergnügt machten sich ans Umziehen. Zuerst wollte Arir sie dafür allein lassen und in das eigentlich für ihn bestimmte Zimmer verschwinden, doch sie
ließ ihn nicht gehen. Und so zogen sie sich gemeinsam
um, nur den Rücken zugewandt, und unterhielten sich
aufgekratzt. Arir verfolgte lauschend, wie sich Willow
aus ihrem Kleid schälte und in das Festgewand glitt,
während er eine weiße Hose anzog. Es fiel ihm schwer,
sich nicht umzudrehen, und allzu lange kreisten seine
Gedanken um ihren nackten Körper. Ihre Stimme holte
ihn in die Wirklichkeit zurück.

»Arir, kannst du mir bitte helfen?«

Er drehte sich herum und ihm stockte der Atem. Willow stand mit dem Rücken zu ihm. Sie trug ein langes,
bauschig fallendes weißes Kleid mit blauen und goldenen
Stickereien. Der Schnitt ließ ihren Rücken zum größten
Teil frei, nur unten auf der Höhe der Lendenwirbel waren einige Knöpfe zu schließen. Willow deutete auf die
offene Knopfreihe.

»Kannst du die bitte zuknöpfen? Ich komme nicht
richtig ran.«

Arir ließ sich das nicht ein zweites Mal sagen. Er trat
an sie heran, seine Finger glitten ihren nackten Rücken

herab, streichelten ihre Haut und ihr Haar. Dann beugte er sich herunter und küsste ihre Wirbelsäule, langsam die einzelnen Wirbel herabwandernd. Willow lachte auf, seine Berührungen kitzelten sie. Dann fanden seine Hände den Rand ihres Slips und glitten ihn entlang. Willow spürte es, ihre Aufregung wuchs, ihr Atem ging schwer, weil erneut diese Hitze in ihr ausbrach.

»Ich glaube, wir müssen uns etwas beeilen. Sonst kommen wir zu spät.«

So versuchte sie, sich zu retten. Arir hörte es, küsste noch einmal ihren Rücken, dann schloss er die Knöpfe. Kurz verharrten seine Hände auf ihren Hüften, dann ließ er von ihr ab. Arir wollte sich nun wieder dem Anziehen widmen, als er Willows Blick gewahr wurde. Sein Oberkörper war nackt, noch unverrichteter Dinge hielt er sein Hemd in der Hand. Die Augen der jungen Frau glitten über seine Muskeln, der Ausdruck höchsten Genusses stahl sich auf ihr Gesicht. Sie lächelte ihn an.

»Mir gefällt, was ich sehe.«

Arir lächelte zurück, präsentierte ihr das Spiel seiner Muskeln, dann wartete er. Er wartete darauf, ob sie zu ihm kommen würde. Doch sie blieb, wo sie war. Vielleicht war es auch besser so, dachte er, dann zog er sich das Hemd über. Erst jetzt kam sie zu ihm und half ihm mit den Knöpfen. Ihre Finger strichen nicht ganz zufällig über seine nackte Haut, verharrten dort. Sie sah ihn an und meinte:

»Ich hätte nicht gedacht, dass Anziehen so schwer sein kann.«

Er lachte amüsiert auf und machte sich an das Binden

seines Halstuchs. Schließlich hatten sie es geschafft. Sie waren beide fertig angekleidet.

Sie wollten aufbrechen, als Arir sich an Psyches Bitte erinnerte. Er ging zurück zum Bett und öffnete ein Kästchen auf dem Nachttisch. Darin lag Willows Diadem. Er nahm es vorsichtig heraus und brachte es zu ihr.

»Bitte trage es heute Abend.«

Er lächelte sie an. Sie sah ihn verwundert an, schüttelte verneinend den Kopf und fragte:

»Warum?«

Doch dann neigte sie ihr Haupt.

»Trag es einfach«, wiederholte Arir seine Bitte, dann setzte er ihr, sanft lächelnd, den Schmuck auf ihr Haar.

Arir berührte sie am Kinn und hob ihren Kopf an. Liebend sah er ihr in die Augen. Dann neigte er sich vor und küsste sie zärtlich auf den Mund. Glücklich erwiderte sie seine sanfte Berührung mit der Leichtigkeit eines Schmetterlings. Doch bevor sie sich in ihrer Liebe vergessen konnten, lösten sie sich voneinander und verließen nun endlich den Raum.

Einen Gang weiter trafen sie Psyche, die sie freudestrahlend begrüßte. Verborgen vor Willow dankte sie Arir, dass er Willow zum Tragen ihres Zeichens hatte überreden können. Gut gelaunt führte Psyche sie zur Eingangspforte des großen Saales. Psyche hielt beide zurück, bevor sie eintreten konnten.

»Einen Moment bitte, ich werde euch ankündigen.«

Sie verließ die beiden lächelnd, trat durch das Tor und begrüßte die wartende Menge:

»… Ich darf euch nun vorstellen: einen guten Freund: Herrn Arir, Krieger des Alten Stammes, König der goldenen Zeit. Und Willow, Metamorphorierin von Dana, Tochter von Soor und Maiara und … die lange Zeit verborgene, nun wieder erwachte Herrin!«

Mit diesen letzten Worten winkte sie Arir und Willow herein. Arir musste Willow einen Schubs geben, dann erst machte sie einen Schritt vorwärts. Er reichte ihr seinen Arm und führte sie feierlich in den Festsaal. Das ganze Volk der Nymphen wartete auf ihr Eintreten, sah ihnen mit großem Wohlwollen und Freude entgegen. Würdevoll begrüßten sie Arir, einen alten Vertrauten, den König von einst, dann wurden sie Willow gewahr, die wie eine Königin an seiner Seite einherschritt. Ihr Auftreten war mit größter Spannung erwartet worden. Das Erscheinen der Herrin war in ganz Ayin bekannt geworden und so war auch hier das Volk neugierig, die Retterin zu sehen. Viele erkannten sie nicht wieder, im Vergleich mit dem Mädchen, das vor kurzer Zeit bei ihnen Station gemacht hatte. Umso weiblicher, edler, königlicher war ihre Gestalt.

Ozeanus trat an sie heran und begrüßte sie freudig. Zuerst wandte er sich an Arir, hieß ihn als guten Freund willkommen, bevor er sich bedeutungsvoll an Willow wandte.

»Willkommen, erhabene Herrin. Das Volk der Nymphen ist Euch ergeben.«

Mit diesen Worten verneigte er sich vor ihr und sein Volk tat es ihm gleich. Willow beobachtete diese Begrüßung verstört und sah Arir verwirrt an. Dieser grinste, drückte ihre Hand und flüsterte ihr ins Ohr:

»Genieße dieses Gefühl.«

Sie verstand und lächelte ihn an. Dann sah sie vor Freude strahlend in die Menge.

Ozeanus richtete sich wieder auf und sprach weiter:

»Euch widme ich dieses Fest, Herrin Willow und Krieger Arir.«

Wohlwollend wanderte sein Blick auf einen Punkt hinter den beiden. Willow bemerkte dies und wandte sich um. Hinter ihnen an den Wänden direkt neben der Tür hingen zwei gigantische Leinwände. Auf der rechten Seite hing ein großes Gemälde, das Arir zeigte. Willow zuckte erstaunt zusammen, das Bild berührte sie. Es war in einem ähnlichen Stil gehalten wie das Arirs Porträt in Sarakoffs Buch. Doch Arir trug keine Kriegstracht, sondern eine festliche Robe, grün auf weiß, ähnlich dem Anzug, den er momentan trug. An der Wand links neben der Tür hing eine noch leere Leinwand. Davor machte sich ein kleiner Mann mit einer Leiter zu schaffen … Ein Kunstmaler. Mit schnellen Pinselstrichen begann er sein Werk, das er sogleich zur Vollendung führte. Willow stockte der Atem. Es war ein Bildnis von ihr. In dem Kleid, das sie gerade trug. Als stolze, junge Frau. Als Königin.

Willows Augen glänzten von einem feuchten Schimmer. Gerührt wandte sie sich um und sagte:

»Danke. Für alles.«

Sie trat auf Ozeanus zu.

»Ich bin glücklich, wieder hier zu sein.«

Und damit umarmte sie den Nymphenkönig.

Und es war angemessen. Ozeanus erwiderte ihre Berührung wie ein Vater und führte sie anschließend weiter in den Saal hinein auf die Tanzfläche. Musik erklang. Ozeanus führte sie in den Eröffnungstanz des Abends. Arir stand am Rand und sah ihnen neidisch zu. Danach betraten weitere Paare das Parkett und der ganze Saal füllte sich mit fröhlicher Bewegung. Ozeanus führte Willow zu Arir zurück, die sich sogleich wieder an Arirs Arm schmiegte.

»Ich bin so glücklich«, sagte er lächelnd.

Sie drückte sich an ihn und antwortete: »Ich auch. Mein Herz zerspringt gleich.«

Leise, ruhige Töne erklangen und einige Paare gingen auf die Tanzfläche, um sich in langsamen Bewegungen zu wiegen.

Arir funkelte Willow an, dann umfing er sie eng. Willow spürte seine Hände auf Schulter und Rücken. Arir bewegte sich langsam, Willow folgte seinen Bewegungen und schmiegte sich an ihn, während sie zu den ruhigen Klängen tanzten.

21 Ruinen

Willow erwachte, ihren Kopf an Arirs nackte Brust gedrückt. Ihre Nacht war kurz gewesen; sie hatten noch lange getanzt und sich der Magie des Abends hingegeben. Kurz verharrte sie, wo sie war, lauschte bloß dem Schlagen von Arirs Herzen und genoss seinen charakteristischen männlichen Duft. Dann drehte sie sich mit einem Ruck um, blieb bäuchlings liegen und sah ihren Gefährten, das Kinn auf ihre Unterarme gestützt, mit einem Lachen an.

Arir lächelte zurück, dann neigte er sich zu ihr und drückte ihr einen verspielten Kuss auf die Nasenspitze. Er lehnte sich zurück und sah sie mit funkelnden Augen an.

»Endlich bist du wach!«, sagte er gespielt vorwurfsvoll.

»Endlich? Du bist doch auch gerade erst aufgewacht«, erwiderte sie neckisch.

»Ich bin mindestens zwei Minuten länger wach.«

Kurz blieb er ernst, dann sah er sie grinsend an. Willow musste lachen und neigte sich vor, um ihren Geliebten ihrerseits zu küssen. Als sich ihre Lippen berührten, entbrannte in beiden wieder das lodernde Feuer, das in ihnen schon so oft erwacht war. In diesem Moment hätte mehr geschehen können als ein leidenschaftlicher Kuss, wenn einer von ihnen nur daran gedacht hätte. Doch so verstrich der Moment. Sie lösten sich voneinander, Willow streckte sich und legte ihren Kopf auf ihre Arme.

»Und, was haben wir heute vor? Hast du eine neue Überraschung für mich?«

Arir schwieg kurz, dann antwortete er:

»Ja, ich habe mir etwas überlegt. Eine neue Überraschung.«

Willow lächelte ihn an und erwiderte:

»Eine neue Überraschung?! Du verwöhnst mich.«

Mit diesen Worten kam sie ihm nahe.

Ihr Körper schmiegte sich eng an ihn, ihre Finger strichen über seine Haut, sie küsste seinen Hals, seine Lippen, seine Hände, seine Arme.

Arir verharrte in köstlicher Erwartung, genoss das Zittern ihrer Finger auf seiner Haut, spürte, wie sich in seinem Körper leichte Blitze entluden, dort, wo Willow ihn berührte. Er genoss die Feuchte ihrer Küsse, die Wärme ihres Atems, der über seinen Hals, seine Lippen, seine Wangen, seine Brust und seine Hände strich.

Willow genoss es, ihn so berühren, verwöhnen, küssen zu können. Sie war dankbar, ihre Liebe schenken zu dürfen. Sie spürte ihre Erregung, die Hitze, die in ihr aufstieg. Ihr Körper zitterte, obwohl sie nicht fror. Die Leidenschaft war in ihr entfacht und manchmal sah sie sich als wilde Tigerin, die nicht mehr zu bändigen war.

Ein genussvolles Seufzen entwich ihr, als Arir sie berührte. Seine Hände, die sie zuvor geküsst hatte, streichelten ihren Hals. Sie genoss diese Berührung, obwohl sie sich gleichzeitig losreißen wollte. Nur ihm präsentierte sie ihren Hals so offen, ließ ihn umfassen, berühren. Als Arir ihren Hals auch noch mit seinen Lippen verwöhnte, verflüchtigte sich jeder Gedanke an Gegenwehr.

Erst langsam trennten sie sich voneinander. Noch einmal küssten sie sich, dann setzte Willow sich auf und zog Arir mit sich. Er folgte ihr, wollte nach ihr greifen, doch sie entzog sich ihm spielerisch und warf ein Kissen nach ihm, wobei sie neckisch lachte. Er fing das Geschoss lachend auf, dann warf er es zu ihr zurück, aber ohne sie zu treffen. Zu schnell war sie zur Seite gewichen. Doch sie kam nicht weit; bevor sie aus dem Bett springen konnte, hatte er sie rücklings ergriffen und drückte sie. Sie lachte und schmiegte sich an ihn.

»Du darfst mich nie wieder verlassen!«, flüsterte sie.

Er vernahm den Ernst in ihrer Stimme, küsste sie auf den Hals, dann flüsterte er ebenfalls:

»Ich werde dich nie verlassen!«

Sie hätten noch lange so weiter albern können, doch Willow kam auf die Überraschung zurück und fragte:

»Und was ist nun die Überraschung?«

Arir lächelte, stibitze ihr einen weiteren Kuss, dann sprach er geheimnisvoll: »Ein bisschen musst du dich noch gedulden. Ich dachte mir, wir frühstücken zuerst?«

Willow verzog schmollend den Mund, doch Arir stieß sie mit der Schulter an. »So viel verrate ich: Wenn du dich ins Bad begibst, findest du einen kleinen Hinweis. Ich möchte nämlich, dass du die Kleidung anziehst, die man dir hingelegt hat.«

Willow zögerte kurz, dann sprang sie vom Bett und lief zur Badtür. Dort drehte sie sich noch einmal um und sagte: »Da bin ich aber neugierig!«

Dann verschwand sie im Nachbarraum. Arir verließ

das Zimmer ebenfalls, betrat das ihm zugewiesene Gemach und suchte das dazugehörige Bad auf. Auch er machte sich fertig und zog sich um.

Gleichzeitig betraten sie Willows Schlafzimmer. Willow lächelte Arir verschmitzt an und deutete auf ihre Kleidung. Sie trug Hosen! Lange Zeit hatte sie keine mehr getragen. Es waren robuste aus schwarzem Samt, die knapp über die Knie reichten. Die Partien der Schenkel und des Gesäßes waren mit braunen Lederstücken verstärkt. Zur Hose trug Willow ein weißes Hemd aus Leinen mit kurzen Ärmeln. Darüber trug sie eine Jacke – ebenfalls aus Samt und von tannengrüner Farbe. Ihre Erscheinung wurde durch braune Lederstiefel vervollständigt. Ihr langes, goldenes Haar hatte sie zu einem dicken Zopf geflochten, der elegant auf ihre linke Schulter herabfiel.

Arir gefiel ihr Erscheinungsbild. Er selbst trug Ähnliches: schwarze Reiterhosen, dazu ein Hemd und eine Samtjacke in Aquamarin, verziert mit goldenen Stickereien. Und er trug ebenfalls Stiefel.

»Wir könnten glatt als Zwillinge durchgehen!«, sagte Willow und lachte. Arir nickte und fügte hinzu:

»Da hat es Psyche wohl zu gut gemeint!«

Willow bemerkte das neben dem Bett bereitgestellte Frühstück und trat heran. Arir folgte ihr und sie setzten sich beide zum Essen auf die Laken. Genussvoll biss Willow in ein noch warmes, duftendes Gebäck, während Arir ihnen Tee einschenkte.

»Wir reiten also aus?!«, fragte Willow zwischen dem Kauen.

»Ja, mein Schatz. Wohin es geht, verrate ich dir aber nicht.«

»Ach, sag es mir doch, bitte!«

Arir schüttelte den Kopf und küsste sie auf die Schläfe.

»Nein, gedulde dich. Vorfreude ist doch eine der schönsten Freuden.«

Willow sah ihn zunächst betrübt an, dann lächelte sie zustimmend und sagte:

»Damit hast du wohl recht. Ich bin schon ganz aufgeregt.«

In Ruhe beendeten sie ihr Frühstück, um schließlich aufzubrechen. Freudestrahlend verließen sie das Zimmer und Willow folgte Arir den Weg zu den Gärten Sartis hinauf. Dort wartete ein Bediensteter auf sie, der zwei lebhafte Pferde an den Zügeln hielt. Willow trat staunend heran. Die zwei Tiere, deren Zügel Arir übernahm, waren wunderschön. Eines war von strahlendem Weiß wie das Innere der Claris-Muscheln, die in Korloch zahlreich vorkamen. Es war kleiner als das zweite Pferd und eine Stute. Sie war von einem schlanken, aber kräftigen Körperbau. Eine lange, lockige Mähne strich über den eleganten Hals. Ein Blick über den Körper der Stute zeigte Willow starke, elastische Muskeln, die eine große Geschwindigkeit und Wendigkeit vermuten ließen. Die blauen Augen waren sanft und blickten interessiert auf Willow und ihren Begleiter. Das größere Pferd, eindeutig ein Hengst, war ebenfalls von großer Eleganz und Schönheit. Starke Muskeln bewegten sich unter einem glänzenden, nachtschwarzen Fell. Energievoll stampfte er mit den Hufen auf, scharrte freudig und warf den Kopf zurück. Seine lange Mähne flog in Wellen auf.

»Sie sind wunderschön«, flüsterte Willow und streichelte die Nüstern der Stute.

»Ja, es sind wirklich sehr schöne Tiere. Es ist eine besondere Rasse. Ich habe sie selbst während meiner Herrschaft in Aramin gezüchtet. Nach meiner Verfluchung übernahmen die Nymphen meine Tiere und züchteten sie weiter. Diese beiden hier sind die schönsten Exemplare ihrer Zucht. Ozeanus hat sie mir zum Geschenk gemacht.«

Arir gab Willow den Zügel der Stute. Willow griff ehrfürchtig danach.

»Nun schenke ich dir diese Stute, die so schön ist wie du. Ihr Name ist Elis.«

»Elis. Das ist ein schöner Name.«

Dankbar streichelte Willow das Pferd und berührte Arir zärtlich.

»Danke.«

Arir erwiderte ihre Zärtlichkeit, dann ließen sie einander los.

»Der Hengst heißt Atos. Sie sind beide in Liebe verbunden und würden einander nie im Stich lassen.«

»So wie wir!«

»Ja, so wie wir. Wollen wir aufbrechen?«

Willow nickte und Arir trat an sie heran, um ihr in den Sattel zu helfen. Doch Willow kam ihm zuvor und schwang sich gekonnt und ohne Mühe auf das wartende Tier. Es begrüßte Willow mit einem erfreuten Wiehern und spannte die Muskeln an, um sogleich loszulaufen.

Willow lächelte Arir an und wartete darauf, dass er es ihr gleichtat. Schnell trat er an Atos heran und saß auf, dann ließ er den Hengst antraben. Willow folgte ihm. In schnellem Galopp verließen sie die Gärten und überquerten die nördliche der vier Brücken Korlochs, die zu den Klagesümpfen und zum Dunklen Wald führte.

Die Hufe der Pferde donnerten über den Waldboden, der Wind fuhr durch ihre Mähnen, Willows Körper folgte Elis' Bewegungen, die Sonnenstrahlen drangen durch die Baumkronen und tauchten alles in ein goldenes Licht. Willow sah zu Arir hinüber, der neben ihr ritt. Sie genoss den Anblick seines kraftdurchströmten Körpers, der sich im Gleichklang mit den Bewegungen seines nachtschwarzen Hengstes vor- und zurückwiegte. Arir schaute sie an und lächelte ihr zu, dann hielt er sein Pferd zu einem höheren Tempo an und ließ Willow und ihre Stute hinter sich. Willow nahm die Herausforderung an und ließ Elis galoppieren. Sie holte Arir ein und, nebeneinander reitend, gaben sie sich dem Rausch der Geschwindigkeit hin. Sie folgten dem Weg, der am Mair entlang in den Dunklen Wald führte. So ritten sie einige Zeit im strahlenden Sonnenschein, bis Arir das Tempo drosselte und sein Reittier in den Schritt fallen ließ. Willow tat es ihm gleich und sah fragend zu ihm hinüber.

»Wir müssen dort entlang«, sagte er und führte sein Pferd vom Weg hinunter durch die nahestehenden Baumreihen.

Willow riss erstaunt die Augen auf, als Arir sie schließlich nach einiger Zeit, die sie zwischen den Bäumen des
Dunklen Waldes hindurchgeritten waren, auf eine Lichtung führte und sie somit ihr Ziel erreicht hatten. Vor
ihnen lag eine gigantische Ruine. Ein großer Häuser-
komplex mit vielen verschiedenen Räumen, Türmen und
Toren. Einst wohl von atemberaubender Erhabenheit
und Schönheit. Nun vom Zahn der Zeit zerfressen, mit
zerstörten Dächern, Fenstern und Zinnen. Efeu wuchs
über den brüchigen Stein, kleine Tierchen huschten
durch einst von Menschen bevölkerte Gänge. Willow
stieg verwundert ab und sah wie gelähmt auf die Ruinen,
die sich vor ihr ausbreiteten. Immer mehr Gebäudeteile
kamen zum Vorschein, immer mehr Treppen, Wände,
Bögen. Arir ritt ein wenig weiter, dann brachte er Atos
zum Stehen, drehte sich zu Willow um und verkündete
mit einer weit ausschweifenden Handbewegung, indem
er auf die Ruinen hinter sich zeigte:

»Das ist Aramin. Mein Königreich!«

»Aramin«, flüsterte Willow, trat näher heran und ließ die
Zügel ihres Pferdes los.

Elis folgte trotzdem ihrer Herrin und begrüßte mit
einem freudigen Wiehern ihren Gefährten, der sich zu
ihr gesellte, da nun auch Arir abgestiegen war und den
Hengst freigelassen hatte. Die beiden Pferde rieben die
Nüstern aneinander und widmeten sich dem Grasen.
Arir folgte Willow, die zögernd auf die Ruinen zuschritt.
Vorsichtig griff er nach ihrer rechten Hand und führte
zum einstigen Haupteingang des Schlosses. Kurz davor

hielt er zwischen zwei verwitterten Säulen inne. Trauer und Schmerz überfielen ihn, als er seine tote Heimat sah. Willow bemerkte es und schmiegte sich wortlos und zärtlich an ihn, um ihn zu trösten. Leise und mit bebender Stimme begann er zu erzählen:

»Es ist eine Ewigkeit her, seitdem ich hier gewesen bin. Es war ein schöner Sommertag gewesen, als ich das letzte Mal durch dieses Tor ritt, auf einem stolzen und schönen Tier, in voller Rüstung. Hinter mir winkte Amaris, meine treueste Bedienstete zum Abschied. Damals war sie sich nicht im Klaren, dass es ein Abschied für immer sein sollte … Ich auch nicht. Es war der Tag, als ich meine Geschwister des Alten Stammes treffen wollte, um eine Strategie für den Kampf gegen Kankaros zu entwickeln. Ich erinnere mich, wie ich zurückblickte, auf Amaris, auf meine Köchin, die neben ihr stand, auf meine zwei Jagdhunde, die ich zurückgelassen hatte, auf die Fenster und Dächer Aramins, die in der Sonne funkelten. Ich weiß noch, dass mich dieser Anblick mit tiefer Freude erfüllte, dass ich diesen Ort zugleich vermissen würde. Ich wusste nicht, dass dies der letzte Blick war, den ich auf meine Heimat werfen würde. An diesem Tag griff Kankaros an und verfluchte uns, verfluchte *mich*. Ich wurde ein Kentaur und kehrte nie wieder nach Aramin zurück.«

Willow berührte ihn zärtlich und flüsterte:

»Und nun bist du zurückgekehrt.«

Unbewusst berührte Willow das verwitterte Gestein der Säule, die links neben ihr stand. Erfüllt von Trauer,

beseelt vom Gedanken, vom Wunsch Aramin wieder
erstehen zu lassen. Sie bemerkte nicht, wie ihre Kräfte
erwachten. Sie spürte nicht das Aufflammen ihrer Kraft,
als sie so neben Arir stand und die Ruinen Aramins betrachtete. Dann geschah es.

22 Ein besonderes Geschenk

Vor ihren Augen wuchsen Wände, Zinnen, Türme empor, der Staub der Zeit zerfiel, Jahre verblassten für immer. Neue Fenster funkelten im Licht, der Duft frischer Farbe wehte zu ihnen herüber, Gebäude erhoben sich zu neuer Größe. Vor ihnen entstand Aramin von Neuem.

Arir ging vor Willow in die Knie. Zärtlich umschlang er ihren Körper und drückte sein Gesicht eng an ihre Brust. Tränen liefen seine Wangen herab.

»Ich danke dir, meine Liebste, ich danke dir so sehr.«

Erschüttert zog Willow Arir an sich heran und kurz wiegten sie sich in einer innigen Umarmung. Dann wagten sie sich durch das neu erstandene Tor und betraten das erwachte Aramin. Zuerst traten sie zögernd durch die große Eingangspforte, dann überfiel Arir eine freudige Ungeduld und er lief eilig den neu erstandenen Flur entlang. Vor den Wänden standen weiße Statuen von Nymphen, geflügelten Pferden und anderen Fabelwesen. Durch eine Schwingtür gelangten sie in einen prachtvoll ausgestatteten Raum, der Arir sowohl dem Empfang von Gästen als auch zur Feier großer Feste gedient hatte, wie er ihr erzählte.

Willow folgte Arir lachend und blieb staunend stehen, als sie schließlich – einige Zimmer und Gänge weiter – in die Küche kamen. Auch hier war alles wieder von Neuem entstanden; die Möbel, die Öfen, aber nicht nur das. Auch Essen lag auf der Anrichte. Verschiedene frische Früchte. Willow sah überrascht darauf und entdeckte auch einige der kostbaren Merolfrüchte. Begierig griff sie nach einer Rebe Weintrauben und aß genussvoll davon. Arir sah sie lächelnd an, dann schob er sich auch eine Traube, die ihm Willow reichte, in den Mund. Neben den Früchten waren noch andere Speisen bereitet. Kalter Braten, mit Kräutern marinierte Lammkeulen, Schinken, frisches Brot, in Öl eingelegtes Gemüse. Die beiden aßen auch davon, bis die Neugier sie weitertrieb und sie ihre Wanderung durch das Schloss fortsetzten.

So durchstreiften sie zahlreiche Räume. Musikzimmer, Salons. Sie stiegen über eine große Freitreppe in die erste Etage des Palastes und dort führte Arir seine Gefährtin schließlich in die schlosseigene Bibliothek. Es war ein imposanter, stilvoller Raum, der mit seiner Größe und Ausstattung die nymphischen Räume bei Weitem übertraf. Dort hielten sie sich einige Zeit auf, genossen diese Schätze des Wissens, lasen sich gegenseitig aus Büchern vor, lachten und scherzten viel. Schließlich setzte Arir die Führung fort. Er trat durch eine weitere Tür am südlichen Ende der Bibliothek. Sie führte zu seinem Schlafgemach.

Willow riss erstaunt die Augen auf. Das Zimmer war wunderschön. Eine ausladende Fensterfront füllte fast die ganze linke Seite des Raumes aus. Warme Sonnenstrahlen glitten ins Zimmer, sanft durch leichte, durchscheinende Vorhänge gedämpft. Willow hatte noch nie so ein magisches Licht gesehen. Kurz sah sie hinaus durch die Fenster auf die sattgrünen Baumwipfel des Dunklen Waldes. Dann fiel ihr Blick auf das große ausladende Bett, das den Raum beherrschte. Ein Himmel aus feinster Seide, weiße Laken und Polster aus tiefblauem Samt, mit Goldfäden bestickt, zogen sie in ihren Bann. Kurz verharrte ihr Blick dort, dann ließ sie ihre Augen weiterwandern. Über eine kleine Kommode aus Mahagoni und ein Tischchen, auf dem in einem blau lasierten Keramiktopf eine weiße Lilie blühte. Ihr lieblicher Duft erfüllte den ganzen Raum. In den Ecken des Zimmers ruhten zwei Skulpturen aus weißem, strahlendem Marmor. Eine leicht bekleidete Frau, die in Gedanken versunken auf einen Schmetterling blickte, der sich auf ihrer ausgestreckten Hand niedergelassen hatte. Ein Krieger, der erschöpft auf einem Felsen saß, das Schwert zu seinen Füßen abgelegt, den Helm neben sich, sinnend, nicht an die Gräuel des Krieges denkend, sondern das Bild seiner Geliebten betrachtend. Willow bewunderte diese Kunst, dann folgte sie Arir, der weiter in den Raum und an die große Fensterfront herangetreten war. Er öffnete eine Tür in der Glasfront und deutete nach draußen auf den Balkon, der sich weiter Richtung Bibliothek zog. Willow sah hinaus. Ihr Blick wurde von der idyllischen Landschaft gefesselt, die sich vor ihr ausbreitete. Halbwilde Wasser, eingewachsene Teiche zwischen hohen Gräsern, ein sachter Übergang zu den Ausläufern des Dunklen Waldes. Zwei Rehe grasten am Waldesrand. Vögel zwitscherten.

Ein wohliges, angenehmes Gefühl erfüllte Willow. Sie war dankbar, hier sein zu dürfen, glücklich, dass Arir neben ihr stand. Sie spürte wieder das Zittern in sich, als sich ihre Schultern flüchtig berührten. Kurz sah sie noch einmal nach draußen, dann wandte sie ihren Blick zum Bett zurück. Sie war sich sicher. Zärtlich ergriff sie Arirs Hand und zog ihn schweigend mit sich. Er wandte sich fragend um, doch er folgte ihr still. Ohne Zögern führte Willow ihn zum Bett und zog mit einer bedachten Bewegung den Vorhang auf. Dann ließ sie sich auf den weichen Kissen nieder und zog Arir auf die Bettkante. Mit einer raschen Bewegung entledigte sie sich ihrer Stiefel, dann half sie Arir, der noch unbewegt neben ihr saß, ebenfalls Stiefel und Jacke auszuziehen. Danach küsste sie ihn stürmisch und begann, sein Hemd aufzuknöpfen.

Arir erwiderte ihren Kuss, dann wich er zurück. Er bremste sie, indem er ihr eine Hand auf den Arm, die andere auf ihren Schenkel legte. Willow stoppte, ihr Blick fiel auf ihr Bein, diese Berührung war neu und sie machte ihr klar, was sie gerade tun wollte. Kurz kam ihr Jacks Hand auf ihren Schenkeln wie ein kurzer Blitzschlag in den Sinn – damals als er ihr Gewalt antun wollte. Arir bemerkte ihr Zögern, dann hob er seine Hand und berührte zärtlich ihr Gesicht.

»Willow, du musst mir nichts beweisen. Ich erwarte nichts, ich gebe dir alle Zeit der Welt.«

Und dabei sah er sie liebend an und fragte: »Bist du dir sicher, dass du es wirklich willst?«

Willow erwiderte seinen Blick, dann beugte sie sich vor und küsste seinen Hals. Sie antwortete flüsternd:

»Ich liebe dich. Ja, ich bin mir sicher. Ich wünsche es mir so sehr.«

Nach diesen Worten kamen sie sich wieder nahe. Ihre Körper fanden sich und erbebten. Arir küsste Willow leidenschaftlich. Sie knöpfte mit zitternden Fingern sein Hemd auf. Er zog es mit einer raschen Bewegung aus. Zärtlich streichelten Willows Hände über seine nackte Haut, dann schob sie sich weiter in die Mitte des Bettes. Arir folgte ihr.

»Ich liebe dich«, brachte sie mit versagender Stimme hervor. Arir spürte ihr Schwanken in der Stimme, ein Zittern, das ihren ganzen Körper erfüllte. Er schenkte ihrem Hals noch einen sanften Kuss, dann sah er sie an. Seine warmen Finger strichen über ihre Wangen, ihr Kinn, verharrten auf ihren Lippen.

»Willow, hast du Angst?«

Sie drückte einen leichten Kuss auf seine Finger, dann antwortete sie verlegen mit einem leichten Lächeln:

»Ja.«

Er lachte und drückte sie. Dann sah er sie mit strahlenden Augen an und schenkte ihr einen äußerst zärtlichen Kuss. Mit einem Lächeln und einem Beben in der Stimme antwortete er:

»Mir geht es genauso. Auch ich habe Angst.«

Seine Hände strichen über ihren Hals, verharrten dort.

»Ich werde …, wir werden aufeinander aufpassen.«

Willow sah ihn mit feuchten Augen an, lachte und lehnte sie sich an seine nackte Brust. Er umfing sie und küsste ihren Hals. Seine Hände lösten ihren Haarzopf gänzlich. Wie eine wilde Mähne fielen die Haare ihren Rücken hinab.

Kurz verharrten sie, fühlten ihre Angst und gleichzeitig die Leidenschaft, die in ihnen brodelte. Nach kurzem Zögern ergriff Willow schließlich Arirs Hände, verschränkte ihre Finger mit seinen. Sie lächelte ihn mit einem Strahlen in den Augen an, dann ließ sie sich rücklings auf das Bett sinken. Arir zog sie sachte mit sich.

Er bewunderte ihre Schönheit, ihr Vertrauen und folgte ihr.

Sachte sackten sie auf die weichen Polster …

Was dann geschah, gehörte ihnen allein – ihnen und ihren wild schlagenden Herzen.

Erschöpft ruhten sie in einer engen Umarmung auf dem Bett. Willow hatte die Augen geschlossen und versuchte, jeden Moment der vergangenen Stunde in Erinnerung zu behalten. Sie spürte noch immer Arirs zärtliche Berührungen, seine Küsse, die Leidenschaft, mit der er sie geliebt hatte. Glücklich kuschelte sie sich an ihn, der hinter ihrem Rücken lag und sie sanft umfing. Er war wach und drückte ihr einen Kuss auf den Nacken. Sie öffnete die Augen und strich ihm dankbar über seine muskulösen Arme. Es blieb still, dann flüsterte Arir dicht an ihrem Ohr:

»Ich danke dir. Für dieses Geschenk …«

Willow antwortete ihm, indem sie sich umdrehte und ihn küsste. Dann flüsterte sie:

»Ich liebe dich!«

Danach kuschelte sie sich wieder an ihn und ließ sich umfangen. Willow genoss die köstliche Trägheit, die ihre Glieder ergriffen hatte. Sie spürte eine angenehme Wärme in sich, fühlte, wie das Adrenalin in ihrem Blut Müdigkeit und Entspannung wich. Lächelnd dachte sie an ihre Handlungen der Liebe, an ihre Zärtlichkeit, an ihre Wildheit, an ihre Leidenschaft. Es war wunderschön gewesen und Willow sehnte bereits Arirs Nähe zurück. Er allein war es gewesen, dem sie dieses Geschenk hatte machen wollen.

Einige Zeit hatten sie so beieinandergelegen, dann bewegte sich Arir in ihrem Rücken, erhob sich und verließ das Bett. Willow sah ihm fragend nach und ertappte sich, wie sie unverblümt seinen gänzlich nackten Körper betrachtete. Arir grinste zurück, dann flüsterte er:

»Ich bin gleich zurück.«

Damit verließ er den Raum durch eine kleine Tür und schloss sie hinter sich. Willow wartete gespannt. Sie war neugierig, doch sie blieb, wo sie war. Genüsslich kuschelte sie sich in die weiche Samtdecke und schloss wieder die Augen. Der angrenzende Raum war wohl das Badezimmer.

Bevor sie einschlafen konnte, kam Arir wieder herein.

»Liebling!«

Arir musste zweimal rufen, bis sie ihre Augen öffnete. Dann sah sie ihn in völliger Entspannung an.

»Kommst du bitte zu mir?«

Willow sah ihn fragend an, machte aber keine Anstalten, sich von ihrem bequemen Platz zu erheben. Arir schmunzelte, dann ging er zu ihr, küsste sie stürmisch und strich über ihren nackten Körper. Mit bebender Stimme flüsterte er in ihr Ohr:

»Willow, steh auf. Ich habe eine erneute Überraschung für dich.«

Willow lachte, dann meinte sie:

»Kannst du mich denn noch mehr überraschen, als du es heute schon getan hast?!«

Arir grinste, dann verließ er sie und ging wieder auf die offene Tür zu.

»Komm einfach. Ich glaube, es wird dir gefallen.«

Und er verschwand im angrenzenden Raum.

Willow sträubte sich noch einen kurzen Moment, dann erhob sie sich und stieg aus dem Bett. Kurz überlegte sie, ob sie sich anziehen sollte, doch dann folgte sie Arir so nackt, wie sie war. Sie betrat den benachbarten Raum und erschrak. Sie stand in einem weiß strahlenden, groß-räumigen Badezimmer. Mit einer riesigen Fensterfront!

Davor ein großes Badebecken, in das wohl auch Elis und Atos ohne Probleme reingepasst hätten. Bevor Wil-low ihrer Überraschung Herr werden konnte, schlich sich Arir von hinten an. Sie zuckte zusammen, als er nach ihr griff und sie auf seine Arme hob.

»Du Schuft!«, schrie sie ihn lachend an, als er sie sie-gesbewusst in seinen Armen hielt und sich über seinen gelungenen Spaß freute.

Rasch trat er an das Becken und stieg mit Willow als Beute hinein. Es war mit warmem Badewasser gefüllt, ein köstlicher Duft stieg auf, zarte Rosenblätter trieben auf dem Wasser. Im Wasser ließ er sie wieder los, doch Willow schmiegte sich sogleich an ihn. Die warmen Wogen umspielten ihre Glieder und brachten ihr noch mehr Entspannung. Dankbar lächelte sie Arir an.

»Ich danke dir. Aber eine so große Glasfront im Badezimmer?«

Arir lächelte zurück, dann antwortete er:

»Gefällt dir der Ausblick nicht?«

»Doch, natürlich. Jetzt ist niemand hier, aber früher waren bestimmt Leute im Garten.«

»Keine Angst, die Scheiben sind verspiegelt. Wir können nach draußen sehen, doch von draußen sieht man nur einen Spiegel. Auch die Nymphen kennen die Technik, solches Glas herzustellen. Ich finde sie sehr praktisch.«

Lächelnd drückte sich Willow noch enger an ihn.

»Ja, es ist wirklich praktisch. Die Aussicht ist fantastisch.«

Und so genossen sie das entspannende Bad, ihre lieblichen Berührungen und den Blick nach draußen. Vor ihnen erstreckte sich eine wilde Teichlandschaft. Kleine Bäche, deren Murmeln auch von den beiden Badenden wahrgenommen wurde, da kleinere Fenster oberhalb der großen Glasfront geöffnet waren, um frische Luft einzulassen. Teiche, in denen bunte Fische schwammen. Schilf, das sich in einem leichten Windhauch wiegte. Warme Sonnenstrahlen, die das Wasser zum Funkeln brachten. Dann entdeckte Willow ein kleines, blaues Schillern, das kurz über die Wasseroberfläche eines Teiches schoss und sich dann ins Wasser stürzte.

»Arir, siehst du es auch? Was ist das?«, rief sie aufgeregt.

Arir folgte mit den Augen ihrem ausgestreckten Arm und in diesem Moment brach das blaue Schimmern aus dem Wasser heraus und flog weiter. Arir begann zu lächeln.

»Das ist ein Eisvogel.«

Willow streckte sich vor, um genauer zu sehen.

»Wirklich? Ich habe noch nie einen gesehen. Er ist wunderschön. Schade, dass ich ihn nicht aus der Nähe sehen kann.«

Kaum hatte sie das gesagt, verharrte der Vogel in seinem geschäftigen Flug über die Gewässer und flog in Richtung der Glasfront. Willow glaubte ihren Augen nicht zu trauen.

»Er kommt wirklich her!«

Und schon flog er durch eines der kleinen, geöffneten Fenster und schwebte auf Willow zu. Diese lächelte erfreut und reckte einen Arm aus dem Wasser, den Zeigefinger ausgestreckt. Ohne zu zögern, landete der zierliche Vogel darauf und sah sie beide offen an. Willow lachte erfreut auf und funkelte Arir glücklich an. Dieser lächelte zurück. Staunen spiegelte sich in seinem Gesicht. Willow betrachte bewundernd den kleinen Vogel. Sein eisblaues Gefieder funkelte. Es glänzte von einigen Wassertropfen, die an den Federn hängen geblieben waren. Zögernd hob Willow ihre andere Hand, berührte vorsichtig das rostrote Brustgefieder und kraulte es. Der Vogel sah sie freundlich an und tschilpte.

»Ich glaube, er mag mich«, sagte Willow ehrfürchtig.

Arir berührte sie zärtlich und drückte ihr einen Kuss auf den Hals. Er erwiderte:

»Du hast recht. Aber es bleibt ihm auch keine andere
Möglichkeit, als dich zu mögen. So wie mir.«

Willow vernahm seine Liebeserklärung und dankte
ihm mit einem zärtlichen Blick, dann widmete sie sich
weiter ihrem neuen, kleinen Freund, dem sie bedächtig
über die Flügelschwingen strich. Kurz ließ er ihre Zärtlichkeiten geschehen, dann erhob er sich wieder und verließ das Badezimmer auf dem Wege, wie er gekommen
war, um weiter auf Fischfang zu gehen. Willow sah ihm
traurig nach und flüsterte:

»Auf Wiedersehen, Ilia.«

Arir hörte dies und stupste sie fragend an:

»Ilia?«

Willow sah noch kurz dem blauen Schillern nach,
dann drehte sie sich zu Arir um und sagte:

»Ilia! Das ist sein Name ...«

Sie genossen noch einige Zeit das angenehme Bad, bis
sie sich schließlich anzogen und nach Korloch zurück-
kehrten.

Die folgenden Tage waren von einer köstlichen Gleich-
förmigkeit. In der Früh konnte es Arir nicht erwarten,
bis Willow erwachte. Er war bereits im Reitgewand und
drängte sie zu einem raschen Frühstück. Er hielt ihr ungeduldig ihre Reithosen hin und war unruhig, bis sie
ihm schließlich in die Gärten Sartis folgte, wo bereits
Elis und Atos warteten. Bald fanden die beiden Pferde
den Weg von selbst, so schnell trieben ihre beiden Reiter
sie nach Aramin. Dort verbrachten die Liebenden fast
die ganze Zeit im Bett, denn nur in Aramin gab sich

Willow Arir hin. Nach langen, erschöpfenden Stunden der Liebe brachen sie schließlich wieder nach Korloch auf, wo sie zum Abendessen mit Ozeanus und Psyche verabredet waren. Arir entging nicht, dass sie sich offenbar über ihre Müdigkeit wunderten, doch sie sagten nichts. Doch ihr Grinsen auf den Lippen zeigte Arir, dass sie ihnen ihr Glück gönnten.

Arir fiel auch auf, dass der Eisvogel – Ilia hatte ihn Willow genannt – zu ihrem ständigen Begleiter in Aramin wurde und sie oft besuchte, wenn sie sich auf dem Balkon im Sonnenschein ausruhten oder durch den weit angelegten Garten des Schlosses streiften. Mit jedem Tag, den sie hier verbrachten, wuchs der Schlossgarten und erreichte schließlich seine alte Größe. Die Klagesümpfe trockneten aus, Schlamm und tote Pflanzen wichen frischem Gras und süßlich duftenden Blumen. Und hier wanderten Arir und Willow umher, dicht gefolgt von Ilia, der sie mit seiner Anwesenheit erfreute.

23 Der Schatten

Diese Zeit hätte ewig so weitergehen können, hätte sich nicht eine unerwartete Begegnung ereignet, mit der die Schatten erneut in ihr Paradies einbrachen und die ein Zeichen wurde für alle Übel und alles Leid, das sie noch erfahren sollten.

Nach einem schönen Tag in Aramin ritten die Liebenden den Pfad am Fluss entlang zurück nach Korloch. Sie waren in überdrehter, heiterer Stimmung, als vor ihnen zwei Gestalten aus den Schatten der Bäume auf den Weg traten. Willow erschrak und Arir zuckte zurück. Vor ihnen standen zwei Kentauren. Das Bild wurde klarer. Arir erstarrte …

Zwei Kentaurinnen starrten sie an. Dann trat die größere auf sie zu und Willow sprach ihre Namen aus:

»Abendrot, Morgentau.«

Sie verstummte, mehr kam ihr nicht über die Lippen. Erschrocken sah sie Arir an, der kreidebleich geworden war.

Morgentau hatte Arir gerade erst erkannt, galoppierte an Abendrot vorbei und rief erfreut:

»Vater!«

Doch die Kentaurin stoppte unmittelbar, als sie seine versteinerte Miene sah und er den Kopf schüttelte. Dann stieg er ab und trat auf seine ehemalige Frau und seine Tochter zu. In Menschengestalt. Nicht als Kentaur. Morgentau wich zurück. Abendrot hingegen trat näher an sie heran und erhob das Wort:

»Sinc Mirandell, du hier? Du lebst! Wir suchen nach dir, seitdem du damals verschwunden bist. Du bist ein Mensch?!«

»Ja, mein Fluch wurde gebrochen.«

»Warum bist du nicht mehr zurückgekehrt? Ich vermisse dich, alle vermissen dich!«

»Sinc Mirandell ist an diesem besagten Tag gestorben. Es gibt ihn nicht mehr. Ich bin kein Kentaur!«

»Aber warum bist du nicht mehr vorbeigekommen? Warum hast du keinen Abschied genommen?«

»Ich habe mich von den damals Anwesenden verabschiedet. Mehr hielt ich nicht für gut. Viele meiner Gefährten hätten es nicht verstanden.«

»Und ich verstehe nicht, warum du dich nicht von mir und von deiner Tochter verabschiedet hast. Haben wir dir so wenig bedeutet?«

Arir zuckte zusammen. Er öffnete den Mund, brachte aber nur ein Stöhnen hervor. Abendrot sah ihn grimmig an und legte eine Hand auf seinen Arm.

»Ich liebe dich noch immer. Komm wieder zu mir zurück.«

Arir zog seinen Arm weg, trat einen Schritt zurück und antwortete mit zitternder Stimme:

»Ich kann nicht … Ich bin wieder das, was ich früher war. Ich bin kein Kentaur mehr!«

Abendrot wandte sich mit schmerzverzerrtem Gesicht ab und stampfte wütend und enttäuscht mit den Hufen auf. Morgentau hatte sich ganz hinter der Mutter verborgen und schaute ihren Vater nicht mehr an. Arir sah Willow Hilfe suchend an. Sie stieg aus dem Sattel und trat zögernd an Abendrot heran. Die Kentaurin sah zornig auf und bellte:

»Und du? Wer bist du?«

»Kennt ihr mich nicht mehr? Ich bin Willow, das Mädchen, das damals bei euch war. Ihr habt meine Wunden geheilt.«

»Ihr seid …? Die Retterin Ayins! Die Erlöserin …«

Die letzten Worte sprach die Kentaurin nicht aus. Doch jeder der Anwesenden wusste, was sie sagen wollte. Willow war es gewesen, die den Alten Stamm von seinem Fluch befreit, die Arir erlöst hatte! Und ihn ihr somit weggenommen hatte. Wütend fragte sie weiter:

»Ihr seid jetzt Mann und Frau?«

Die Angesprochenen zögerten kurz, dann antwortete Arir mit einem klaren Ja. Abendrot wandte sich nun gänzlich ab, ihre Augen füllten sich mit Tränen.

Arir drehte sich verzweifelt um und vergrub sein Gesicht in Atos' Mähne. Willow sah es, auf ihrem Gesicht zeichnete sich Schmerz ab, dann trat sie zögernd an Abendrot heran. Vorsichtig berührte sie ihre Arme und bat sie so, sie anzusehen. Bittend flüsterte sie:

»Bitte verzeiht mir, verzeiht ihm. Seht doch! Arir ist glücklich. Als Kentaur war er es nie …«

»Was erdreistest du dich?«, fuhr die Kentaurin sie an und erhob eine Hand zum Schlag. Willow zuckte erschrocken zurück, den Angriff erwartend. Arir trat dazwischen. Er hatte seinen Kopf vor Scham gesenkt und bat mit tonloser Stimme:

»Bitte, nicht.«

Abendrot zuckte erschrocken zurück. Sie senkte ihren Arm und sah Arir stumm an.

»Bitte, nicht!«, wiederholte er. Er hob mühsam seinen Kopf und sah die beiden Kentaurinnen an. Seine Augen waren gerötet, sein Gesicht von Schmerz und Scham verzerrt.

»Bitte, tue ihr nicht weh. Ich liebe sie!«

Dabei ergriff er Willows Hand und drückte sie zärtlich.

Abendrot blieb weiterhin stumm und starrte ihn an. Auch Morgentau blickte ihn nur schweigend an.

Arir senkte seinen Kopf und flehte mit brüchiger Stimme:

»Bitte verzeiht mir. Es tut mir unendlich leid, was ich euch angetan habe.«

Nach seinen Worten blieb es eine Weile still, dann bewegten sich die Kentaurinnen. Ihre Hufe dröhnten auf dem Boden. Arir sah auf. Abendrot und Morgentau hatten sich abgewandt und entfernten sich von ihnen. Doch dann blieben sie noch einmal stehen und sahen zurück. Abendrots Blick war weicher geworden. Arir las Liebe und Verständnis daraus. Abendrot nickte ihm zu, dann drehte sie sich um. Morgentau tat es ihr gleich, dann verschwanden die Kentaurinnen wieder in den Schatten des Waldes. So als wären sie nie da gewesen.

Arir sackte entkräftet zusammen. Willow umarmte ihn, eng und schweigsam. Sie stützte ihn, als er seine Fassung verlor und lautstark weinte. Darüber, seine einstige Familie so verletzt zu haben. Sie verharrten noch lange in inniger Umarmung und verarbeiteten den Schmerz und die Qual, die sie spürten.

Mit dieser Begegnung brach das Übel in ihre heile Welt ein. Die Eisvogelzeit, die halkyonischen Tage waren vorüber. Das stille schöne Intermezzo inmitten turbulenter Zeiten war endgültig zu Ende … Der Sturm brach los und schlug mit ganzer Härte zu.

Als sie schließlich in Korloch eintrafen, bat Psyche Arir zu sich. Er folgt ihr in ihr Gemach, während Willow sich zurückzog, um sich umzuziehen. Psyche gab ihm einen Brief von Miral. Arir hatte die letzten Tage schon mehrere Schreiben seiner einstigen Geliebten erhalten, in denen sie ihn über Jack auf dem Laufenden hielt. Psyche war meist zugegen, wenn er die Briefe las; sie brachte sie ihm oft persönlich. Lange Zeit hatte sie geschwiegen, auch wenn die Nachrichten mit jedem Schreiben schlechter geworden waren. Arir wusste, dass sie dies getan hatte, weil sie ihm und Willow das Glück, das sie gerade erlebten, von ganzem Herzen wünschte und ihm Dauer geben wollte. Doch er spürte, dass sie heute nicht mehr schweigen würde. Heute würde sie ihn drängen, Willow endlich in die neuen Entwicklungen einzuweihen. Ihr trauriger Blick sagte alles.

Arir überflog den Brief und sog angespannt die Luft ein.

»Es wird Zeit. Du muss es ihr sagen«, flüsterte Psyche.

Arir nickte. Sie hatte recht. Es wurde Zeit. Jack war nicht mehr anders aufzuhalten. Allein Willow würde ihm noch entgegentreten können. Mit einem Stöhnen sackte er in die Knie und schüttelte den Kopf.

»Nein, nein!«, stieß er aus. Er verbarg sein Gesicht in den Händen.

»Ich kann es ihr nicht sagen.«

Er weinte.

»Ich kann sie doch nicht in den Krieg schicken, vielleicht sogar in den Tod!«

Arir sagte es Willow nicht, als er zu ihr zurückkehrte. Psyche hatte ihm versprochen, bis zum Abend des nächsten Tages zu warten, doch dann würde sie es Willow sagen.

Doch so weit kam es nicht. Es kam ganz anders.

Gleich am nächsten Morgen traf ein aufgeregter Besuch in Korloch ein. Willow und Arir wurden in aller Früh geweckt und in den Thronsaal gerufen. Als sie dort eintraten, lief Willow freudestrahlend auf die Gäste zu.

»Ich freue mich, dass ihr beide hier seid! Myth und Rachel!«

Vor dem Thron standen die zwei treuen Begleiter von damals. Myth, der Pegasus, war um eine Kopflänge gewachsen und wirkte deutlich erwachsener. Aber auch Rachel, die kleine Fee, wirkte nun wie eine Dame. Ihre Tracht hätte jedem, der der Lebensart der Feen kundig war, sofort gezeigt, dass sie nun eine Königin war, die einen kleinen Stock unterhielt.

»Willow, welche Freude!«, erwiderten beide ihre freundliche Begrüßung, dann verschwand das Lächeln aus ihren Gesichtern.

»Schade, dass wir uns zu so einem unglücklichen Anlass treffen müssen.«

Willow erstarrte und fragte verwirrt:

»Was meint ihr?«

»Was? Du weißt nichts davon? Jack überzieht halb Ayin mit Tod und Schrecken. Er überrennt mit seiner Horde die ersten Ausläufer Sirarins!«

Willow sackte in die Knie. Arir trat an sie heran, gab ihr Halt. Er tauschte einen verzweifelten Blick mit Psyche, die neben ihrem Vater thronte. Das Paradies zersplitterte in tausend Scherben.

»Ich weiß nichts davon. Arir?«, brachte sie zitternd hervor.

Ungläubig hielt sie sich an ihrem Gemahl fest.

»Bitte sage mir, dass das nicht wahr ist.«

Arir zog sie in die Höhe und umarmte sie traurig, dann antwortete er mit einem Zittern: »Willow, es tut mir so leid. Es stimmt. Alles ist wahr.«

Ungläubig löste sich Willow von ihm, starrte ihn an und fragte vorwurfsvoll: »Du wusstest es?«

Arir verzog voller Qual sein Gesicht, dann nickte er:

»Ja, ich habe es gewusst. Miral hat mir geschrieben.«

Willows Augen weiteten sich, dieses Geständnis schien sie zu zerbrechen. Dann schlug sie nach Arir, boxte ihm in den Leib. Er ließ es ohne Klage geschehen, versuchte, sie zu umfassen und an sich zu drücken, um ihr die Möglichkeit für weitere Schläge zu nehmen. Tränen liefen über seine Wangen.

»Miral?!«, stieß Willow hervor, dann ließ sie von Arir ab und sah weg.

Tränen brachen hervor. Tränen der Trauer und des Zornes. Arir sah ihr verzweifelt entgegen, dann griff er in seine linke innere Jackentasche. Er zog ein Päckchen

Briefe hervor. Zitternd trat er auf Willow zu und hielt es ihr hin.

»Hier, das sind Mirals Briefe. Bitte lies sie!«

Willow blickte ihn zögernd an, Zorn funkelte in ihren Augen, dann nahm sie die Briefe aus Arirs Hand, wandte sich um und verließ den Raum. Die Tür fiel knallend ins Schloss, dann senkte sich Stille über den Thronsaal.

Psyche, die die Situation entspannen wollte, lud alle Gäste zu einem Frühstück im königlichen Speisesaal ein. Während Myth und Rachel zusagten, entschuldigte sich Arir und zog sich ebenfalls zurück. Im Laufschritt stürmte er Willow hinterher, doch er erreichte sie nicht mehr. Ihre Zimmertür schlug vor ihm zu und der Schlüssel drehte sich im Schloss herum. Kurz überlegte er, ob er anklopfen sollte. Doch er ließ es sein. Wenn sich Willow einschloss, wollte sie wirklich allein sein. Voller Sorge, voller Selbstvorwürfe sackte er zu Boden und lehnte sich wartend an die Tür. Sie brauchte Zeit – und er gab sie ihr.

Während Arir sich vor der Tür niederließ, stürzte Willow wütend und voller Tränen auf das Bett. Einige Momente schlug sie mit Fäusten gegen die Polster, dann nahm ihre Wut ab und sie setzte sich auf den Stuhl neben dem Bett. Bedächtig legte sie das Bündel Briefe auf den dazugehörigen Beistelltisch. Zögernd löste sie die um die Briefe gebundene Schleife und nahm den ersten Brief zur Hand. Er war noch am selben Tag, an dem Willow verletzt worden war und sie nach Korloch kamen, geschrieben worden. Zitternd betrachtete Willow die elegante Handschrift Mirals, sog den Duft des Papiers ein … und begann zu lesen.

»Geliebter Arir,

schweren Herzens höre ich vom unglücklichen Ausgang des riskanten Treffens. Mit Schrecken las ich von deinem Eingreifen und der Gefahr, der du dich aussetztest. Ich werde nicht mehr von meiner Meinung bezüglich Willows Vorhaben, Jack zu treffen, sprechen. Da du mir deine Abneigung über meine Worte beim ersten Mal bereits unmissverständlich klargemacht hast. Und doch hast du mir damals zugestimmt, dass es ein sehr dummes – für mich kindliches – Verhalten gewesen ist, das Willow an den Tag legte. Aber ich hatte recht; mein prophezeites Ergebnis ist eingetroffen.

Ich bedaure Willows Verwundung und noch vielmehr deine Entscheidung, sie nach Korloch und nicht nach Hause zu bringen. Doch ich sehe ein, dass diese Tat wohl vernünftig gewesen ist und aus der Notwendigkeit der gegenwärtigen Situation geboren wurde.

Ich bitte DICH, alsbald zurückzukehren – ich vermisse DICH.

Deine Bitte, Jack zu beobachten, erfüllen wir pflichtbewusst. Bigor und Schara sind sofort nach Nómai aufgebrochen. Mural wird sich ihnen in Kürze anschließen.

In Liebe

Deine wartende Miral

Erinnere dich der Zeiten unter den goldenen Eichen-
blättern.«

Willow legte den Brief stumm zur Seite. Sie spürte ein
Stechen in ihrem Herzen. Miral warb noch aggressiv um
Arir. Nach einem kurzen traurigen Verharren nahm sie
den nächsten Brief zur Hand.

»Geliebter Arir,
    mich betrübt dein Entschluss, trotz Willows Erwachen
und zunehmender Genesung, nicht zurückzukehren. Du
wirst doch nicht mehr gebraucht und hier wirst du auf
das Sehnlichste vermisst. Du schreibst mir von deiner
Liebe zu ihr, doch glaube ich dir nicht. Hat sie dich die
letzte Zeit nicht kalt und prüde behandelt? Habt ihr euch
nach dem Kuss überhaupt noch berührt? Ist diese Liebe
nicht kindisch für einen Mann wie dich? Ein Kind wie
sie, du ein Mann – ein Leben von hundert Jahren. Sie
mag wohl aufregend sein, jung, etwas nie Erlebtes, aber
glaubst du wirklich, sie wäre einer Liebe wie unserer, die
über Jahrhunderte währt, gewachsen? Warum verlässt du
deine so treue Gefährtin?
    Bigor und Schara haben Nachrichten über Jack ge-
sandt. Momentan verhält er sich auffällig ruhig. Er
hat sich einer durchreisenden Vagabundengruppe an-
geschlossen. Bigor und Schara haben es aber trotzdem
nicht gewagt, ihn anzusprechen, aus Angst, das Ungeheuer in ihm erneut zu wecken. Mural hört sich bei den
Ältesten der Zwerge um – manche von ihnen kennen
sich wohl mit Magie aus …

Ich schreibe dir alsbald Neuigkeiten.
In Liebe
Miral«

Zornig zerriss Willow das Papier. Es war einfach unverschämt, was Miral dort schrieb. Wie sie Arir von ihr
zu trennen versuchte. Aber was hatte sie denn erwartet?
Schließlich hatte sie sich in ihre Beziehung gedrängt.
Miral und Arir waren so viele Jahre ein Paar gewesen.
Sie spürte, wie Schuldgefühle in ihr hochstiegen, doch
sie schüttelte den Kopf, um sie zu vertreiben. Diese
konnte sie momentan überhaupt nicht gebrauchen.
Schnell machte sie sich an die weiteren Briefe. Priorität
sollte für sie nämlich haben, zu erfahren, was Jack tat.
Mirals Verhalten tat ihr weh, doch bedrohte es nicht
die Welt.

»Geliebter,
    du verbietest mir, dich so zu nennen … Natürlich habe
ich unsere Unterredung vor wenigen Tagen nicht vergessen. Damals gab ich dich frei. Für dieses Kind!
    Mit Schmerzen lese ich dein Bekenntnis, dass du sie
liebst und ich dich nun völlig loslassen muss.«

Willow zerknüllte das Papier, bevor sie zu Ende gelesen
hatte. Es war nichts Brauchbares über Jack dabei. So ließ
sie zwei weitere Briefe ungelesen und wandte sie gleich
den letzten drei Schreiben zu. Eines davon war ein langer
Brief, die anderen nur kleine Zettel, in Eile dahinge-
schmiert. Zunächst nahm Willow den Brief zur Hand,

da sie sich von diesem eine Beschreibung der gegenwärtigen Situation erhoffte.

»Arir,

ihr müsst zurückkehren. Du und Willow. Willow wird gebraucht. Sie ist wohl die Einzige, die etwas gegen Jack unternehmen kann. Ich will es selbst nicht glauben, aber wir, der Alte Stamm, sind zu schwach. Ich verfügte noch nie über große kämpferische Fähigkeiten. Diejenigen, die ich einst besaß, sind nun mit dem Verlassen Ayins und der Rückkehr in die Höhlen der Zeit, endgültig verschwunden. In meinen wenigen lichten Momenten sehe ich das Verderben.

Schara, der einer der stärksten von uns war, kann nicht kämpfen. Wenn er dies tut, erwacht das Böse – Lord Dragon – in ihm … Er ist nie ganz verschwunden, auch wenn der Fluch gebrochen wurde. Wenn das Böse einen einmal berührt hat, wird man seinen Fingerabdruck nicht mehr los. Die Seele ist verletzt, zur Hälfte verätzt, sagt Schara. Wir können ihn nicht in den Kampf schicken, wir würden einen neuen Feind hinzubekommen. Sirair, Mural und Bigor haben sich Jack entgegengestellt, doch sie haben ihn nicht aufhalten können. Ich bin vielmehr froh, dass er sie am Leben ließ und sie nicht schwer verletzt hat. Selbst du hast berichtet, dass du nichts gegen Jack ausrichten konntest. So glaube ich, dass Willow die Einzige ist, die gegen Jack anzutreten vermag. Bitte berichte ihr davon. Kommt so bald wie möglich!

Miral«

Erschrocken blickte sie auf den Brief. Ein Zittern ergriff ihren Körper. Jack, was tust du?! Warum bist du nur böse geworden?! Bestürzt las sie auch die kurzen Nachrichten.

»Arir,
    bitte, Willow muss kämpfen. Kommt! Jack überrennt mit seiner Horde die ersten Ausläufer Sirarins. Dieses Land musste schon genug erleiden!«

»Arir,
    Jack sucht sie!
    Er mordet, tötet, auf der Suche nach ihr!«

Willow sackte in sich zusammen. Es war ernst, sehr ernst. Jack war offensichtlich auf einem Feldzug. Er war zornig. Er suchte sie. Tränen brachen hervor. Weinend verbarg Willow ihr Gesicht in den Händen. Ihre Gedanken kehrten zu ihrer letzten Begegnung mit Jack zurück. Als sie so dumm gewesen und den Träumen, die er ihr geschickt hatte, gefolgt war. Sie spürte noch einmal die Schmerzen, die er ihr zugefügt hatte, die Wunden, die sie davongetragen hatte. Sie dachte daran, wie Jack sie mit seinem Angriff überrascht hatte und Arir sie retten musste. Arir …, er hatte sich damit in tödliche Gefahr begeben. Jack hätte ihn töten können. Das durfte nicht mehr geschehen!

Willow verbrachte den gesamten Tag eingeschlossen in ihrem Zimmer. Unruhig wanderte sie im Raum umher und las immer wieder Mirals Briefe. Dann nahm sie selbst ein Blatt Papier zur Hand und begann zu schreiben.

Gegen Abend öffnete sie schließlich die Tür und schaute Arir, der den ganzen Tag vor ihrem Zimmer gewacht hatte, verzweifelt an. Weinend ließ sie sich in seine Arme fallen. Er streichelte ihr Haar und flüsterte:

»Es tut mir so leid. Ich hätte es dir viel früher sagen sollen.«

Willow sah ihn mit feuchten, geröteten Augen an und antwortete nachsichtig:

»Du wolltest mir nur ein Paradies erschaffen. Ich danke dir so sehr dafür.«

Zitternd hielten sie einander fest. Sie beide wussten, was folgen würde. Sie waren Verbannte. Vertriebene aus ihrem Paradies. Es war verschlossen, und sie konnten nicht hoffen, dass es sich noch einmal öffnen würde. Langsam löste sich Willow von ihm und hielt ein Schreiben hoch.

»Das muss so schnell wie möglich zu Jack.«

Arir griff danach und fragte:

»Du hast …?«

»Ich habe ihm ein erneutes Treffen angeboten. Morgen zur Mittagsstunde. Es muss enden!«

Arir hielt zitternd ihre Hand und widersprach:

»Du darfst nicht …«

Willow schüttelte den Kopf und Arir verstummte. Sie sah ihm an, was er dachte. Ihm war wohl bewusst, dass nichts an einem Treffen zwischen Willow und Jack vorbeiführte. Sie gingen zu den anderen zurück. Dort gab Willow ihr Vorhaben kund, und auch wenn niemand es aussprach, wusste Willow sehr wohl, dass nicht nur sie das Wort »Zweikampf« im Kopf hatte. Ihr war bewusst, dass Jack sich nicht mehr mit Worten umstimmen lassen würde. Hier konnten nur noch Taten etwas bewirken, auch wenn es die der Gewalt waren.

Der Brief wurde auf Reisen geschickt. Ein fliegender Bote brachte dem Feind die Nachricht. Kurz darauf kam die Antwort.

Sie bedeutete Krieg.

Niemand schlief in dieser Nacht. Willow und Arir lagen dicht aneinandergedrückt im Bett. Sie zitterten. Angst erfüllte ihre Herzen, beide hatten nur den Tod vor Augen.

Beim ersten Tageslicht erhoben sie sich und brachen nach einem trostlosen Frühstück auf. Das Treffen sollte am Rande des Dunklen Waldes stattfinden. In einer unbesiedelten Gegend, nahe Nómai.

24 Der Tanz mit der Weide

Heute sollte es enden. Dieses Ereignis stand schon so lange fest, es war vorherbestimmt, seit Jack Willow verraten und ihr zum allerersten Mal Gewalt angetan hatte. Willow hatte sich zu entwinden versucht, hatte diesen Kampf vermeiden wollen. Doch es war zu viel geschehen. Jack war böse geworden. Und Willow konnte nicht leben, wenn er nicht aufhörte. Er musste vernichtet oder geheilt werden. Geheilt werden von dem Dunklen, das seine Seele hielt, ihn böse machte.

Willow trat aus den Reihen der Bäume hervor, ins Licht der aufsteigenden Sonne. Dort unten zwischen den Hügeln, auf einer verdorrten Stelle würden sie sich stellen. Sie würde Jack gegenübertreten. Dem ersten Mann, den sie geliebt hatte. Sie war bereit gewesen, für diese Liebe alles zu tun, alles zu geben. Dass sie ihr Leben geben würde, wusste sie nicht.

Sie spürte eine warme Hand, die sie sanft an ihrem Handgelenk berührte, sie festhalten wollte. Willow drehte sich um. Hinter ihr im Schatten stand Arir. Ihre neue Liebe, ihre *wahre* Liebe. Er sah sie traurig an, bat sie mit Blicken zu bleiben. Sie sah seine Bitten, wollte ihnen so gern folgen, doch sie beide wussten, dass ihr keine Wahl blieb. Einmal noch trat sie in den Schatten und umfing den Mann, den sie liebte. Er hielt sie in seinen Armen, fest und doch zitternd. Seine Lippen fanden ihren Hals, küssten ihn zärtlich. Dann streckte sie sich zu ihm hoch und noch einmal küssten sie sich. Es war so viel Trauer darin.

Als sie gehen wollte, hielt er sie zurück.

»Willow, bleib, tue es nicht. Oder lass mich mit dir kämpfen.«

Betrübt sah sie ihn an, dann erwiderte sie schwach:

»Ich allein kann Jack besiegen. Du darfst dich hier nicht einmischen. Er würde dich töten.«

»Wir werden einen Ausweg finden …«, fuhr Arir fort, doch Willow brachte ihn zum Verstummen, indem sie ihm die Hand auf den Mund legte. Sie schüttelte den Kopf. Sie hatten das alles schon endlos diskutiert. Sie schätzte es, dass Arir nicht aufgab, eine Alternative zu suchen. Doch letztlich war sie sich sicher, er wusste ebenso, dass es keine gab. Willow küsste Arir noch einmal, dann verließ sie ihn endgültig. Sie trat hinaus auf die Wiese, inspizierte den Kampfplatz und ließ sich dann auf einem Felsen in der Nähe nieder.

Auch Jack, einst ihr Freund, nun der Feind, näherte sich dem Kriegsschauplatz. Er hatte es vorgezogen, in seiner Menschengestalt zu erscheinen. So wie ihn Willow geliebt hatte. Er erhoffte sich dadurch Vorteile. Ihr würde es wohl schwerer fallen, den Mann anzugreifen, den sie geliebt hatte, als das Monster, das in ihm lauerte. Erst später wollte er sich verwandeln, in ein Wesen aus Zähnen und Klauen.

Er kam aus der Dunkelheit. Und Schatten folgten ihm. Dunkle Wesen, Mörder, Diebe, Vergewaltiger. Wesen, die den Frieden und das Licht hassten, alle Kreaturen, die seinem zerstörerischen Weg folgen wollten. Jack hatte ihnen eingeschworen, sich aus dem Kampf herauszuhalten. Sie sollten nur Zuschauer seines Triumphes sein. Er würde jeden töten, der sich einmischte. Und sein Gefolge gehorchte. Sie blieben im Schatten der Bäume, als er weiterging und sich ebenfalls unweit des Kampfplatzes niederließ.

Sie sah ihren Gegner nicht, als er mit seinem Gefolge erschien. Sie beachtete nicht seine Posen, nicht wie er sich unweit von ihr niedersetzte. Der Kampf sollte erst in einigen Minuten beginnen, zur vollen Mittagsstunde, wenn die Sonne senkrecht über den Platz stand. Willow sah nicht auf. Sie band ihre Sandalen, zupfte ihr Kleid zurecht. Sie rüstete sich nicht besonders. Ihre Freunde hatten ihr geraten, eine Rüstung zu tragen. Aber sie tat es nicht. Ihr Körper, ihre Kräfte waren ihre Rüstung. Sie waren stärker als jeder Harnisch und sollten sie nicht standhalten, könnte sie auch keine Rüstung der Welt mehr retten.

Jack hingegen hatte sich auch äußerlich gerüstet. Er war vollständig in Schwarz gekleidet und um seine Brust lag ein pechschwarzer Plattenpanzer. An seinem Gürtel hing eine Schwertscheide. Jack zog die Klinge heraus, sein Finger fuhr über das blanke Metall. Die Waffe war von einem der besten Schmiede dieser Welt angefertigt und mit schwarzer Magie gehärtet worden. Jack brannte darauf, dieses Meisterstück auszuprobieren, Willow würde daran einiges zu schlucken haben. Aber er war auch noch auf andere Weise gerüstet. Er grinste böse. Willow würde Augen machen.

Und dann war es so weit. Die Sonne stand hoch am Himmel. Die Kontrahenten erhoben sich und schritten in den Kreis toter Erde. Nun standen sie sich wieder gegenüber. Nach langer Zeit.

Willow stand wie eine Königin vor Jack. Ein weißes, leichtes Kleid umfing ihren schönen Körper, ihr langes, goldenes Haar fing die Strahlen der Sonne auf. Es bewegte sich wie tanzende Zweige im Wind. Ihr Gesicht war ernst, ihre roten Lippen zu einem dünnen Strich zusammengezogen. Ihre blauen Augen strahlten; ein Funken Hoffnung, dass noch alles friedlich enden würde, spiegelte sich darin.

Jack stand wie ein dunkler Todesengel vor ihr. Er wirkte wie ein Schatten. Obwohl die Sonne auf ihn fiel, schien er in Dunkelheit zu stehen. Seine einst braunen Haare waren schwarz. Seine Augen funkelten blau wie Eis. Voller Hass.

Es standen sich die stärksten Mächte dieser Welt gegenüber. Licht und Schatten.

»Willow, ich habe lange auf diese Begegnung gewartet«, sprach Jack und brach somit das Schweigen.

Er bewegte sich auf sie zu und blieb wenige Meter vor ihr stehen. Willow spürte den eisigen Hauch, den er mit sich brachte. Sie bemerkte, wie er sie anstarrte. Sein Blick wanderte unverfroren über ihren Körper, blieb

an ihren Lippen hängen. Sie spürte sein Begehren, erahnte seine Gedanken und wollte sich davor abschotten.
Doch sie spürte, wie auch Jack auf sie eine nicht un-
erhebliche Anziehung ausübte. Sie sah auf seinen Körper.
Er wirkte muskulöser, als sie ihn in Erinnerung hatte,
seine schwarze Aura war gleichermaßen anziehend wie
erschreckend.

»Jack, wir müssen nicht kämpfen«, flüsterte sie, ihren
Blick abwendend.

Sie wollte, sollte sich stärker fühlen, als sie war, doch
sie hatte unterschätzt, was eine erneute Begegnung in
ihr auslösen konnte. Sie dachte das erste Mal wieder an
ihre gemeinsame glückliche Zeit zurück. Sie spürte seine
Küsse auf ihrer Haut. Seine Nähe.

Jack antwortete lachend:

»Doch, wir müssen kämpfen. Weißt du nicht, ich bin
böse?«

»Du bist ein guter Mensch, Jack. Lass mich dir helfen.
Wir können gemeinsam das Dunkle in dir besiegen.«

Dabei trat sie näher heran und hob ihre Hand, um
Jacks Wange zu berühren, doch sie zögerte. Jack entgegnete fauchend:

»Ich bin kein Mensch, genauso wenig wie du! Wir sind
Metamorphorier. Wesen, die die Metamorphose in sich
tragen. Und ich trage das Biest in mir. Wie möchtest du
dies heilen? Es töten?«

Den letzten Satz hatte er geschrien, Hass explodierte in
ihm. Ein dunkler Sturm strich durch Willows Kleid und
Haar und riss sie nach vorne. Sie stürzte und wäre gefallen, wenn Jack sie nicht ergriffen und in seine Arme ge-

rissen hätte. Seine Hände fuhren gebieterisch über ihren Körper, berührten ihn zu seinem Vergnügen, dann legte er eine Hand fest um ihren Hals. Willow zuckte zusammen und erstarrte. Jacks Finger fuhren über ihr Gesicht, dann küsste er sie auf den Mund. Es war eine äußerst brutale Berührung. Gier, die raubte. Willow riss sich los, schrie auf und eine Druckwelle warf Jack zu Boden. Er rappelte sich wieder auf und grinste nur. Aus seiner Nase floss Blut, tropfte auf seine Lippen. Er kostete davon, indem er mit der Zunge darüber fuhr. Willow sah ihn erschrocken an, ihre Lippen waren blutig aufgerissen, mit solcher Gewalt hatte er sie berührt.

»Na, immer noch so kratzbürstig wie früher?« Jack lachte.

»Arir muss die reinste Freude mit dir haben.«

»Lass ihn aus dem Spiel!«, schrie sie.

Doch Jack wusste, wo er ansetzen musste:

»Was musste er tun, damit du ihn an dich ranlässt?«

Willow wollte etwas erwidern, doch Jack traf genau den wunden Punkt. Willows Verweigerung, mit der alles begonnen hatte.

Willow stürzte in ein dunkles Loch, als die Vergangenheit sie einholte. Sie dachte an den Abend, als Jack sie fast vergewaltigt hätte. Sie sah Arir, als er sie zärtlich, leidenschaftlich küsste, bevor sie sich ihm schenkte. Warum hatte es mit Jack ein so ungutes Ende genommen? Warum hatte er nicht warten können? Warum war sie noch nicht bereit gewesen? Wäre sie es nie gewesen? Sie spürte noch einmal seine Schläge in ihrem Gesicht, auf ihrem Körper und zuckte erschrocken zurück.

Jack nutzte ihren Zustand aus und sprang sie an. Während seines Sprungs zog er sein Schwert und schlug nach ihr. Willow – noch immer in ihren Erinnerungen gefangen – konnte sich gerade noch rechtzeitig in die Wirklichkeit zurückreißen, als die Klinge auf sie niederfuhr. Sie schickte der Klinge all ihre Kraft entgegen; einen goldenen Schutzschild, an dem die Klinge abprallte. Jack taumelte wütend zurück, nutzte den Schwung und schlug erneut zu.

Dieses Mal war die Klinge auf ihre Seite gerichtet. Willow sah seinen Angriff kommen, drehte sich herum und schleuderte dem Angriff ihre Kraft entgegen. Jack wurde zu Boden gefegt, das Schwert glitt aus seiner Hand. Willow trat weiter vor, richtete ihre Hände auf die Erde und schloss für einen kurzen Moment die Augen. Als sie sie wieder öffnete, traten Wurzeln aus der Erde, züngelten über die sandige Fläche und umfingen Jack. Sie sah den Argwohn und Ekel in seinen Augen, während er versuchte, die Wurzeln, die bereits seine Beine umschlungen hatten und nun seinen Körper aufwärts wanderten, mit den Händen wegzureißen, sie ganz auszureißen. Doch je mehr er ausriss, desto mehr kamen nach. Jack wälzte sich herum, versuchte, sich zu befreien, doch es gelang ihm nicht. Wut brodelte ihn ihm, er schrie sie heraus:

»Du Miststück, wenn ich dich in die Finger bekomme …«

Willow trat an ihn heran und musste trotz der ernsten Situation lächeln.

»Dazu müsstest du erst mal deine Finger bewegen können.«

Er knurrte sie wütend an. Sie hatte recht, die Wurzeln hatten nun auch seine Hände umschlungen.

Er bäumte sich zwei-, dreimal wütend auf, dann war auch das nicht mehr möglich. Die Wurzeln glitten weiter, erreichten sein Gesicht.

Willow hörte noch kurz sein wütendes Geschrei, dann war es still. Sie sah sich um. Jacks Gefolge bewegte sich unruhig am Rande des Schlachtfelds, wollte seinem Herrn zu Hilfe eilen. Sie hob drohend die Hand.

»Kommt ja nicht näher!«

Sie sah, wie sie zurückwichen, war selbst etwas darüber erstaunt, dass sie ihnen so einen Respekt einflößte, und wollte sich mit einem triumphierenden Lächeln umwenden … In ihren Augenwinkeln sah sie, dass sie sich getäuscht hatte. Arir rief ihr noch eine Warnung zu, doch es war zu spät.

Jack schlug mit seinem Schwert nach ihr. Und dieses Mal ging die Klinge durch ihre Deckung. Das Schwert traf ihren Arm, schnitt durch das Fleisch, bevor ihre Kräfte einsetzen konnten und die Waffe zurückprallen ließen. Mit einem Schmerzenslaut auf den Lippen fiel sie zu Boden – den blutenden Arm an ihre Brust gepresst. Jack schlug nochmals zu, sie konnte sich gerade noch zur Seite drehen. Ein erneuter Schlag folgte, ihr Körper reagierte zu spät und die Klinge bohrte sich in ihre Schulter. Sie versuchte, sich aufzubäumen, doch das Eisen schnitt durch Haut, Fleisch, Knochen und bohrte sich schließlich in die Erde unter ihr. Der Schmerz raubte ihr den Atem und sie sackte in sich zusammen. Sie versuchte, ihr

Schutzschild aufzubauen, doch es brach immer wieder flackernd in sich zusammen. Jack lächelte seine einstige Geliebte hämisch an. Er klopfte sich noch einige tote Wurzeln von der Kleidung, dann trat er an sie heran.

»Der Trick mit den Wurzeln war wirklich nett. Doch nicht nur du hast Tricks auf Lager.«

Dann trat er voller Wucht auf ihren verwundeten Arm. Rasender Schmerz durchfuhr Willows Körper. Den Schrei, der aus ihr herausbrechen wollte, unterdrückte sie jedoch. Die Genugtuung, indem sie ihren Schmerz zeigte, wollte sie ihm nicht geben. Stöhnend presste sie ihre Zähne aufeinander und sah Jack voller Zorn an. Dieser beugte sich zu ihr herab, seinen Fuß immer noch auf ihrem blutenden Arm. Seine Hand glitt ihren Ausschnitt entlang und packte ihren Hals. Sie spuckte ihn an, doch er lachte nur. Seine freie Hand fuhr über ihr Haar.

»Ja, ja, auch ich habe Tricks.«

Und damit schickte er einen Stromstoß durch ihren Körper. In Pein fiel ihr Kopf nach hinten. Sie sah Arir, wie er ihr zu Hilfe kommen wollte.

»Nein, Geliebter, du darfst nicht kämpfen«, flüsterte sie. Sie warf ihm all ihre Kraft entgegen. Sie sah ihn stürzen. Sie sah seinen verstörten Blick, als er versuchte, sich aufzurichten und zu ihr zu kommen. Doch sie hielt ihn mit aller Kraft zurück. Schließlich fanden seine Augen ihren Blick. Sie konnte seine Tränen zwar nicht sehen, doch sie wusste, dass er weinte. Kurz baute sie eine mentale Verbindung zu ihm auf, so dass er ihre Stimme in seinem Kopf hören konnte. Sie bat ihn eindringlich:

»Bitte, mein Geliebter, bleibe hier. Gehe nicht hinaus auf den Kampfplatz, was auch passiert. Der Tod wird dich sonst finden.«

Sie verstummte und schloss ihre Augen. Arir würde bleiben, wo er war. In Sicherheit.

Mit dieser Gewissheit hob sie den Kopf. Hasserfüllt sah sie Jack an, der immer noch über ihr thronte und sich anschickte, einen erneuten Stromstoß durch ihren Körper zu jagen. Es gelang ihm nicht mehr …

Die ungeheure Kraft, die Arir gerade noch am eigenen Leib gespürt hatte, stieß nun vor. Jack wurde weggeschleudert, flog einige Meter und blieb im Staub liegen. Willow riss das Schwert mit einem Schrei aus ihrer Schulter, erhob sich, ihre Wunden heilten, während sie einen erneuten Energiestoß gegen ihren Gegner schickte. Dieser stürzte erneut, bevor er sich wieder vollständig erheben konnte.

Als Willow den dritten Energiestoß schickte, antwortete Jack mit einer Gegenattacke. Er nahm Sand vom Boden und schleuderte ihn ihr entgegen. Im Flug entzündeten sich die Sandkörner und prasselten als Feuerregen auf Willow nieder. Dieser Angriff konnte die junge Frau nicht verletzen, doch er beschäftigte sie so weit, dass sie für kurze Zeit unaufmerksam war. Und diesen Moment nutzte Jack.

Mit einem wilden Aufschrei stieß er vor, sprang der Frau entgegen und verwandelte sich während seines Sprunges. Sein Körper streckte sich. Seine Finger wuchsen in die Länge, scharfe Klauen blinkten. Jacks Kopf schob sich vor, seine Zähne wurden lang und spitz. Sein Körper bedeckte sich mit Fell. Einst war es golden gewesen, doch nun glänzte es schwarz wie Teer. Willow zuckte zurück, doch einen Zusammenstoß konnte sie nicht mehr verhindern. Die Krallen des Ungetüms gruben sich in ihren Körper, das stinkende Maul schnappte nach ihrem Gesicht, das sie in letzter Sekunde noch wegdrehen konnte.

Sie schrie auf und verwandelte sich ebenfalls. Ihr schöner, schlanker Körper streckte sich in die Höhe. Zarte, feine, grüne Blätter sprossen in ihrem goldenen Haar, erst vereinzelt, dann immer zahlreicher. Ihre Finger wurden zu langen Zweigen. Ihr Körper wurde von einer harten, festen Rinde überzogen. Die junge Frau nahm die Gestalt eines Baumes an. Sie war zu einer Weide geworden.

Das Wolfswesen biss wütend in den Stamm, dort, wo vor Kurzem noch Willows Hals gewesen war. Es schlug weiter seine Klauen in die Rinde, riss die Borke vom Stamm. Die Weide antwortete auf den Angriff ihres Gegners und bewegte sich wie im Sturm, um das Ungeheuer abzuschütteln. Der Wolf schwankte an ihrem Stamm hin und her, stürzte aber nicht. Seine Klauen bohrten sich tiefer und tiefer in das Holz, das Harz blutete. Dann griff Willow an. Sie peitschte mit ihren Zweigen, schlug nach ihrem Gegner, der unter den Schlägen zurückschreckte. Dann griff er wieder an, wich erneut zurück. Ihr Kampf wurde zu einem Tanz. Wie sich ihre Körper vor- und zurücktrieben, ein Wiegen im Takt.

Dieser Rhythmus trieb Willow in Gedanken fort. Sie dachte an den Ball bei den Nymphen vor langer Zeit. Als Jack ihr das Tanzen beigebracht hatte. Ihre Unbeholfenheit, ihre Freude, mit ihm herumzuwirbeln. Sie erinnerte sich des Vertrauens, der Sicherheit, die sie damals gespürt hatte. Sie sah seinen Blick von damals vor sich. Dieses verliebte Funkeln. Sie sah in die Augen des Wolfswesens. Sie meinte, denselben Blick zu sehen. Sie erinnerte sich an ihren ersten innigen Kuss …

Und gab auf. Sie senkte ihre Zweige, blieb ruhig stehen und verwandelte sich zurück. Sie wollte nicht mehr kämpfen. Haare sprossen aus Zweigen, Blätter fielen, verstreuten sich im Wind. Die Rinde wich rosiger Haut. Willow senkte ihre Arme, zeigte ihre Handflächen. Sie war unbewaffnet.

Das Ungeheuer zögerte keinen Moment. Vorher zurückgetrieben, sprang es vor. Es riss die junge Frau um, seine Klauen gruben sich in ihren Leib und sein Maul fand ihre Kehle.

Willow riss die Augen schockiert auf. Im Sturz erkannte sie die Wahrheit: Jack war verloren. Er war nicht gut. Er war es wohl noch nie gewesen. Er hatte immer diesen dunklen Fleck in sich getragen. Ihr Vertrauen in das Gute in ihm war ihr zum Verhängnis geworden. Ihr Mund öffnete sich. Willow wollte Worte, Sätze formen, doch sie schnappte nur nach Luft. Sie streckte eine Hand in die Höhe. Sie wollte Jack berühren, den Halt nicht verlieren in dieser Welt. In dieser Welt, die ihr entglitt. Das Ungeheuer ließ von ihr ab. Es knurrte wütend. Es würgte Worte hervor – verzerrt und unnatürlich:

»Hast du endlich die Wahrheit erkannt?! Ich bin böse.«

Willow brach in sich zusammen. Sie hatte verloren. In zweierlei Hinsicht: Sie hatte ihre Prinzipien verraten und sie war von Jack besiegt worden. Sie wollte niemals Gewalt anwenden. Ihre Kräfte waren zur Heilung, nicht zum Verletzen oder gar Töten bestimmt. Getötet habe ich wenigstens nicht, dachte sie mit einem Lächeln auf den Lippen. Dafür werde ich sterben. Sie krümmte sich. Schmerz durchzuckte ihren Körper. Ihre Selbstheilungskraft flackerte noch einmal auf, aber sie bewirkte nur so viel wie eine kleine Flamme in einer stürmischen Gewitternacht. Nämlich so gut wie nichts. Ihre Wunden schlossen sich nicht, der Schmerz verebbte nicht. Nur gerade geheiltes Fleisch riss von Neuem wieder auf und ertränkte sie in ein Meer aus Qualen. Sie starb.

Als Jack dies sah, heulte er auf. Er verzerrte sein Maul, wand sich unter Schmerzen. Er schien in seinem Körper mit sich selbst zu kämpfen. Sein Fell glitt von seinem Körper, seine Glieder streckten sich und er stand wieder als Mensch vor ihr. Er weinte …

Sie war tot. Die erste Frau, die er wirklich geliebt hatte, so geliebt, wie es ein Mann und eine Frau tun. Und er hatte sie getötet. Erst ihr Tod hatte ihm seine Bosheit genommen, ihn wieder zu einem Menschen gemacht. Der Teufelskreis, der mit Willows Verweigerung begonnen hatte, schien endlich durchbrochen zu sein. Trauernd und Verzeihung heischend, wollte er sich zu ihr hin-

unterbeugen, ihren Körper noch einmal berühren, sie
zum Abschied küssen, doch dies gelang ihm nicht. Ein
starker Energiestrahl traf ihn.

»Rühr sie nicht an!«, schrie eine erzürnte Stimme.

Vor ihm stand Arir.

»Ich werde dich töten!«

Und damit begann der Teufelskreis von Neuem.

25 Böses Erwachen

Willow erwachte. Das war eine ganz schöne Überraschung. Zögernd öffnete sie die Augen. Was war geschehen? Jack und sie hatten gekämpft … Erschrocken griff sie sich an die Kehle. Doch die Haut dort war glatt und ohne Verletzung. Langsam klärte sich ihr verschwommener Blick und sah Myth neben ihr stehen. Myth? Verwirrt bewegte sie den Kopf und erblickte auf der anderen Seite Abendrot und zwei ihr unbekannte Kentauren. Mit wachsender Verwirrung sah sie zu Myth zurück.

Dieser blickte sie aus weit aufgerissenen Augen an und schien zur Salzsäule erstarrt.

Langsam setzte sie sich auf, hielt sich den Kopf und fragte:

»Myth, was machst du hier?«

Der Angesprochene sah sie noch einige Sekunden mit versteinerter Miene an, dann brach es aus ihm hervor:

»Willow, du lebst! Du warst tot. Ich habe dich in einer Blutlache liegend gefunden. Deine Kehle war aufgerissen, dein Körper von Wunden entstellt, deine Augen gebrochen. Und jetzt lebst du …«

»Was ist passiert?«, fragte Willow zögernd.

Verstört blickte sie um sich. Sie erkannte den Kampfplatz, sah Blut auf dem Boden. Zitternd zog sie sich in die Höhe. Wo war Jack? Was hatte er getan, nachdem er sie getötet hatte? Panisch sah sie zum Waldrand. Doch Arir stand nicht mehr dort. Nein! Er durfte den schützenden Wald nicht verlassen haben. Nein! Willow schleppte sich zur Blutlache und sackte zusammen. »Arir. Hast du gekämpft? Hast du den Wald verlassen, als deine Geliebte fiel? Arir, Geliebter! Was ist mit dir geschehen?« Willow streckte ihre Finger in Richtung des erkalteten Blutes aus, und als ihre Hand über dem Blut zum Stehen kam, schwebten flimmernde Partikel, die sich aus dem Blut lösten, in die Höhe, umschwirrten Willows Hand und wurden von ihr absorbiert. Es war ihre Kraft, die sie einst Arir zum Verwahren gegeben hatte. Nun war sie wieder zu ihr zurückgekehrt.

»Nein, Arir!«, stieß sie aus, dann verbarg sie ihr Gesicht in den Händen.

Myth trat zögernd an sie heran und berichtete mit schwacher Stimme:

»Ich bin zu spät gekommen. Ich konnte nicht verhindern, dass Arir sich zum Kampf stellte. Ich sah nur, wie die Bestie ihn anfiel und zu Boden riss. Bevor ich diese Stelle erreichen konnte, waren sie verschwunden. Willow, du warst tot!«

Nun war auch Abendrot herangekommen. Sie wollte Willow tröstend berühren, doch die junge Frau entzog sich ihr.

»Mein Kind, er hat dich getötet.«

Willow antwortete nicht. Sie krümmte sich unter Schmerzen zusammen und sackte auf die Knie. Ihre Wunden, die sie kurz zuvor eingesteckt hatte, schmerzten noch immer, obwohl sie geheilt waren. Doch dieses Leid war nichts im Vergleich zu dem, was Myths Bericht in ihr auslöste. Ihr wurde schlecht, sie zitterte unkontrolliert und Schweiß legte sich auf ihre Stirn. Mit trockenem Mund und betäubter Zunge sprach sie brüchig: »Arir, er muss doch hier sein!«

Myth schnaubte und sagte traurig: »Er ist tot, Willow. Jack hat auch ihn getötet.«

Willow sprang wütend auf. Ihr Gesicht war von Hass verzerrt, ihre Augen gerötet, ihre Wangen feucht von heißen Tränen.

»Hast du gesehen, dass er gestorben ist?«

Myth antwortete beschwichtigend, unsicher:

»Nein, nicht direkt, aber diesen Angriff kann er nicht überlebt haben.«

»Nein, er kann nicht tot sein!«, schrie Willow.

Wütend versuchte sie, nach Myth zu schlagen. Er sprang halbherzig in Sicherheit. Ihre Fäuste trafen seine Flügel, doch Myth wehrte sich nicht. Abendrot griff nach ihr und zog sie vom Pegasus fort. Sie hielt sie fest, doch Willow schlug weiter, in die Luft, nach der Kentaurin.

»Willow, hör mich an«, sprach Abendrot zu ihr: »Bedenke, er ist nicht so wie du! Er kann nicht von den Toten auferstehen.«

Willow stockte, ihre Hände wurden langsamer, schließlich hingen sie wie ohne Leben von ihrem Körper.

»Willow, Myth hat gesehen, wie das Tier ihn in die Kehle biss. Niemand kann das überleben – niemand, der nicht deine Kräfte besitzt.«

Willow sackte in sich zusammen. Abendrot folgte ihr und umarmte sie wie eine Mutter.

»Weine, schreie deine Wut heraus, aber verstehe: Arir ist tot. Und nichts wird ihn zurückholen können.«

Willow zitterte, stieß mehrmals ein lautes »Nein« aus, dann brach sie weinend zusammen. Abendrot hielt sie und streichelte ihr Haar.

Stille senkte sich über die Ebene. Nur Willows Schluchzen war zu hören.

Dann verstummte sie. Sie löste sich aus den Armen der Kentaurin und stand auf. Dankend tätschelte sie Myths Nüstern, nickte den männlichen Kentauren zu, dann ging sie langsam auf den Waldrand zu.

»Willow?«, schrie Myth ihr hinterher.

Abendrot hatte sich erhoben und zögerte, ihr nachzulaufen.

»Was hast du vor?«

Willow reagierte zunächst nicht auf ihre Frage. Erst als sie am Waldrand angelangt war und die Zügel der Pferde ergriffen hatte, drehte sie sich um.

»Myth, Abendrot, ich danke euch für eure Hilfe. Doch ich glaube nicht, was ihr sagt.«

»Willow?«

Myth und Abendrot waren an sie herangetreten. Willow zog sich auf Elis' Rücken, tätschelte beschwichtigend den Hals des nervösen Tieres, dann erwiderte sie:

»Ihr sagt, dass Arir tot sei. Doch ich spüre ihn immer noch in mir. Er lebt und ich werde ihn finden.«

Myth wollte sie aufhalten, Abendrot langte nach den Zügeln des Pferdes, doch Willow hieß es laufen und es setzte sich mit einem Sprung in Bewegung.

»Willow, dieses Mal könntest du wirklich sterben!«

Willow lachte auf, dann sah sie noch einmal zu ihren Vertrauten zurück und sagte:

»Wenn ich Arir nicht finde, werde ich das. Denn ein Leben ohne ihn ist schlimmer als der Tod.«

Damit verschwand sie mit Atos im Schlepptau in den Schatten der Wälder. Die Suche nach ihrem Geliebten hatte begonnen.

26 Sieh, Seherin!

Willow ritt im rasanten Galopp durch den Wald und bog dann in die Richtung ein, aus der Jack mit seiner Bande gekommen war. Sie trieb das Pferd zu noch höherer Geschwindigkeit an und stieß schließlich auf den Pfad, den die dunklen Horden genommen hatten. Das Gras war zertrampelt und vertrocknet. Der kalte Hauch des Bösen hatte alles Leben aus ihm gesogen. Willow schlug seine Richtung ein und folgte dem Weg des Dunklen. Sie ritt bis zu den Ausläufern Nómais, doch von Jack und seinen Anhängern war nichts zu sehen. Dagegen war die Spur schwächer geworden und nach wenigen Metern verblasste sie gänzlich. Willow bremste ihr Reittier; es fiel aus dem Galopp in einen leichten Trab und blieb schließlich stehen. Auch Atos stoppte und verharrte wartend.

Willow sah hilflos in die Ferne. Die Spur hörte tatsächlich auf. Die junge Frau verweilte noch einen Augenblick auf der Stelle, dann ließ sie Elis wenden und trieb sie in Richtung Süden. Mit großer Geschwindigkeit ließ sie die Stute die Brücke der Gier überschreiten und die Pfade Sirarins nehmen. Ihr Ziel waren die Höhlen der Zeit. Denn nun wurde die Kunst einer Seherin gebraucht.

Willow ließ Elis ohne viel Rücksicht durch den Höhleneingang preschen und weiter über den Waldboden. Immer weiter und ohne einen Blick zurück. Willow fühlte und dachte nichts, während sie das Pferd vorantrieb. Sie dachte nicht daran, dass sie ihr Reittier überanstrengen, es stürzen oder ausrutschen könnte. Sie dachte nicht daran, dass Myth und Abendrot recht haben könnten. Sie musste Arir finden. Koste es, was es wolle.

Mit schnaubendem Ross hastete Willow auf den Vorplatz zur steinernen Tafel. Sie schrie wild:

»Miral, kommt heraus!«

Willow lenkte das Pferd an der steinernen Tafel vorbei und scheuchte es die Treppen zu Mirals Wohnsitz hinauf. Erst dort sprang sie ab. Elis erschrak durch ihre ruckartige Bewegung und stürmte die Treppe hinunter. Dort blieb sie wiehernd und mit den Hufen scharrend stehen. Atos stupste sie mit der Schnauze an, als wollte er sie so beruhigen. Doch Willow bekam davon nichts mit; sie hämmerte mit den Fäusten gegen die Tür. Dann wurde ihr geöffnet. Miral trat heraus. Verwirrt starrte sie die junge Frau an. Sie sah das Blut auf ihrem Kleid und diesen wirren Blick in ihren Augen.

»Willow! Du hier?«

Doch diese antwortete nicht, sondern ergriff Mirals Arm und zerrte sie mit sich. An der Tafel hieß sie sie Platz zu nehmen, dann forderte sie:

»Seherin, sieh für mich!«

»Willow, was ist geschehen?«

Diese antwortete nicht, sondern forderte erneut:

»Sieh für mich!«

Miral schwieg kurz, dann erwiderte sie betont ruhig:

»Ich weiß nicht, was ich für dich sehen soll. Was ist geschehen?«

Erst jetzt wurde es Willow klar und sie sackte sichtlich in sich zusammen. Dann begann sie, mit leiser Stimme zu erzählen. Von ihrem Kampf, von Arirs Eingreifen, von seinem Verschwinden. Dass die anderen glaubten, er sei tot, und Miral nun mithilfe ihrer hellseherischen Kräfte Arir aufspüren solle. Schließlich endete sie erneut mit ihrer Forderung:

»Sieh für mich!«

Miral hatte Willows Bericht mit offenem Mund verfolgt. Nun starrte sie ins Leere, dann erwachte sie aus ihrer Lethargie und sprang voller Zorn auf. Sie stürzte sich wie eine Furie auf Willow und versuchte, ihren Hals zu fassen. Willow stemmte sich ihr entgegen, wand sich unter ihrem Griff. Doch ihre Wut und ihre Trauer verliehen Miral ungeahnte Kräfte. Sie bekam Willows Hals zu fassen und begann zuzudrücken.

»Willow, du hast ihn in sein Verderben geführt. Wäre er dir nur nicht gefolgt! Dann wäre er hier, ich würde in seinen Armen liegen und er würde nie mehr den Namen Willow aussprechen.«

Willow kämpfte gegen ihren Angriff und schrie sie an:

»Hör auf! Ich muss wissen, wo er ist. Du musst ihn finden.«

Miral hörte nicht. Sie drückte fester, sodass Willow sich krümmte und nach Luft rang. Doch dann erwachte wieder die machtvolle Energie in ihr. Willow stieß einen Schrei aus. Mirals Hände lösten sich von ihrem Hals, ein eisiger Lufthauch ergriff sie und warf sie zu Boden. Über ihr stand Willow mit hasserfüllter Miene und starrte sie an. Sie zerrte die erschrockene Seherin in die Höhe und schlug ihr hart ins Gesicht. Miral wankte und hielt ihre glühende Wange. Ihr Wahnsinn war verflogen und sie sah Willow verängstigt an. Miral fürchtete sich vor ihr. Vor dieser Frau, die vor ihr stand. Vor diesem Zorn, dieser Trauer und dieser Kraft, die sie in sich trug. Und vor ihrer Schönheit.

»Willow, ich habe meine hellseherischen Fähigkeiten vor langer Zeit verloren.«

»Aber du hast noch klare Momente. Die Fähigkeit ruht in dir!«

»Ich kann sie nicht steuern!«

»Da kann ich Abhilfe schaffen.«

Mit diesen Worten rückte Willow näher an Miral heran und legte ihr eine Hand auf die Augen. Miral zuckte zurück, doch Willow hielt sie fest. Sie sprach mit einer beängstigenden tiefen Stimme:

»Ich gebe dir die Kraft zu sehen. Und nun, Seherin, erzähle mir, was du siehst. Sieh, Seherin!«

Willows Hand glühte auf. Ein starker Energiestoß schoss in Mirals Körper. Miral begann zu zittern, auf ihrer Stirn bildeten sich Schweißtropfen.

»Miral, finde Arir!«, sprach Willow fordernd.

Zunächst schien nichts zu geschehen, doch dann bemerkte Willow, wie Mirals Augen unter ihrer Handfläche zu zucken anfingen. Zögernd löste sie ihre Hand von Mirals Augenlidern und sah wie sich Mirals Augen wild nach links und rechts bewegten. Es war fast so, als würde Miral versuchen, möglichst viele schnell vorbeirauschende Bilder zu erfassen. So ging es einige Zeit, als ihre Augäpfel plötzlich unvermittelt stoppten. Miral öffnete ruckartig die Augenlider und riss sich schreiend los.

«Du! Du!«, schrie sie vor Wut schäumend: »Du trägst seinen Ring!«

Willow sah sie irritiert an, dann blickte sie auf ihre Hand und berührte gedankenverloren das Schmuckstück.

»Meinst du diesen hier?« Kurz dachte sie an diesen glücklichen Morgen. An Arirs Körper auf ihren, an …

»Du Diebin!«, geiferte Miral und schlug nach Willow.

Diese wehrte ohne Mühe ihre Schläge ab und Miral wandte sich ab. Vorwurfsvoll sprach sie: »Du trägst den Ring an deinem Finger, der mir schon lange zustand. Arir und ich – wir waren Jahrhunderte zusammen, wir liebten uns Jahrhunderte. Doch nie hat er diesen Schritt gewagt. Mit mir schloss er nicht den ewigen Bund, den er mit dir nach kurzer Zeit eingegangen ist.«

Sie zögerte kurz, dann stand sie auf und sagte tonlos: »Ich werde jetzt gehen …«

»Nein!«

Willow hielt sie fest und forderte: »Du musst ihn finden!«

Miral machte sich los. Mit hassverzerrtem Gesicht ging sie zurück zu den Stufen. Dann blieb sie stehen und sah Willow an.

»Ich kann dir nicht helfen. Ich sehe nur die Vergangenheit. Und die will ich nicht sehen. Es sind nur glückliche Momente meines Arirs mit dir.«

Willow sah sie erschrocken an, wollte sie zunächst zurückhalten, doch dann ließ sie sie gehen und Miral verschwand im Haus. Die Seherin konnte ihr nicht helfen.

Verzweifelt und zornig wandte sich Willow ab. Sie wusste nicht, wohin. Einige Minuten starrte sie auf die scharrenden Pferde, dann kam ihr die Erkenntnis. Die Einhörner. Sie konnten helfen!

Nervös griff sie nach Elis' Zügeln und sprang auf den Rücken des Tieres.

»Schnell, rasch!«

Willow lenkte Elis in die Tiefen der Höhlen der Zeit. Im wilden Galopp überquerten sie den Vorplatz und preschten durch die Baumreihen in den dichten Wald hinein.

Die junge Frau trieb das Pferd über Bäche, Büsche, umgekippte Bäume. Sie suchte die Einhörner. Eigentlich hatte Arir sie ihr zeigen wollen, doch die Zeit und die Gelegenheit hatten ihnen gefehlt.

Nun musste sie sie finden. Sie waren ihre einzige Hoffnung. Sie würden ihr sagen können, wo Arir war ...

Schließlich traf sie auf einen kristallklaren See.

In diesem Moment wusste sie, dass sie am richtigen Ort war. Der Hain der Einhörner. Sie stoppte ihr Reittier und stieg ab. Um Nachsicht bittend, streichelte sie den Kopf des Tieres und flüsterte:

»Es tut mir leid, dass ich dir so viel zumute, doch es geht um meinen Geliebten. Warte hier auf mich, erhole dich ein bisschen.«

Damit schickte sie etwas Energie in den erschöpften

Pferdeleib und verließ das Tier. Willow ging zum Ufer. Nichts war zu sehen. Doch sie wusste, dass sie richtig war. Bittend rief sie: »Ihr Gnädigen, Ihr Höchsten, hört mein Flehen. Eure untertänigste Dienerin erbittet Eure Hilfe.«

Willows Worte hallten über die Fläche des ruhigen Wassers auf die gegenüberliegende Seite. Es geschah nichts.

Plötzlich wusste Willow den Namen der Einhörner. Sie spürte sie, klar und deutlich, in ihrer Seele. So wie es damals auch bei Ilia gewesen war.

Aton und Sarafin.

Sie rief sie beim Namen.

Und sie kamen.

In einem weißen Schimmer traten die edlen Tiere aus den Schatten des Waldes an das ihr gegenüberliegende Ufer. Aton, der stolze Hengst, kam zuerst, dicht gefolgt von der Stute Sarafin. Willow verneigte sich vor ihnen und die Einhörner taten es ihr gleich.

»Herrin Willow, was ist Euer Begehr? Was treibt Euch so?«

»Ihr Höchsten, ich habe meinen Geliebten Arir verloren. Ich kann ihn nicht finden. Könnt Ihr mir sagen, was mit ihm geschehen ist? Wo er sich aufhält?«

Kurz sandten beide Strahlen durch ihre Hörner aus, dann sprach Aton:

»Wir können ihn nicht sehen!«

»Ihr seht ihn nicht, aber …«

»Wir sehen nur das Leben, nicht den Tod.«

»Aber er kann, er *darf* nicht tot sein! Ich spüre ihn immer noch. Er wartet auf mich.«

»Wenn du ihn nicht finden kannst, findet ihn niemand.«

»Willow, es tut mir leid.«

»Ihr tragt die Antwort in Eurem Herzen, Herrin.«

Damit verneigte sich Aton und drehte sich um. Auch Sarafin verabschiedete sich und folgte ihrem Gefährten.

Willow blieb allein zurück und starrte betäubt ins Wasser. Arir durfte nicht tot sein. Sie müsste es spüren, wenn es so wäre. Doch wo sollte sie ihn finden?

Arir erwachte an einem dunklen Ort. Ein sanftes, goldenes Schillern näherte sich ihm. Es war der Goldene Hund.

»Wo sind wir? Was ist geschehen?«

»Ich habe dich gefressen.«

»Dann bin ich tot!«

»Du bist weder tot noch lebendig. Du bist wie ich in einer Schattenwelt. Wir beide sind hier, da wir Magie in uns tragen. Wir hätten nie gegeneinander kämpfen dürfen. Wir sind miteinander verbunden. Gefährten, die gemeinsam Seite an Seite kämpfen sollten. Dass Jack uns in einen Kampf gegeneinander schickte, war gegen unsere Bestimmung. Deswegen sind wir hier, wir stecken fest.«

Arir erhob sich zitternd, verwirrt. Sein Blick strich über den goldenen Körper des prachtvollen Tieres. Er sah weiter in die Dunkelheit, die sich langsam klärte. Ihr Gefängnis war eine kleine Höhle, nur wenige Meter in jede Richtung. Die Wand links neben ihm schimmerte leicht.

Arir trat mit Zögern heran und berührte sie mit zittern-
den Fingern. Der Stein war kühl unter seiner Haut. Die
Wand schimmerte wie eine glatte Wasserfläche, auf die
Mondlicht fällt. Das Gestein war durchsichtig. Es zeigte
Schatten.

Arir spähte hindurch. Langsam klärte sich sein Blick.
Er sah in ein geräumiges, luxuriös eingerichtetes Zimmer, sah ein Bett, darauf ausgestreckt eine Person liegen.
Muskulöse Glieder, schwarzes Haar, Augen, die in dunklen Schatten lagen. Ein selbstgefälliges Grinsen. Jack!

Betrübt kehrte Willow zum Wohnkomplex des Alten
Stammes zurück. Sie wusste nicht, wo sie suchen sollte.
Sie musste Jack finden, das wusste sie. Aber wo hielt er
sich auf? Wo waren die anderen des Alten Stammes? Wo
waren Sirair, Schara, Bigor? Und wo war Mural? Eine
Freundin könnte sie jetzt gut gebrauchen.

Willow ging zum Haus, in dem einst Arir mit Miral gewohnt hatte. Nun lebte dort nur noch Miral und
Willow verschwendete keinen Gedanken daran, dass sie
sie stören könnte. Doch als sie das Gebäude betrat, war
sie allein. Miral war verschwunden. Wohin? Das war
ihr egal. Orientierungslos sah sich die junge Frau um.
Ein großer Raum. Mit einem Bett. Willow ging darauf zu. Dort hatten sich Miral und Arir einst geliebt.
Willow spürte einen kurzen Stich im Herzen. Sie setzte
sich auf das Bett, in der Hoffnung, sie säße auf Arirs
Seite. Willow akzeptierte es, dass Arir schon eine andere Frau vor ihr geliebt hatte. Auch Willow hatte zuvor
eine Beziehung gehabt. Sie beide waren damals andere

Menschen gewesen, doch dass diese Beziehungen nun ihr gegenwärtiges Glück zerstörten, schmerzte sie wie Höllenqualen. Hätte sie Jack doch nie kennengelernt …

Willow entdeckte die Uniformjacke, die sie Arir einst gegeben hatte, um seine Tätowierung zu verbergen. Sie ging darauf zu und griff zögernd danach. Ihre Finger streichelten den Stoff, und Erinnerungen überfluteten Willow. Der Moment, als Willow Arir die Jacke reichte. Als Arir Willows Wangen küsste, um sie zu trösten. Sein warmer Atem, der über ihre Lider glitt. Die Nacht auf der Lichtung, als sie sich in ihn verliebt hatte. Ihr erster Kuss. Die schöne Zeit in Korloch. Die Überraschungen, die Arir ihr gemacht hatte. Seine Zärtlichkeit, als sie sich zum ersten Mal geliebt hatten. Willow drohte in der Vergangenheit zu ertrinken und riss sich mit Mühe vom Paradies der Erinnerung los. Das nützte nichts, sie musste handeln. Arir finden.

Sie drückte das Kleidungsstück an sich – es roch noch leicht nach ihrem Geliebten. Dann zog sie es an, sah sich noch einmal im Raum um und verließ ihn dann.

Draußen traf sie auf Schara. Diese Begegnung war eine solche Erleichterung für sie, dass sie all ihre Abneigung, die sie ihm gegenüber aufgrund seines Alter Egos Lord Dragon empfunden hatte, vergaß und ihn voller Zuneigung ansprach:

»Schara!«

Es tat ihr so gut, gerade in diesem Moment einen Freund zu treffen. Schara stockte. Er war erstaunt, sie hier zu sehen, und ihr veränderter Tonfall war ihm auch nicht unbemerkt geblieben.

»Willow, Ihr hier?! Allein? Oder ist Arir auch hier?«

Willow drückte sich an Schara. Dieser zuckte leicht zurück, nahm sie dann aber unbeholfen in die Arme.

»Was ist geschehen?«

Noch bevor sie antworten konnte, erschienen Bigor und Mural. Sie waren wie Schara gerade von Erkundungstouren zurückgekehrt.

»Willow, du hier?!«, riefen beide erfreut. Dann zuckten sie erschrocken zurück, als sie bemerkten, wie aufgelöst Willow war. Sie traten zögernd auf sie zu, Mural berührte sie leicht an der Schulter. Bigor wechselte einen fragenden Blick mit Schara.

»Bist du allein? Wo ist Arir?«, fragte Mural, ohne zu wissen, dass Schara eben dieselben Fragen gestellt hatte. Willow zuckte zurück. Sie versuchte, sich zu fassen, doch dann brach sie in Tränen aus.

Schluchzend sackte sie in sich zusammen. Bigor und Mural griffen nach ihr und stützten sie. Sie führten sie zur Steintafel und setzten sich.

Verzweifelt erzählte Willow, was geschehen war. Alle drei sahen sie geschockt an.

»Warum habt ihr uns nicht um Hilfe gerufen? Warum seid ihr allein gegangen?«, fragte Mural schließlich.

»Wir wollten nicht, dass noch jemand verletzt wird. Nicht noch mal. Miral schrieb davon, dass ihr schon gegen Jack gekämpft habt und verletzt worden seid.«

»Und jetzt ist Arir tot!«, schrie Mural. Sie zitterte und auch in ihren Augen bildeten sich Tränen. Bigor berührte ihre Schulter, um sie zu stützen, doch man sah ihm an, dass er auch wankte.

Willow sah sie zornig an und schrie: »Nein, ist er nicht! Das wollten mir Myth und Abendrot auch einreden.«

»Aber ihr habt nur noch sein Blut gefunden!«

»Er lebt! Ich spüre es. Jack hat ihn entführt. Ich muss ihn retten …«

Schara, Bigor und Mural sahen sich unsicher an. Willow erkannte an ihren Blicken, dass sie ihr nicht glaubten. Und trotzdem entdeckte sie kleine Funken Hoffnung in ihren Augen. Hoffnung darauf, dass Arir noch lebte.

Schließlich antwortete Schara: »Willow, ich kann dir sagen, wo Jack zu finden ist.«

»Du weißt es?!«

»Ja, Jack ruft mich schon längere Zeit zu sich. Seine dunkle Seite will mich locken. Das dunkle Mal in mir lässt mich den Sog des Bösen immer noch spüren. Ich kann dich zwar nicht begleiten, aber ich werde dir den Weg beschreiben.«

Willows Augen leuchteten hoffnungsvoll auf und sie flehte: »Bitte, sag es mir! Wo er ist, muss auch Arir sein!«

Schara nickte. Bigor und Mural ergänzten:

»Willow, Schara kann dich zwar nicht begleiten, aber wir beide sehr wohl.«

Willow schüttelte den Kopf und entgegnete:

»Nein, ihr bleibt hier! Ich will nicht, dass jemand verletzt wird!«

»Keine Widerrede. Dieser Wunsch hat uns doch gerade in diese Situation gebracht! Wir kommen mit dir – auch wir lieben Arir und wollen ihn retten.«

»Wie wollt ihr mir denn helfen? Ihr habt doch keine Kräfte mehr – wie wollt ihr kämpfen?«

»Wir haben beide ein Schwert und sind nicht so wehrlos, wie du vielleicht glaubst, auch wenn wir unsere Kräfte verloren haben. Wir kommen mit, egal was du sagst …«, beharrte Mural.

Willow erkannte, dass ihr Widerstand zu nichts führte, und stimmte schließlich zu. Sie musste los, sie durfte keine Zeit verlieren. Dies erkannte auch Bigor, der schnell zwei Reitpferde für sich und Mural holte, während Schara Willow und Mural den Weg zu Jacks Aufenthaltsort erklärte.

Willow dankte ihm, dann verabschiedete sie sich von ihm, indem sie sich kurz an ihn drückte. Auch Mural und Bigor verabschiedeten sich, dann stiegen sie auf ihre Pferde.

Willow zog sich mit einem Seufzen auf Atos' Rücken – er war ausgeruhter als Elis – und lenkte ihn auf den Pfad nach draußen. Sie sah sich noch einmal um und nickte Schara zu, dann machte sie sich auf den Weg. Mural und Bigor folgten ihr. Ohne zu wissen, dass Miral ebenfalls zu Jack aufgebrochen war.

27 Die Schattenfeste

Schara hatte den Weg zu Jacks Aufenthaltsort recht genau beschrieben. Sie sollte zur Schattenburg reiten, dem einstigen Sitz Lord Dragons. Von dieser führe ein Weg tief hinein in die Felsenklüfte. Dort, tief verborgen in Höhlen, sollte Jack zu finden sein.

Willow trieb Atos zu schnellem Tempo an. Mural und Bigor hatten Schwierigkeiten, bei ihrem mörderischen Tempo mitzuhalten. Sie jagten durch Sirarin über die Brücke der Gier nach Nómai. Sie machten nur Pause, wenn es absolut nötig war. Das hieß, wenn Mural oder Bigor sie überzeugen konnten, dass die Reittiere Erholung, Wasser oder Futter brauchten. In solchen Momenten hielt Willow nur widerwillig an, alles trieb sie weiter. Doch letztlich wusste Willow, dass die beiden recht hatten. Sie würden Arir nicht retten können, wenn davor ihre Tiere vor Erschöpfung zusammenbrachen oder sie selbst. Und so gönnte sie sich selbst bei ihren Pausen ein wenig Ruhe und trank etwas Wasser.

Ihnen allen war große Erleichterung anzusehen, als sie endlich die Schattenburg erreichten. Hier stiegen sie von den Pferden und ließen sie frei. Der restliche Weg war zu gefährlich. Lose Steine und unsichere Wege in den Felsenklüften waren nichts für die Beine der Pferde.

Willow, Bigor und Mural stiegen einen steinigen Pfad hinab. Lose Steine lösten sich unter ihren Tritten und brachten sie teilweise ins Rutschen. Doch sie fanden immer wieder Halt und folgten dem Weg in die Tiefe. Auch wenn es den Anschein hatte, waren sie nicht allein. Sie spürten, dass sie beobachtet wurden. Schattengestalten, die sie erspäht hatten, aber nicht weiter einschritten. Das Gefühl, beobachtet zu werden, störte Willow, aber wenigstens wusste sie dadurch, dass sie auf dem richtigen Weg waren.

Nach einem zittrigen Marsch über unwegsame Pfade gelangten sie schließlich zu einem Höhleneingang. Dort sahen sie Wächter stehen, die sich aber, als sie näherkamen, ihrem Blickfeld entzogen und im Schatten verschwanden. Willow nahm dies kaum wahr. Sie wollte nur zu Jack. Und sollten seine Handlanger sie anfassen, würden sie zu spüren bekommen, dass sie sich trotz ihrer Niederlage immer noch gut wehren konnte.

Willow musste nicht lange gehen, dann weitete sich die Höhle ins Unermessliche. Vor ihr lag eine gewaltig hohe Grotte. Der rauchige Schein zahlreicher Fackeln tauchte sie in ein dunkles Zwielicht.

Eine schwarze Festung. Sie erhob sich aus einem dunklen See. Sein Wasser wirkte wie schwarzes Pech. Willow trat näher heran. Sie erkannte eine kleine, schmale Brücke, die zum Haupteingang der Burg führte. Nach einem tiefen Atemzug betrat sie die Brücke. Sie ging weiter. Mural und Bigor folgten ihr in geringem Abstand. Zum Tor.

Dort angekommen, funkelte sie ein Türklopfer in Form einer silbernen Monsterfratze an. Finster. Das Maul eines Wolfes. Noch bevor Willow ihre Hand ausstrecken konnte, öffnete sich die Tür ohne ihr Zutun selbstständig, ohne dass sie jemand sichtbar öffnete. Nach kurzem Zögern trat Willow durch die Tür – und überschritt die Grenze. Als die Dunkelheit der Feste über sie hereinbrach, spürte Willow die Falle, in die sie getappt war. Die Tür hinter ihr fiel krachend ins Schloss. Ein Zittern ging durch ihren Körper, ihre Energie nahm ab. Sie fühlte, wie ihre Aura schwächer wurde, doch es war zu spät. Sie war gefangen.

Mural und Bigor rüttelten an der verschlossenen Tür, doch sie ließ sich mit aller Kraft nicht öffnen. Sie waren ausgeschlossen. Willow war nun auf sich allein gestellt.

»Oh, nein. Willow!«, stieß Mural hervor und wandte sich verzweifelt an Bigor. Er sah ihr unsicher entgegen, dann deutete er ins Dunkel der Höhle.

»Ich glaube, wir bekommen Gesellschaft …«, flüsterte er erschrocken, während sich die Schattengestalten, die sie zuvor unbehelligt gelassen hatten, bedrohlich näherten. Es schien gerade so, dass es nur darum gegangen war, dass Willow die Feste betrat. Was hatte Jack nur mit ihr vor?

Während Bigor und Mural ihre Schwerter zückten und sich auf einen Angriff von Jacks Schergen vorbereiteten, ging Willow weiter in die Festung hinein. Sie folgte den beleuchteten Wegen. Schließlich trat sie erneut durch eine Tür, die sich wie die Eingangspforte selbstständig öffnete. Sie hatte das Herz der Feste erreicht: den Thronsaal. Und dort saß, oder vielmehr, lag lässig Jack. Er grinste sie an. Sein Blick machte ihr klar, dass er mit ihrem Kommen gerechnet hatte. Hinter ihr fiel die Tür krachend ins Schloss. Willow zuckte. Doch sie riss sich zusammen und ließ kurz ihren Blick durch den Saal schweifen. Verbrecher, Mörder, Schattenwesen hatten sich an den Wänden aufgestellt und starrten sie an. Zwei Wachen standen neben Jacks Thron, schienen aber durch ihr Eintreffen nicht sonderlich beeindruckt, obwohl sie Willows Fähigkeiten wohl kennen mussten.

»Herzlich willkommen, liebste Willow«, tönte Jack, immer noch auf dem Thron liegend. »Wie ich sehe, kannst du den Tod noch immer besiegen.«

Arir sprang schreiend auf.

»Willow! Du lebst!«

Freudentränen rannen über seine Wangen, zitternd hielt er sich an dem steinernen Fenster fest. Der Goldene Hund war ihm gefolgt und blickte ebenfalls auf die junge Frau, die den Saal betreten hatte.

»Sie lebt …«

Willow war Jacks Gegenwart unangenehm. Sie war ungeduldig, wütend, voller Angst.

»Was hast du mit Arir gemacht?«, schrie sie ihr Gegenüber an.

Jack lachte belustigt und erwiderte:

»Nicht einmal eine Begrüßung?! Gleich voran zu diesem Kentaurenmann?«

»Sag mir, wo er ist!«

Um ihren Worten Nachdruck zu verleihen, hob sie drohend die Hände und wollte eine Energiewelle gegen

Jack schleudern. Doch es gelang ihr nicht. Jack bemerkte ihr Zögern und grinste unverschämt, dann gab er einigen seiner Männer einen Wink. Sie gehorchten und begannen, Willow einzukreisen. Willow bemerkte es und antwortete scharf: »Ruf deine Leute zurück oder es wird dir leid tun.«

Sie versuchte, einen Energiestoß zu schicken, doch es gelang ihr erneut nicht. Jack lachte hässlich und erklärte:

»Willow, du kannst es so oft versuchen, wie du willst. Es wird dir nicht gelingen. Du kannst deine Kräfte hier nicht einsetzen!«

Willow zuckte während diesen Worten erschrocken zusammen. Angst schlich sich in ihren Blick. Jack grinste sie selbstgefällig an.

»Du musst wissen, diese Festung ist nicht nur architektonisch besonders wertvoll.«

Jack amüsierte sich zunehmend.

»Nein, sie hat einen viel bedeutenderen Vorzug. Sie erzeugt ein Machtvakuum. Weiße, gute Energie hat in ihren Mauern keine Kraft. Die Feste ist wie ein schwarzes Loch; sie frisst jegliche gute Macht. Nur die böse – die stärkere – Energie bleibt hier bestehen.«

Jack weidete sich genüsslich an Willows betroffenem Gesichtsausdruck.

»Im Klartext: Du hast hier keine Macht!«

Um seine Worte zu verstärken, rückten die Männer näher an Willow heran und hoben ihre Waffen. Willow versuchte noch einmal vergeblich, ihre Kräfte einzusetzen, dann wandte sie sich der Metamorphose zu. Aber nicht einmal diese gelang ihr. Jack grinste.

»Ja, richtig. Die Metamorphose funktioniert ebenfalls nicht. Zumindest bei dir!«

Und damit verwandelte er sich. Kurz lag das scheußliche Wolfswesen auf dem Thron, dann kehrte Jack in seine menschliche Gestalt zurück. Willow war in der Falle.

Arir fiel in seinem Gefängnis auf die Knie. Willow war Jack so einfach in die Falle gegangen. Er hatte nur warten müssen – den Rest hatte Willow selbst erledigt. Sie hatte ihren Gemahl gesucht und war gekommen. Und damit war sie in Jacks Händen. Sie war ihm ausgeliefert – ihm und seiner Grausamkeit.

Willow sackte zusammen. Sie hatte verloren. Nun würde sie ihren Geliebten nicht retten können. Sie würde nie erfahren, was mit ihm geschehen war. Mit leerem Blick starrte sie Jack an und sagte tonlos:

»Dann bring es zu Ende. Los, hetze deine Meute auf mich, damit sie mich erledigen.«

Jack lachte, dann setzte er sich auf.

»Aber nicht doch. So etwas habe ich nicht vor. Vielmehr biete ich dir eine Chance.«

Willow verzog skeptisch ihr Gesicht. Doch dann wuchs in ihr die Hoffnung. Arir, ich brauche dich. Ich vergehe ohne dich. Ich muss wissen, was geschehen ist.

»Ich werde dir sagen, was du wissen willst. Ich lasse dich sogar gehen.«

»Gehen?«

»Ja, ich lasse dich unbeschadet aus dieser Festung. Du

darfst jeden Ort aufsuchen, den du willst. Ich werde dich nicht daran hindern.«

»Und Arir darf mit mir kommen?«

»Jedem, der dich begleiten will, gewähre ich freien Abzug. Keine Gefangenen!«

Willow sah ihn verblüfft an. Er genoss es, wie er mit ihr spielte.

»Ich stelle nur eine Bedingung! Du musst etwas für mich tun. Mir einen Wunsch erfüllen!«

Einen Wunsch?! Nur einen, und dann wären sie und Arir gerettet? Willow sah die Falle nicht, die Jack offen vor ihr aufbaute. Zu sehr klammerte sie sich an den letzten aufflammenden Funken Hoffnung …

»Nur einen Wunsch?«

»Ja, ich stelle nur eine Bedingung. Stimmst du zu oder wählst du die Unwissenheit und den Tod?«

Willow blickte um sich. Sie suchte nach einer anderen Möglichkeit. Es klang verlockend. Aber! Könnte sie nur ein kleines Bisschen von ihrer Kraft einsetzen, dann würde sie es aus Jacks Gefolge herauspressen …, aus *ihm* herauspressen. Doch so. So war sie eine Frau, menschlich, schwach. Sie konnte es nicht einmal mit dem schwächsten Krieger aufnehmen. Ohne Waffen.

»Einverstanden. Ich werde dir einen Wunsch erfüllen. Was ist dein Begehr?«, versprach Willow schließlich mit fester Stimme.

Jack grinste triumphierend. Er winkte mit der Hand und forderte sie auf:

»Komm näher heran! Ich will es dir sagen.«

Willow näherte sich zögernd. Die kalte Aura ihres einstigen Geliebten stieß sie ab, ihr wurde übel, als sie seine bösen Schwingungen vernahm. Auf dem Weg zu ihm sah sie ihn unentwegt an und erkannte erneut, wie sehr sich ihr einstiger Freund verändert hatte. Er war um einiges muskulöser geworden – an jedem Muskel sah man seinem Körper das eiserne Kriegertraining an. Auch bemerkte Willow einige Narben am Hals und im Schulterbereich, bei denen sie sich nicht erklären konnte, wie sie zustande gekommen sein könnten. Eigentlich hätten sie verschwunden sein müssen, da Jack durch die Mächte des Goldenen Hundes gute Regenerationsfähigkeiten besaß. Die Wunden hätten vollständig verheilt sein müssen. Aber so erfüllten sie ihren Zweck. Sie machten ihren Besitzer um einiges bedrohlicher und furchteinflößender. Jacks eisblaue Augen waren härter geworden; sie waren versteinert, wie seine Miene, auch wenn er sie oft zu überzogenen Grimassen und Gelächter verzog. Seine einst so schönen, braunen Haare, die sie geliebt hatte, waren pechschwarz geworden, so wie seine Seele. Schwarz und dunkel, dunkler als die Nacht.

Schließlich stand Willow an der Stufe der Treppe, die zum Thron führte.

»Näher«, zischte Jack zwischen gebleckten Zähnen hervor.

Willow überwand auch noch die letzte Distanz. Ihr war schon übel, doch sie zwang sich zu den letzten Schritten. Schließlich stand sie vor ihm.

Aber nicht lange. Der Wächter rechts von ihm trat vor und schlug ihr mit seiner Waffe in den Bauch. Stöhnend brach sie in die Knie. Zitternd hielt sie ihren Leib, bedacht darauf, sich nicht zu übergeben. Die Übelkeit griff sie nun wie ein tollwütiges Tier an, ihr war schwindlig. Doch noch riss sie sich zusammen.

»Verzeih meinem Wächter. Aber ich mag es nicht, wenn man mich überragt. Und nun komm näher.«

Willow zuckte zusammen, dann rutschte sie auf Knien an ihn heran – es war eine Erniedrigung für sie, doch sie besaß nicht die Kraft, aufzustehen, zu sehr hatte sie mit ihrem Magen zu kämpfen. Schließlich verharrte sie dicht vor seinen Knien. Jack lächelte erfreut, dann beugte er sich vor.

»Na, mein Schätzchen, so nahe waren wir uns lange nicht mehr.«

Bei diesen Worten drückte er seine Wange an ihre, fuhr besitzergreifend durch ihr Haar und zog sie näher heran, näher an seinen Körper, seinen Schoß.

»Was ist deine Bedingung?«, flüsterte Willow zitternd.

Sie versuchte, seine Hände auf ihrem Körper, seinen Atem an ihrem Ohr und seinen Leib an ihrem nicht wahrzunehmen. Jack lachte noch einmal, begeistert über seinen Plan, dann hauchte er ihr ins Ohr:

»Ich werde dir alles über den Kentaurenmann sagen, wenn du …, wenn du mir endlich das gibst, worauf ich schon so lange warte. Schlaf mit mir! Eine Nacht sollst du allein mir gehören.«

Willow brach zusammen, als sie diese Worte vernahm. Sie fiel zurück auf den Boden, nicht einmal gegen den

Kuss, den er ihr aufdrängte, wehrte sie sich. Sie war still, leer, als wäre sie zu Stein geworden. Es war vollkommen ruhig. Sie atmete nicht.

Sie hätte es wissen müssen!

»Nein«, stieß sie aus. »Nie!«

Jack lächelte über ihren Kampfeswillen.

»Bist du sicher? Bedenke! Ich werde dir alles über Arir sagen, was du wissen willst. Ich werde dir das Leben schenken.«

Willow schüttelte den Kopf. Ihr Körper krampfte sich zusammen, ihr war kalt und heiß zugleich. Sie fragte:

»Was gibt mir die Gewissheit, dass du dein Wort halten wirst? Dass du mich danach nicht tötest?«

Jack erhob sich und blickte abfällig auf sie herab. Dann zog er einen schwarzen Dolch aus seinem Gewand.

»Dies ist ein Schwureisen. Hiermit bezeuge ich, dass ich mein Versprechen einhalten werde. Sollte ich es nicht tun, wird es mich verbrennen.«

Zur Bestätigung hob er die Waffe und fuhr mit der Klinge kurz über seine Kehle. Das Eisen ritzte leicht seine Haut und hinterließ ein schwarzes Mal.

»Dieses Zeichen bezeugt unsere Abmachung. Du siehst ..., ich meine es ernst mit meinem Vorschlag.«

Willow blickte stumm auf den Dolch und das Mal. Sie kannte diese Methode, einen Schwur zu bezeugen. Jack belog sie nicht, er würde zugrunde gehen, wenn er sein Wort brach. Warum tat er das? Doch darauf einzugehen, gab ihr die Chance, etwas über ihren Geliebten zu erfahren und Jack zu vernichten. Schließlich rang sie sich zu folgenden Worten durch: »Ich werde deinen Wunsch erfüllen.«

Jack sah sie an, ein böses Grinsen zog sich über sein Gesicht, ein Zischen zwischen blinkenden Zähnen.

»Sehr schön.«

Dann veränderte sich sein Gesichtsausdruck, Schadenfreude stahl sich in seine Mimik.

»Wir bekommen Besuch. Er dürfte dir bekannt sein.«

Nach diesen Worten öffnete sich knarrend die große Flügeltür.

28 Ein unerwarteter Gast

Willow wandte sich um und ihr Blick fiel auf die eintretende Person. Sie erstarrte. Ihre Augen weiteten sich ungläubig. Ihr Atem stockte und ein Zittern ging durch ihren geschwächten Körper.

Es war niemand anderes als Miral, die durch die Tür trat. Sie war gänzlich in Schwarz gehüllt, ihr Haar war dunkel, ihre Augen finster. Unberührt von Willows Anwesenheit, ging sie auf Jack zu und fiel vor ihm auf die Knie.

»Mein Herr, ich bringe Euch, wonach Ihr verlangt habt.«

Sie reichte ihm eine Schale voller roter Trauben. Jack griff danach und biss gierig in die prallen Früchte. Der rote Saft floss zwischen seine Zähne, klebte an seinen Lippen. Mit einem amüsierten Lächeln streckte er seine Hand nach Miral aus und seine Finger gruben sich in ihr wallendes Haar. Miral gab ein erfreutes Lachen von sich, dann neigte sie sich vor, als Jack ihr Gesicht heranzog. Er schaute noch kurz zu Willow – so als wolle er sich überzeugen, dass sie auch zusah –, dann presste er gebieterisch seinen Mund auf Mirals Lippen und hob ihren Körper mit einer lässigen Bewegung in einem leidenschaftlichen Kuss auf seinen Schoß. Miral wehrte sich nicht, vielmehr drängte sie sich an ihn. Willow wandte sich angewidert und zitternd ab. Dieses Schauspiel war ihr zu viel. Dieser Verrat. Jacks Hände auf nackter Haut, seine küssenden Lippen. Ihr selbst stand dies noch bevor.

Nach einer Weile lösten sich die beiden voneinander, Miral erhob sich umständlich und trat zurück. Sie lächelte Jack an, der sie nur kurz ansah, dann wandte er sich wieder Willow zu. Diese wich seinem Blick aus und sah vielmehr Miral an.

»Wie bist du so schnell hergekommen?«, brachte sie fragend hervor.

Miral bedachte sie mit einem amüsierten Blick, antwortete ihr aber nicht. Es war Jack, der sprach:

»Die schwarze Magie gibt uns viele Möglichkeiten.«

Anschließend biss er erneut in eine Traube. Der Saft strömte aus der prallen Frucht und bekleckerte sein Kinn – blutrot.

»Miral, was tust du hier?«

Zorn erwachte in Willow und vertrieb ihr Erstaunen. Sie trat Miral entgegen und erhob ihre Hände.

»Ich tue das, was ich für richtig halte«, antwortete die dunkle Frau.

Das Lächeln auf ihren Lippen verschwand.

»Du verrätst Ayin, den Alten Stamm«, brachte Willow würgend hervor.

Verzweifelt schrie sie:

»Arir!«

Miral erbebte. Doch in ihre Augen trat keine Erinnerung an Arir – nein, die Erinnerung an ihre Liebe zu Arir war ausgelöscht, all die guten Gefühle zu ihm waren verschwunden, zerstört. In ihren Augen war nur noch Hass.

»Miral!«, schrie Willow. Sie fragte sie verzweifelt: »Warum verrätst du ihn, warum verrätst du mich?«

Sie ergriff ihre Schultern, schüttelte sie.

»Warum hasst du mich so sehr?«

Ein Wächter ergriff Willow grob und riss sie zurück. Jack lachte amüsiert und betrachtete, bequem auf seinem Thron ausgestreckt, dieses Schauspiel.

»Miral, hast du alles vergessen? Warum tust du das?«

Der Wächter zog sie nun an ihren Haaren fort, doch die junge Frau schien es nicht einmal zu bemerken. Dann stieß er sie zu Boden und sie blieb bewegungslos vor Jack liegen.

Immer noch ungläubig, wandte sie sich verzweifelt an Miral und streckte flehend ihre Hände aus.

»Miral, sag mir wenigstens, was mit Arir geschehen ist. Ist er hier? Bitte …, hilf mir!«

Sie verstummte erst, als Miral sich zu ihr hinunterbeugte. Ein böses Lächeln stahl sich auf Mirals Lippen.

»Ich kenne keinen Arir. Und du: Sei endlich still!«

Dabei schlug sie Willow mit offener Handfläche ins Gesicht. Willow schrie auf und hielt sich ihre brennende Wange. Ungläubig verfolgte sie, wie Miral aufstand und den Thronsaal verließ. Sie schaute nur einmal zurück. Ihr Blick war voller Hass.

Jack neigte sich mit einem Lachen zu Willow hinunter.

»Na, das war doch sehr unterhaltsam. Mit dir wird es endlich etwas spannender in diesem Schloss. Ich schätze meine Gefolgsleute.«

Während er dies sagte, rollte er mit den Augen, als wären sie beide noch die besten Freunde.

»Aber ich muss leider zugeben, dass keinen von ihnen etwas von Unterhaltung versteht.«

Dann gab er dem Wächter, der hinter Willow stand, einen Wink. Kalte Hände rissen die junge Frau in die Höhe und zerrten sie mit sich.

»Ich gebe dir den restlichen Tag Zeit. Heute Abend erwarte ich dich!«, sprach Jack, dann führte der Wächter Willow durch die große Flügeltür aus dem Saal.

»Nein, führe sie nicht weg! Wo bringst du sie hin? Willow!«, schrie Arir, als die Wache Willow hinausführte. Willow. Er musste bei ihr bleiben. Ihr Versprechen! Sie müsste zusammenbrechen. Arir betete dafür, dass das magische Blickfeld Willow folgen und ihm zeigen würde, was mit ihr geschah. Doch er sah weiterhin nur Jack auf seinem Thron. Er war blind und musste warten, bis Willow wieder herunterkommen würde.

Forschen Schrittes zerrte der Krieger Willow hinter sich her, dunkle Gänge entlang, dann viele Treppen hinauf. Schließlich waren sie in der Spitze des höchsten Turmes der Festung angelangt. Die Wache führte sie in eine kleine Kammer und ließ sie dort zurück. Willow hörte noch das Klacken des Türriegels, dann war es still um sie.

In dieser bedrückenden Stille stürzten quälende Gedanken auf sie ein: Mirals Verrat. Sie war hier. So böse und voller Hass. Und das Abkommen mit Jack. Seine Forderung. Ihre Zusage. Sie erschauerte. Warum hatte sie »Ja« gesagt? Warum sich selbst ins Verderben geschickt? Heute Abend.

Alles drehte sich um Willow; die Übelkeit brach erneut hervor, ihr Magen rebellierte. Mit letzter Kraft gelang es ihr, die Latrine zu erreichen, die sich hinter einer angrenzenden Tür befand. Sie übergab sich würgend, hustend, schreiend. Wasser, Galle und Schleim landeten im stinkenden Becken der Latrine, stürzten sogleich die Wand des Turmes hinab und versanken im pechschwarzen Grabenwasser. Trocken würgte die junge Frau weiter. In ihrem Magen war nichts mehr. Entkräftet sank sie neben der stinkenden Holzkonstruktion zu Boden. Zu sehr hatte sie ihren Körper die letzten Tage geschunden. Gegessen hatte sie schon mehrere Tage nicht mehr. Eigentlich hatte ihr seit Mirals Briefen der Appetit gefehlt. Hitzewellen jagten durch ihren Körper, in ihren Ohren rauschte es und vor ihren Augen drehte sich alles. Sie schloss die Lider und lehnte sich schwer atmend zurück.

Langsam beruhigte sich ihr geschundener Körper. Das Schwindelgefühl ließ nach, sodass sie es schließlich wagte, die Augen zu öffnen und aufzustehen. Schwach stand sie in dem kleinen, stinkenden Raum. Unweit der Toilette war ein Regal an der Wand angebracht. Dort stand eine Schüssel mit klarem Wasser. Willow ging darauf zu und tauchte ihre Finger in das kühle Nass. Das half ihrem Kreislauf etwas auf die Sprünge. Dann reinigte sie ihr Gesicht, die Arme, den Körper. Sie versuchte, dieses Ekelgefühl von sich zu waschen, doch es gelang ihr nicht. Ekel erfüllte ihr Ich, ihr Sein.

Schwach verließ sie diesen Raum des Gestanks und trat in ihr eigentliches Gefängnis. Eine kleine Kammer, kaum größer als die Latrine, mit einem schmalen, schäbigen Bett und einem hölzernen Hocker daneben. Willow schloss die Tür zur Toilette hinter sich und trat dann zu den kleinen Fenstern. Es waren schmale Spalte, in den Stein gehauen. Sie ließen nur wenig Luft und Licht ein. Willow sah hinaus. Sie erblickte die Höhle und den See aus Pech. Sie hoffte, Bigor und Mural zu entdecken, doch sie war viel zu hoch. Sie betete, dass es den beiden irgendwie gelungen war, vor Jacks Schergen zu fliehen, dass sie in Sicherheit waren.

Hinter ihr erklang ein Klacken. Willow nahm es kaum wahr. Jemand schob den Türriegel zurück und trat ein. Willow sah dem Gast entgegen, nicht aus Interesse, sondern in völliger Gleichgültigkeit. Es war eine Kriegerin. Eine schöne Frau, blass mit langen, schwarzen Haaren und ausdrucksstarken Augen. Sie trug eine Schüssel, einen Tonkrug und ein zusammengelegtes Kleidungsstück in ihren Händen. Wortlos stellte sie Teller und Krug auf dem Hocker ab, den Stoff legte sie auf das Bett.

»Mein Meister lässt dir etwas zur Stärkung zukommen. Und er wünscht sich, dass du dies heute Abend trägst.«

Sie bedachte Willow mit einem abfälligen Blick und wandte sich zum Gehen. Bevor sie das Zimmer verließ, stoppte sie noch einmal und sprach:

»Ich kann nicht verstehen, was der Meister an dir findet. Eine Schönheit bist du nicht gerade. Und dieses Theater mit dem Versprechen und dem Schwureisen. Also, wirklich! Er hätte dich auch einfach mit Gewalt nehmen können ...«

Damit verließ sie den Raum und versperrte die Tür.

Willow wandte ihren Blick ab und sah wieder hinaus. Die Kriegerin hatte nicht verstanden. Jack tat ihr mit diesem »Theater«, wie sie es genannte, mehr Gewalt an, als wenn er sie einfach so bezwungen hätte. Nein, er ließ ihr eine Wahl, zwar eine zweifelhafte, aber trotzdem war es so, dass Willow sich selbst für ihr Unglück verantwortlich fühlte.

Willow verweilte noch einige Zeit am Fenster, dann begutachtete sie die gebrachten Gaben. Der Teller war mit Brot und Fleisch gefüllt. Zwar kein Festmahl, aber besser als Willow erwartet hätte; wahrscheinlich war es direkt von Jacks Tafel gekommen. Trotzdem rührte Willow nichts davon an. Sie verspürte keinen Appetit. Ihr Inneres war betäubt und leer. Im Tonkrug war frisches Wasser, von einer Quelle und nicht aus dem dunklen See, der die Burg umgab. Willow trank gierig. Das Wasser reinigte ihren Mund und nahm ihr den schlechten Geschmack von der Zunge. Ihr Magen antwortete mit einem lauten Gurgeln auf die Wassergabe. Nach einem weiteren Schluck setzte sie das Gefäß ab. Dann wandte sie sich dem Bett zu, um das Kleidungsstück, das sie später tragen musste, zu betrachten. Dabei fiel ihr Blick auf einen Schacht in der Zimmerdecke. Er sah aus wie ein Kaminschlot und an seinem Ende sah Willow sogar die Freiheit. Doch diese war unerreichbar. Da hätte Willow schon ein Vogel sein müssen. Resignierend wandte sich die junge Frau ab und begutachtete nun das zusammengefaltete Stück Stoff auf dem Bett. Sie hob es hoch. Es war ein Kleid. Sehr kurz geschnitten, aus weißer Spitze.

Es war ein quälender Botschafter aus längst vergangenen Zeiten, es ähnelte dem Gewand, das Willow in ihrem früheren Leben mit Jack in der kleinen Holzhütte als Nachthemd getragen hatte. Willow warf es zurück auf das Bett und legte sich daneben. Die alte Bettdecke roch nach Moder und kratzte auf der Haut, aber Willow bemerkte es kaum. »Heute Abend! Ich erwarte dich.« Sie wollte nicht, konnte nicht glauben, dass sie heute zu Jack gehen musste. Es war so unwirklich, irreal und dann doch wieder so erschlagend scharf in ihren Verstand gebrannt. Die Angst lauerte in ihr wie ein Tier, nur darauf wartend, sie anzufallen. Klagend sah Willow auf ihre Hände hinab. Sie zitterten. In einem Tagtraum sah sie, wie Arir sie berührte und sie Hand in Hand von diesem schaurigen Ort entführte. Doch er war nicht hier. Sie wusste nicht, was mit ihm geschehen war. Lebte er noch? War ihr Abkommen mit Jack umsonst? Schluchzend warf sie sich auf das alte, fleckige Kissen. Tränen kämpften sich durch ihre Lider, Seufzer erschütterten ihren gebeutelten Körper. Angst trieb ihr Herz zu einem ungesunden Schlag an, die Panik brachte es fast zum Stehen. Entkräftet, erschöpft und noch immer weinend, krümmte sie sich vor Schmerzen. Sie zog ihre Knie gewaltsam an ihre Brust, um so ihr Herz am Zerbrechen zu hindern.

Sie durfte nicht verzweifeln.

Sie musste stark sein.

Nur noch wenige Stunden.

Nicht für sich.

Für ihren Geliebten.

Für Arir.

Willow verharrte eine Stunde regungslos auf dem schäbigen Bett, nur ihr Schluchzen zeigte, dass sie noch lebte. Und sie wäre dort wohl noch länger verharrt, hätte sie nicht ein leises Tschilpen aus ihrer Erstarrung gerissen. Willow setzte sich zögernd auf und sah sich um. Die Tränen nahmen ihr die Sicht; erst langsam klärte sich ihr Blick. Und dann erkannte sie ein blaues Schimmern, das vor ihr schwebte. Zweifelnd streckte Willow ihre rechte Hand aus. Sie hatte Gewissheit, als sich kleine Füßchen um ihren Finger schlossen.

»Ilia«, brachte sie erstaunt hervor. »Du hier?«

Es war der kleine Eisvogel aus Aramin. Trillernd saß er auf Willows Hand und sah sie neugierig an. Zögernd streichelte Willow sein blau schillerndes Gefieder, als sie etwas Dünnes in seinem Schnabel bemerkte. Ein Seil. Willow ergriff es und folgte seinem Verlauf. Der haarfeine Strang fiel von der Decke herab – er kam aus dem Kaminschacht und führte noch weiter. Willow erhob sich und sah aus dem Fenster. Dort, im Dämmerlicht kaum auszumachen, spannte sich das Seil weiter, vom Dach der Burg über den breiten See aus Pech hinüber an das gegenüberliegende Ufer, wo es an einem Felsen befestigt war.

»Ilia, warst du das?«

Der kleine Vogel flog zu ihr und zwitscherte bejahend. Dann stupste er sie mit dem Schnabel an und trieb sie unter den Schacht in der Decke.

»Los, flieh!«, schrie sein ganzer Körper. Willow sah diese Fluchtmöglichkeit, zögernd hielt sie das dürre Seil in der Hand. Sie wusste, dass es sie halten würde. Trotz der Dünne war es stabiler als jedes dicke Tau. Es war mit Magie gewirkt worden. Doch trotz dieser sicheren Chance zur Flucht bewegte sich die junge Frau nicht. Sie spürte, wie verlockend es war, dort hinaufzuklettern, in die Freiheit, heraus aus dieser verwunschenen Festung. Nicht das schreckliche Versprechen einlösen zu müssen. Jack entfliehen zu können.

Ilia bemerkte ihr Zögern und stupste sie erneut mit dem Schnabel an.

»Komm schon, verschwinden wir von hier!«

Willow verharrte kurz – in Gedanken an die Flucht. Dann entglitt das Seil ihren zitternden Fingern. Mit hängenden Schultern kehrte sie zum Bett zurück und brach dort weinend zusammen.

Nein, sie konnte nicht fliehen. Sie durfte nicht. Sie durfte Arir nicht verraten. Nur wegen ihm blieb sie.

Ilia verließ sie nicht, sondern ließ sich am Fenster nieder und betrachtete sie. Tränen glänzten in seinen Augen. Weinend blieb er bei ihr. Sein Klagegesang erfüllte Willows steinernes Gefängnis. Der zierliche Vogel sang in seiner Sprache – leise, süß und klar. Er sang von zwei Geliebten. Auch sie waren gefallen …

Gesang des Eisvogels

Ich kam als Glücksbringer,
doch sehe ich nur Tod.
Mir bleibt bloß mein Trauergesang –
Schrill und schwer
trägt der Wind meine Töne.
In Gedanken an
Keyx und Alkyone –
zwei unglücklich Liebende,
gefallen im Meer.

Schwer war die Luft des Sommers,
fast drückend die Zeit des Glücks,
die Augen Alkyones strahlten,
Tochter des Aiolos,
ihren Blick auf Keyx gerichtet –
ihren Gatten, ihren Geliebten –,
Sohn des Hesperos,
als er ihr winkte zum Abschied.

Sie wusste nicht,
ahnte nicht,
dass es das letzte Mal
strahlte in seinen Augen,
dann schlich sich der Tod ein.
Sein Leben schattenvoll zerbrach,
in der Schlacht,
die er schlug –
für sie.

Sie erfuhr
von seinem Tod
nach langer Wartezeit.
Sie nähte sich Kleider
für seine Rückkehr.
Als ihr eine Göttin
in Träumen
die Nachricht brachte.

Ihre Worte –
mit erhabener Stimme
erkoren.
Sie sprachen vom Tod
und brachten
auch ihr das Verderben
im Sterben.

Trauernd,
wankend,
zitternde Glieder
stand sie
gebrochen
auf steiniger Klippe –
der Schmerz zerstörte sie.

Ein tiefer Sturz ihren Körper.

Ihre Körper
nun beide –
trieben auf salzigen Wellen.

Noch im Tode suchten sie einander,
erflehten ihre Umarmung.
Ach!
Selbst die Götter
vergossen Tränen
um das verlorene Paar.

Keyx und Alkyone –
verloren in den Wogen des Meeres.

Verloren war auch Willow – in einem Meer aus Tränen.

29 Mörder

Willow trat durch die weit geöffnete Tür. Vor ihr erhob sich ein riesiges Himmelbett, das den ganzen Raum erfüllte. Jack stand daneben und grinste sie an. Er hielt ein Glas voll Rotwein und prostete ihr zu.

»Willow, endlich! Ich warte schon eine Ewigkeit auf dich. Und wie ich sehe, hast du das Kleid angezogen. Das freut mich. Wirklich allerliebst.«

Jacks gespielte Höflichkeit ekelte Willow an, doch sie schwieg.

»Möchtest du etwas trinken oder essen?«

Jack hielt sein Glas hoch und deutete auf ein Tischchen neben sich. Auf diesem standen Schalen mit Merolfrüchten, Schokolade und süßem Gebäck, eine Weinkaraffe und eine Kanne Tee.

Willow erstarrte kurz, als sie es sah, dann ging sie langsam auf Jack zu. Der Schrecken hatte begonnen.

Arir war von seinem Warteplatz auf steinigem Boden aufgesprungen, als Willow eingetreten war. Stundenlang hatte er Jack beobachtet. Seine Posen, seine Vorbereitungen, seine Vorfreude.

Nun erschrak er. Willow sah krank aus, um Jahre gealtert. Die letzten Stunden mussten für sie eine Qual gewesen sein. Es stach in seinem Herzen, dass er ihr nicht beistehen, sie nicht verteidigen konnte.

Mit angehaltenem Atem beobachtete er, wie Willow

auf Jack zuging. Er spürte ihren Ekel, ihre Angst fast körperlich und bat sie mit all seinen Sinnen, nicht weiterzugehen. Tränen traten unbemerkt in seine Augen, seine Hände ballten sich zu Fäusten, Blut tropfte hervor, so sehr presste er die Finger aufeinander. Doch es half nichts. Willow blieb nicht stehen; sie ging weiter. Und schließlich hatte sie ihren Peiniger erreicht und stand vor ihm.

Jack grinste sie an. Willow erschauderte und zuckte zurück, als er ihr das Glas reichte. Doch sie schüttelte den Kopf und lehnte ab: »Nein, ich möchte nichts.«
Zornesfalten legten sich auf Jacks Stirn. Es schien ihm ganz und gar nicht zu gefallen, dass sie ablehnte. Doch ohne etwas zu sagen, stellte er das Glas auf dem Tisch ab und griff nach ihr. Willow zuckte unter seiner Berührung zusammen. Seine Hände fassten ihre Schultern und lösten den Umhang. Er glitt geräuschlos zu Boden und Jack genoss den Anblick, den Willow in ihrem feinen, leicht durchsichtigen Kleid bot. Er sah, wie sich ihre weiblichen Formen durch den Stoff drückten, konnte die Konturen ihrer Brüste mehr als nur erahnen. Angetan wanderten seine Augen über ihren Körper und Jack ergriff das Weinglas erneut und trank es bis auf den letzten Tropfen aus. Dann ließ er es klirrend zu Boden fallen. Willow erschrak und sah Jack ins Gesicht. Er blickte sie voller Gier an, der Wein klebte wie Blut an seinen Lippen, seine Hände ergriffen sie. Seine Finger strichen leicht über ihren Körper, ihren Bauch und ihre Flanken. Willow verharrte versteinert, doch in ihr

brodelte es. Angst, Scham und Ekel übertrumpften sich gegenseitig in ihrem Ausmaß. Jack hielt inne, den Mund aufgerissen wie ein nach Blut gierender Vampir. Er ergriff ihre Finger, leckte daran, fuhr mit der Zunge über ihre Wangen, biss in ihren Hals, berührte wild und unverfroren ihre Brüste. Dann bremste er seine Gier, seine Hände verharrten auf ihren Hüften und er sah sie fordernd an.

»Küss mich!«

Willow zuckte zusammen, tat erst nichts, dann neigte sie sich vor. Verzeih mir, Geliebter. Arir, vergib mir. Ich tue das nur für dich. Zögernd küsste sie ihren Feind auf die linke Wange. Jack schien die Berührung ihrer Lippen zu genießen und ergriff ihre Arme, als sie sich wieder zurückziehen wollte.

»Halt, das war schon ganz gut. Aber ich erwarte etwas mehr. Küss mich auf den Mund!«

Willow sah ihn flehend an, wehrte sich gegen seinen harten Griff und neigte sich erneut vor. Sie stockte, zögerte. Sie senkte ihre Lippen über seinen Mund, brachte es aber nicht über sich, ihn dort zu küssen. Stattdessen küsste sie seinen Hals. Jack ließ es geschehen, dann stieß er sie wütend zurück. Eine Hand griff nach ihrem Hals, die andere verwandelte sich in eine Wolfstatze. Kurz fuhr er mit den Klauen über ihre rechte Seite und ihren Bauch. Willow schrie auf. Die Krallen zerschnitten das Kleid und ritzten schmerzhaft ihre Haut. Gleichzeitig drückte die andere Hand zu. Willow wand sich schreiend, sah Jack flehend an. Sie erkannte in seinem Blick, dass er den Moment genoss. Er schien die Situation geradezu auszukosten – ihr Schreien, ihren Schmerz, seine

276

Dominanz. Schließlich ließ er die junge Frau los und sie taumelte zurück. Erschrocken hielt sie ihren Hals und betrachtete die Wunde. Drei lange Schnitte zierten ihren Leib, Blut floss über ihre weiße Haut. Mit schmerzverzerrtem Gesicht sackte Willow in die Knie. Sie presste Teile ihres Kleides auf die Wunde. Es tat weh. Aber die Wunde war nicht lebensgefährlich. Sie war nicht so tief, wie Willow im ersten Moment gedacht hatte, und die Blutung ließ nach, aber es tat scheußlich weh. Und ihre Heilkräfte setzten nicht ein. Auch sie wirkten in dieser Feste nicht. Jack räusperte sich. Er wartete auf sie. Willow erhob sich stöhnend, unterdrückte ihre Schmerzen und sah ihr Gegenüber wütend an. Jacks Blick war eisig. Er sah kurz auf ihre Wunde, die aufhörte zu bluten, dann blickte er wieder in ihre Augen.

»So, vielleicht nimmst du mich jetzt ernst. Du tust, was ich sage, oder ich töte dich. Langsam und qualvoll. Verstanden? Und tu wenigstens so, als ob es dir Spaß machen würde, mein Liebling!«

Willow sah ihn stumm an, dann nickte sie. Sie wollte und musste leben. Arir, für dich! Ich liebe dich.

Sie trat an Jack heran und berührte seine Schultern. Dann neigte sie sich vor und küsste ihn. Diesmal berührten ihre Lippen die Seinen und versuchten, Liebe und Leidenschaft vorzutäuschen. Und es gelang ihnen anscheinend im ausreichendem Maße, denn als Willow zurückwich, sah Jack sie lobend an.

»Sehr gut, Liebes, für den Anfang nicht schlecht. Jetzt verrate mir nur eines: Was macht Arir an?«

Willow zuckte, wie von einem Blitz getroffen, zurück. Sie kämpfte schwer mit den Tränen.

Jack lachte und überlegte weiter, eher zu sich selbst sprechend als zu ihr:

»Bestimmt steht er auf die zarte Tour. So wie der aussieht.«

Dann wandte er sich wieder Willow zu:

»Oder täusche ich mich? Schätzchen, was sagst du dazu?«

Willow sah ihn schockiert an, dann stieg in ihr rasende Wut hoch.

»Erwähne ihn nicht! Lass ihn aus dem Spiel!«

Jack grinste sie an. Dann zog er sie zu sich heran und spielte mit ihrem Haar.

»Nicht doch, ich wollte dich nicht verärgern. Es hat mich nur interessiert. Aber egal! Viel wichtiger ist doch, wie *ich* es mag. Und ich mag es schmutzig und wild!«

Gebieterisch presste er seine Lippen auf ihren Mund. Seine Zunge zwang ihre Lippen, sich zu öffnen, und er drang in ihren Mund ein. Seine Hände zogen ihren Körper näher an seinen Leib, sodass Willow seine Gier auch körperlich spüren konnte. Jacks Hände berührten ihre Schenkel und zwangen sie auseinander. Dann drückte er ihren Schoß an seinen. Willow zitterte und wollte fliehen, doch er hielt sie fest. Sie sah ihren einstigen Geliebten an, flehte um Erbarmen, doch sein Blick war voller Verachtung, voller Hass … und voller Hunger.

Stürmisch fegte er das Geschirr vom Tisch und setzte Willow darauf. Sie versuchte, sich ihm zu entziehen, schloss ihre Schenkel, doch er drückte sie erbarmungslos wieder auseinander. Kurz presste er seinen Schoß an ihren, dann senkte er seinen Mund herab und küsste ihre Schenkel, seine Finger zeigten seinen Lippen den Weg. Schließlich verschwanden seine Hände unter ihrem Kleid und fanden die Ränder ihres Slips. Sie ergriffen den dünnen Stoff und begannen, ihn abwärts zu ziehen. Willows Zittern verstärkte sich und sie schluchzte. Ungewollt, der Laut brach verzweifelt aus ihr hervor. Tränen traten aus ihren Augen und benetzten ihr Gesicht. Verzweifelt wandte sie ihren Blick ab und krallte ihre Finger in die Tischkante. Ihr Geist war allein von Angst erfüllt, nur Arirs Bild in ihr hielt die Tore zur Hölle geschlossen. A…r…i…r … A…r…i…r … Zitternd klammerten sich ihre Gedanken an seinen Namen, bevor sie in ein schwarzes Loch der Panik stürzten. Willow wollte schreien, aber ihren Lippen entwich nur ein weiteres Schluchzen. Jack reagierte nicht darauf. Mit einem Ruck zog er ihr den Slip aus und zeigte ihn ihr triumphierend. Sein Blick fiel auf ihre Tränen und er schrie: »Verdammt, hör auf zu weinen!« Er schnaubte und wutentbrannt trat er gegen das auf dem Boden liegende Geschirr. Tönend und klirrend flogen Scherben durch den Raum und blieben schlitternd auf dem Steinboden liegen. Dann sah er Willow mit stechendem Blick an und schrie:

»Jetzt reiß dich zusammen!«

Drohend hob er eine Hand zum Schlag. Willow sah ihn angsterfüllt an, dann berührte sie ihn vorsichtig.

»Bitte beachte es gar nicht. Ich weine vor Freude …«

Jack lachte verächtlich und überlegte einen Moment,

ob er sie schlagen sollte. Doch dann senkte Willow ihre Hand und berührte seinen Schoß. Jack sah es und lächelte. Er trat wieder heran und berührte nochmals ihre Schenkel. Doch der Anblick ihrer Tränen erzürnte ihn erneut. Er ergriff die junge Frau und warf sie mit Schwung auf das große Himmelbett. Verstört blieb sie dort liegen und sah verängstigt auf ihren Peiniger. Dieser knöpfte sein Hemd auf und zog es mit einem Ruck aus. Dann trat er heran und befahl:

»Zieh dich aus!«

Während Willow gehorchte, kroch er wie ein Raubtier gierig und hungrig auf sie zu …

Arir hämmerte wie verrückt auf den Stein ein, durch den er das Geschehen in Jacks Gemach verfolgen konnte.

»Nein, hör auf! Lass sie in Ruhe! Willow!«, schrie er.

Hinter ihm trat der Goldene Hund heran. Traurig betrachtete er Arir und sagte:

»Herr Arir, bitte, wir können nichts tun!«

Arir sah ihn an, mit den Schlägen aufhörend, und erwiderte verzweifelt: »Es wird sie umbringen.«

Sein Blick fiel auf Willow, die sich vor ihrem Feind entkleidete. Der Goldene Hund blickte kurz auf das sich vor ihnen abspielende Geschehen, dann schaute er wieder Arir an.

»Nein, das, was er ihr danach sagen wird, wird sie umbringen.«

Ja, das stimmte. Jack würde ihr sagen, was mit ihm geschehen war. Dass er ihn gefressen hatte. Das würde Willow endgültig zerstören. Sie würde sterben. Verzweifelt sank Arir zu Boden. Er weinte. Der Goldene Hund trat an ihn heran und legte eine Pfote auf seine Schulter.

»Ihr solltet nicht zuschauen. Ihr solltet ihre Qual nicht sehen.«

Doch Arir schüttelte den Kopf und erwiderte:

»Nein, ich habe ihr geschworen, immer bei ihr zu sein. Auch in der Stunde des höchsten Leids.«

Und so blieb er bei Willow, stumm, in einem Meer aus Tränen, als Jack gewaltsam in sie eindrang und ein Teil von ihr starb.

Unbeobachtet erschienen im Dunkeln hinter den beiden hilflosen Zuschauern goldene Funken. Erst vereinzelt so wie Glühwürmchen in einer lauen Sommernacht. Dann wurden es beständig mehr, bis ein goldener Wirbel hinter ihnen tanzte. Die beiden bemerkten es nicht, obwohl das Glühen mit jedem Schmerz, den Jack Willow zufügte, an Stärke gewann.

Zitternd, frierend, nackt lag Willow auf der linken Bettseite. Der Schrecken war endlich vorüber. Weinend presste sie ihre Schenkel zusammen. Ihr Unterleib schmerzte scheußlich. Sie spürte noch immer Jacks Hände überall auf ihrem Körper, seine gierigen Küsse auf ihrer Haut. Scham und Ekel überfluteten sie und nahmen ihr den Atem.

Jack saß hinter ihr auf der anderen Bettseite, er thronte über ihr wie ein Wolf über seiner Beute und gab sich den Genüssen seiner Gier hin. Schließlich gab er sich einen Ruck und griff nach seiner Hose. Geräuschvoll rutschte er hinein und zog sich auch sein Hemd über. Dann griff er nach Willows Kleid. Es war blutig und am Bauch zerrissen. Er warf es ihr zu.

»Hier. Zieh dich an!«

Das Kleidungsstück landete auf ihr. Zögerlich griff sie danach, dann setzte sie sich langsam auf, Jack den Rücken zugewandt, und rutschte in das Kleid. Es gab etwas Sicherheit – von Geborgenheit konnte keine Rede sein. Schweigend stand sie auf und ging um das Bett herum. Ihren Slip, von Jack achtlos auf den Boden geworfen, hob sie auf und schlüpfte befangen hinein. Dann erst sah sie Jack an. Er stand, in Gedanken versunken, neben dem Bett, sein Blick war auf ihren Körper gerichtet, höchster Genuss stahl sich in seine Augen. Dann trat er auf sie zu, berührte ihre Schultern, ihr Haar. Er neigte sich vor und küsste sie. So zärtlich, wie sie es von ihm nur in glücklichen Zeiten kannte. Sie ließ diesen Kuss kurz über sich ergehen, dann riss sie sich los – schließlich hatte sie ihren Teil der Abmachung erfüllt. Jack schimpfte sie nicht, seine Hände streichelten noch immer ihr Haar, dann flüsterte er in ihr Ohr:

»Ich hoffe, es hat dir auch ein bisschen Spaß gemacht, mein Liebling.«

Willow riss sich nun vollständig los und trat wütend zurück. Ernst und eisig stieß sie hervor:

»Arir! Sag mir, was du mit ihm gemacht hast!«

Jack hörte ihre Worte und hatte mit einem Schlag all seine Zärtlichkeit verloren. Mit einem bösen Lächeln antwortete er:

»Gern, ich halte meine Versprechen.«

Er schwieg kurz, um Willows Spannung zu erhöhen,

dann brüllte er verächtlich, indem er ausspie: »Ich habe ihn gefressen!«

Damit verwandelte er sich und knurrte sie mit gefletschten Zähnen an.

»Ich habe ihn gefressen!«

Willow erschrak und zuckte zurück. Sie knickte ein, ihr Bauch erbebte wie unter einem Faustschlag, ihr Herz schmerzte, zog sich zusammen und setzte aus, als wäre es von einem Dolch durchbohrt worden. Willow riss ihren Mund auf zu einem Schrei, doch sie blieb stumm. »Gefressen, gefressen …«, echote es in ihrem Kopf.

Kurz starrte sie das Ungeheuer vor sich an, das sie mit gebleckten Zähnen anfunkelte, dann drehte sie sich um und floh.

Sie floh von diesem Ort des Verbrechens, der Pein und des Verrats, stürzte kopflos Stufen hinab, eilte an Schattenwesen vorbei und gelangte schließlich zur Eingangspforte der Feste. Jacks böses Lachen folgte ihr. Voller Verzweiflung warf sie sich gegen die hölzerne Pforte. Sie schwang nach außen und Willow taumelte aus der Burg hinaus. Ohne Bewusstsein überwand sie die Brücke und verließ die Höhle. Sie traf weder auf Mural noch auf Bigor. Auch Jacks Schergen ließen sich nicht blicken. Unbehelligt erreichte sie den Pfad, der zur Schattenfeste führte, den Weg, der zurück ins normale Leben führte. Unbeschadet, ohne angegriffen oder aufgehalten zu werden.

Jack hatte seinen Mannen den Auftrag erteilt, sie gehen zu lassen. Sie würde kein Gegner mehr sein. Sie war besiegt. Ihr war Schlimmeres widerfahren als der Tod.

30 Der Aramin-Tiger

Arir wandte sich voller Gram ab. Er sah nur noch Jack, wie er grimmig in seiner Wolfsgestalt lachte. Willow war aus seinem Sichtfeld verschwunden; sie hatte die Festung verlassen.

Erstaunt riss Arir die Augen auf. Vor ihm kreiste ein machtvoller Wirbel aus Licht. Auch der Goldene Hund sah es, sagte aber nichts. Arir trat noch näher an den Wirbel heran und fragte:

»Was ist das nur?«

Ohne eine Antwort abzuwarten, streckte er eine Hand aus, reckte sie in den Wirbel hinein. Vereinzelt wichen Funken zurück, andere hüpften seinen Arm entlang, bis sie von seiner Haut absorbiert wurden. Arir erzitterte. Diese Funken waren reine Energie. Arir ballte seine Hand zu einer Faust. Sie war stärker, voller Kraft. Fragend sah er den Goldenen Hund an, während seine Hand weiter Licht in sich aufnahm.

»Das ist die Kraft der Herrin. Willows Energie!«, gab der Hund zur Antwort.

»Durch die erlittene Gewalttat verlor sie ihre Kraft … Sie starb.«

Arir blickte zurück auf seine Hand und spürte die Macht, die bereits in ihr herrschte.

»Willows Kraft! Sie soll nicht verloren sein!«

Mit diesen Worten trat er vollständig in das Licht hinein.

Energie durchflutete ihn. Kraft um Kraft strömte in ihn hinein. Sein Körper zitterte, die Muskeln wölbten sich, drohten zu bersten, Haut spannte sich. Arir tat einige tiefe Atemzüge. Immer noch floss Energie in seinen Körper, pumpte ihn wohl. Schweiß trat auf seine Stirn. Hitze jagte durch seinen Körper. Arir streckte seinen Kopf in die Höhe, schrie auf, um einen Ausgleich zu schaffen.

Schließlich fiel er erschöpft auf die Knie und keuchte. Sein Körper musste sich erst an die Energie in ihm gewöhnen. Mit festem Blick starrte er den Goldenen Hund an, der stumm zugesehen hatte.

»Ich werde Jack töten! Nun habe ich die Kraft dazu«, sprach Arir mit veränderter Stimme.

Sie war härter, schneidender. Er erhob sich und ging auf die magische Wand zu, die ihm noch immer Jack lachend im Schlafgemach zeigte. Arir legte eine Handfläche auf den kalten Stein und schloss die Augen. Dann schoss er einen Energiestrahl in die Wand hinein. Seine Hand tauchte ein, sie versank im Felsen. Arir wollte triumphierend weitergehen, durch die Wand hindurch, doch sein Körper kam nicht weiter. Seine Energie genügte nicht, um das magische Gefängnis zu durchbrechen. Wutentbrannt riss er sich herum und schlug mit voller Wucht auf die Wand ein. Sie ließ ihn nicht durch. Kurz wütete und tobte Arir, dann senkte sich Stille über das steinerne Gefängnis.

Nach einiger Zeit trat der Goldene Hund auf Arir zu. Er sah ihn mit gesenktem Kopf an, dann sprach er mit klangvoller Stimme:

»Nimm meine Kraft. Sie wird dich aus diesem Kerker befreien!«

Arir blickte erstaunt auf, sah ihn sinnend an und erwiderte:

»Das wird dein Tod sein. Du müsstest dich dafür dematerialisieren.«

Der Hund nickte und sagte:

»Ja, ich würde mich auflösen, damit ich dir meine gesamte Kraft geben kann. Nimm mein Geschenk an! Hier bin ich tot und du ebenfalls. Durch dich hätte ich die Möglichkeit, meine Sünden, die Jack mit meiner Macht begangen hat, zu büßen. Auch auf mich wartet ein Paradies!«

»Dein Opfer werde ich nie vergessen, deiner wird immer gedacht werden!«, sprach Arir ehrfürchtig, dann kniete er sich nieder und senkte sein Haupt.

Der Goldene Hund verneigte sich ebenso.

»Gemeinsam werden wir kämpfen – für ein besseres Ayin. So wie es schon seit Anbeginn prophezeit war. Es wird unsere letzte Schlacht sein.«

Mit diesen Worten begann er, sich aufzulösen. Arir blickte auf und erhaschte das letzte Mal einen Blick auf die goldene Hundegestalt. Mit einem Lächeln auf den Lippen zerfiel der Körper in strahlendem Licht. Kurz schwirrten die Funken in der Luft umher, dann stürzten sie sich auf Arir und gingen in ihn ein. Arir sank zu Boden. Zu viel Energie auf einmal durchdrang seinen Körper. Schmerzen durchfluteten ihn, seine Glieder streckten sich, Knochen knackten. Arir verwandelte sich. Riesige Pranken krallten sich mit scharfen Klauen in den Steinboden. Fellbüschel überzogen seine nackte Haut. Lange Zähne wuchsen in seinem Mund. Zuallerletzt veränderten sich seine Augen. Ihre runden Pupillen zogen sich in die Länge, wurden zu schwarzen Schlitzen. Mit einem Fauchen begrüßte Arir seine neue Gestalt.

Nervös schlug ein schwarzer, langer Schwanz auf den Boden. Nachtschwarzer, funkelnder Pelz mit goldenen Ornamenten reflektierte das wenige Licht im Gefängnis. Linien wie Feuerzungen, wie Weidenzweige. Arir war zu einem gigantischen Tiger geworden. Zum Aramin-Tiger. Erschreckend und tödlich.

Kurz verharrte er auf der Stelle, wetzte seine Klauen. Dann sprang er mit einem Satz durch die magische Wand, hinaus aus seinem Gefängnis.

31 Wunden

Verzweifelt wanderte Willow umher. Mit jedem Schritt, mit jedem Tritt verlor sie an Kraft. Sie war wie ein Fass ohne Boden; in ihr war ein Leck, das sie nicht mehr selbst schließen konnte. Sie blutete innerlich aus. Einige Zeit lief sie durch die Ebenen Nómais, dann strebte sie unbewusst dem Dunklen Wald entgegen. Menschen, Wesen, die sie auf ihrem Trauergang entdeckten, blieben verstört stehen und verharrten einige Zeit. Dieses Bild von Schönheit und Trauer in diesem zierlichen Wesen verwirrte sie und rührte manche zu Tränen. Obwohl einige ihr helfen wollten, wagte es doch niemand, sie anzusprechen. Zu sehr verstörte ihr in sich gekehrter Blick. Bei jedem Wind und Wetter schritt sie fort, kein Hindernis stoppte ihren Schritt. Sie kannte keine Müdigkeit, keinen Hunger und keinen Durst. Sie blieb nie stehen, gönnte sich keine Pause. Sie sah nur noch Arir, rief innerlich seinen Namen, dachte an seinen gewaltsamen Tod.

Sie war eine lebendige Tote.

Schließlich erreichte sie ihr einstiges Paradies: Aramin.

In dunkler Nacht betrat sie den Schlosspark und ließ sich neben dem kleinen Tümpel nieder, in dem Ilia gefischt hatte. Mondlicht tauchte sie und ihre Umgebung in ein blaues Licht.

Im blauen Garten

Im blauen Garten gedenke ich
meines Geliebten,
kalt und starr
verharre ich auf eisigem Gestein,
zerfurchte Haut, rissiger Mund,
tränenreiche Augen,
die Lider schwer,
einen Klagelaut auf den Lippen …

Geliebter, ich erinnere mich deiner Liebe,
deiner so edlen Gestalt,
des Bebens im Klang deiner Stimme –
ich zittere, wenn ich an deine letzten Worte denke,
die du mir voller Sehnsucht gesagt hast.
Meine Haut ersehnt noch immer deine Berührungen,
deinen warmen Atem auf meinen Lidern.

Weißt du noch, als wir uns zum ersten Mal küssten?
Die Angst, die wir beide teilten,
unser Zittern, das diesen heiligen Moment erfüllte.
Dass wir beide uns zu sehr sorgten,
um diese Begegnung ganz zu genießen.

Ach, hätten wir doch mehr Momente völlig frei
von Ängsten und Sorgen genossen,
hätten wir sie so behandelt,
als wären es die letzten,
ohne zu wissen,
dass es wirklich die letzten waren.

Weißt du noch?
Als du mich umfingst,
während mich Vergangenes quälte,
als mich Schmerzen und Krankheit überfielen.
Könntest du mich jetzt
– da ich nun am meisten leide –
so trösten,
wie du es damals
in den doch glücklichen Zeiten getan hast.

Hätte ich gewusst,
dass wir nur so wenig Zeit gemeinsam verbringen dürften,
ich hätte mich dir viel früher geschenkt.
Denn es war der glücklichste Moment meines Lebens –
Liebster.
Auch wenn mich die Angst davor fast umbrachte –
nun soll die Sehnsucht nach dir
mein Gevatter Tod sein.

Sagte ich dir nicht,
du dürftest nicht kämpfen,
denn kämpfen sollte nur ich.
Doch du brachest
– nur einmal –
dein Versprechen,
die Strafe dafür war der Tod.

Du versprachest mir,
mich nie zu verlassen.
Weißt du noch,
damals als wir so glücklich waren,
wir neckten uns und spielten,
das Feuer in uns entfachend?
Doch diese Worte tönen nun leer –
du hast mich verlassen
und kommst nie mehr.

Ich werde verwelken
wie eine Blume im rauesten Wind.
Ich sehe keine Sonne,
nur Schatten, und Dunkelheit umgibt mich,
meine Augen werden blind,
von den Tränen,
die sie vergießen.
Die Blüte meiner Jahre,
meine Schönheit vergeht.

Sterbend, tot, trauernd
werde ich wandern,
ein Begleiter des Windes,
ohne zu sehen und gesehen zu werden.
Tränen netzen meinen Weg,
die ich verloren bin –
vergessen
von der Zeit
und dem Leben.

Dieser Garten, er soll mein Zeuge sein!
Voller Ruinen und Stein,
Staub über Staub,
totes Gestein,
welke Blätter,
die vergessen haben zu leben –
so wie ich.

Blau ist das Licht,
blau meine Seele,
eisig der Stein,
kalt die Bäume,
tot ihr Sein.

Ich bücke mich,
beuge mich vor.
Meine Hände greifen,
berühren vergessen
zarte Blüten.
Ihr blaues Schimmern lockt mich.

Doch ehe ich sie fassen kann,
zerfallen sie –
Staub,
verloren im Wind.

Mein Klagen –
es bringt dich mir nicht zurück.
Ich sollte dich vergessen,
leben –
doch ich vergehe
und
finde nie mehr zum Leben.

Geliebter –
du warst meine Liebe.
Ich werde sterben,
da ich dich bald nicht mehr fühle.
Meiner gedenken –
wer wird es?
Nur dieser Garten,
der so blau ist
wie meine Seele.

Ich verharre –
werde zu Stein,
Tränen umgeben mich.
Mein Schicksal –
es endet hier …
Und ich vergesse mich.

Mit einem Seufzen erhob sie sich und verließ trägen Schrittes den Garten und schließlich ganz Aramin. Hinter ihr zerfiel der Palast, die strahlenden Gebäude zerbröckelten zu Staub. Die Moore, die Klagesümpfe kehrten zurück und rissen Blumen und Bäume ins Verderben. Skulpturen, Säulen, ganze Gebäude versanken in braunem Schlamm, als Willow Aramin für immer verließ. Sie hatte ihr Paradies aufgegeben, da sie den Mann, mit dem sie es teilen wollte, verloren hatte.

Sie wanderte weiter. Nach Morana, zurück zu ihren Wurzeln.

Schließlich blieb sie stehen.

Weinend.

Versteinert.

Wie tot.

32 Klauen

Arir landete direkt in Jacks Schlafgemach. Doch er materialisierte sich noch nicht vollständig, sondern nur seine Stimme. Und die tönte nun erschreckend und schneidend durch den Raum des Verbrechens, den Jack mit seinem Lachen erfüllte.

»DIR WIRD DAS LACHEN NOCH VERGEHEN!«
Jack erschrak. Sein Lachen erstarb. Verwirrt sah er sich um, noch in Wolfsgestalt.

»DIR WIRD DAS LACHEN NOCH VERGEHEN!«
»DIR WIRD DAS LACHEN NOCH VERGEHEN!«
»DIR WIRD DAS LACHEN NOCH VERGEHEN!«
»DIR WIRD DAS LACHEN NOCH VERGEHEN!«
»DIR WIRD DAS LACHEN NOCH VERGEHEN!«
Bebte es durch den Saal. Jacks Augen weiteten sich mit jedem Ausruf. Verstört verwandelte er sich zurück, blickte als Mensch um sich.

Noch einmal ließ Arir ertönen:
»DIR WIRD DAS LACHEN NOCH VERGEHEN!«
Dann materialisierte er sich als Mensch direkt hinter Jack, legte seine gerade erstandenen Arme um dessen Hals und drückte mit voller Kraft zu. Jack zuckte und schnappte nach Luft. Verstört – Arir meinte, auch etwas Panik zu sehen – blickte er nach hinten.

»A…r…ir …!«, brachte er keuchend hervor. »Ich … habe … dich vernichtet! Ge…fresseeee……n!«
Arir hinter ihm lachte nur. Seine Arme drückten stär-

ker zu. Jack versuchte, sich dagegen zu stemmen und flehte: »Arir, was … willst … du?«

Erst schwieg Arir, dann beugte er sich zu seinem Gefangenen herab und antwortete: »NUR DEINEN TOD!«

Jack wandte sich wie ein Aal, versuchte, sich herumzudrehen und Arir anzugreifen, und erwiderte: »UND ICH DEINEN!!«

Doch Jack kam Arir nicht zu nahe. Mit einer kurzen Bewegung fuhr Arir – fast lässig – über Jacks Kehle. Die Haut klaffte auf, Blut spritzte hervor, rann heraus. Verwirrt sah Jack Arir an. Dieser hob triumphierend seine rechte Hand. Sie hatte sich verwandelt, an den spitzen Krallen glänzte Blut. Dann ließ er Jack los und sprang zur Seite. Im Sprung verwandelte er sich vollständig. Die Eleganz und Geschmeidigkeit des schönen Tieres blendeten Jacks Augen. Stöhnend brach er zusammen und hielt seine aufgeschlitzte Kehle. Er röchelte. Er starb …

Jack starb nicht. Plötzlich stahl sich ein böses Lächeln auf seine blutigen Lippen, dann verwandelte er sich. In das Monster aus Wolf und Mensch. Ein Monster ohne Seele. Während der Metamorphose verschloss sich seine Wunde und unversehrt stellte er sich Arir entgegen. Der Tiger fauchte zornig, der Wolf antwortete mit einem tiefen Knurren. Dann sprangen sie sich an.

Voller Zorn,

voller Hass,

im Todesrausch.

Klauen schlugen ineinander …

Fellbüschel stoben auf.
Erste Wunden …
Blut …
Tiefrot …

Der Kampf hatte begonnen.

Voller Wut und Zorn stürzte sich Arir als Tiger auf Jack, der in seiner hässlichen Gestalt als Wolfswesen vor ihm stand. Der ganze Körper des eleganten Tieres, schwarz und golden, schrie nach Rache, nach Vergeltung, nach Bestrafung. Es rief nach Schmerzen, nach Blut, nach Tod.

Die Kraft der jungen Frau, die durch eine Gewalttat gestorben war, pulsierte in dem kräftigen Körper, schrie in Erinnerung an die erlittenen Schmerzen, an das Leid, das Willow ertragen musste.

Zorn überrollte Arirs Geist, der im Körper dieses Tieres saß, nahm ihm Sinn und Verstand … Er dachte nur noch an den Tod. An den Tod der Bestie vor ihm.

Anstand, Ethik, Moral … das kannte er nicht mehr. Dafür war in diesem Wesen kein Platz. Es war als Rächer erwacht und würde auch als solcher handeln. Der Tiger war erschienen, um Jacks Höllengestalt zu vernichten.

Der Tiger riss sein Maul auf, fauchte, seine scharfen Zähne gruben sich in heißes, stinkendes Fleisch. Krallen rissen tiefe Wunden, schnitten durch dickes, dreckiges Fell.

Sein Gegner heulte auf.
Er stürzte zu Boden.

Kurz Jacks Gesicht.
Von Schmerzen,
von Angst
verzerrt.
Zu einer Grimasse …

»Arir, bitte …«, flüsterte er.

Doch Jacks Worte erreichten ihn nicht. Der Tiger schlug ein letztes Mal zu. Das Ergebnis war für immer.

33 Ein Ende … für immer

Arir stand vor einem Schlachtfeld. Würgend sank er auf die Knie. Die Hand vor den Mund gepresst.

Was hatte er getan?
Was …

Er zitterte …

Vor ihm war nur Blut. Der ganze Boden … die Fliesen … die Möbel … das Bett …
Ort des Verbrechens.

Und hier lag auch das Opfer … der Täter …

tot …

Jack war tot. Mit verrenkten Gliedern lag er auf den feinen Seidenlaken des Bettes. Tiefe Wunden in sein Fleisch gerissen. Bisse im Hals. Ein klaffender Schnitt über das ganze Gesicht. Gebrochene Augen. Noch nass von vergossenen Tränen.

Ein Mensch, ein unschuldiger Mensch, schrie Arir innerlich. Er hatte gemordet.
Er war selbst ein Mörder.

Weinend brach Arir zusammen …
Tränen …
Laute Schluchzer erfüllten den Raum.
Ich habe gemordet!

Arir ergriff Jack – zögernd. Seine Hände trugen zitternd den Leichnam. Hinaus … hinfort …

Ungehindert verließ er die Festung. Niemand hielt ihn auf, obwohl sie es hätten tun sollen. Er hatte gemordet.

Bevor er die Höhle verließ, drehte er sich noch einmal um. Die Festung wirkte tot und leer. Keiner von Jacks Schergen war zu sehen. Arir wollte sich schon abwenden, als er plötzlich eine Bewegung an einem Fenster des höchsten Turmes der schwarzen Feste bemerkte. Er strengte seine Augen an und sah genauer hin. Miral war an der Fensteröffnung erschienen. Angespannt sah er, wie sie auf den Fenstersims stieg. Er streckte seine Hand nach ihr aus, wollte ihren Namen rufen, doch es war zu spät.

Es gab einen lauten Knall. Wasser spritzte. Dann herrschte Stille.

Miral hatte sich von den hohen Zinnen der Burg herabgestürzt. Ihr Körper hatte kurz in der Luft geschwebt, dann war er schließlich auf dem pechschwarzen Wasser aufgekommen. Der Aufschlag war hart gewesen … und ihr Körper im See versunken.

Miral tauchte nicht mehr auf.

Sie war verschwunden. Verschwunden in den Tod.

Arir senkte den Kopf. Dies war Mirals letzter Verrat gewesen. Zuerst hatte sie Willow und Arir verraten, das Gute, … schließlich sich selbst und ihr Leben. Arir fuhr sich zögernd über die Augen, in denen sich Tränen bildeten. Hatte er Miral nicht dazu gebracht? Hatte er sie nicht durch sein Verhalten in Jacks Arme getrieben? Er seufzte schwer auf und hob den Kopf. Sein Blick fiel auf die Stelle im See, an der Miral untergegangen war. Miral, meine einstige Geliebte, es tut mir leid. Bitte verzeih mir! Ich danke dir für deine Liebe.

Mit einem Ruck wandte er sich ab und verließ die Höhle.

Arir kniete vor einem frischen Grab. Das Werk war vollbracht. Er hatte Jack begraben. Still gedachte er des jungen Mannes, der nun tief unter der Erde zur Ruhe gefunden hatte.

Lange Zeit bemerkte er nicht den Schatten, der neben ihm stand. Arir sah auf. Sein Blick fiel auf Schara, der Atos am Zügel hielt.

»Schara?«, brachte Arir zitternd hervor.

Dieser nickte, dann deutete er hinter sich und zeigte auf Mural, Bigor und Sirair, die in einiger Entfernung standen. Man konnte ihre Erleichterung und Freude darüber, dass Arir lebte, deutlich auf ihren Gesichtern ablesen, doch blieben sie, wo sie waren.

»Ihr seid alle gekommen?!«, brachte Arir hervor, dann verbarg er sein Gesicht in den Händen.

Schara lächelte ihn nachsichtig an, dann ließ er sich neben Arir nieder und legte ihm eine Hand auf die Schulter. Arir lehnte sich erschöpft an ihn und weinte leise. Schara ließ es einige Zeit geschehen, dann zog er ihn hoch.

»Ich habe Jack getötet …«, flüsterte Arir.

»Ich weiß, ich habe es gespürt. Die böse Macht, die er in sich trug, ist zerfallen.«

»Schuldig … ich bin schuldig«, stieß Arir hervor.

Obwohl er als Krieger schon vielen den Tod gebracht hatte, hatte er noch nie diese Schuld gespürt. Es war ein Mensch, ein Freund gewesen.

»Du hast Ayin gerettet. Du hast das Böse aufgehalten.«

»Aber warum fühle ich mich so schuldig?«

»Jack war einst ein Freund, ein Gefährte gewesen … Du bedauerst sein Ende. Doch an diesem bist du nicht schuld! Er selbst hat diesen Weg gewählt.«

»Was kann ich tun?«

»Heile die Wunden, die Jack in dieser Welt hinterlassen hat, an den Körpern, in den Herzen …«

Schara zuckte zusammen, dann sah er Arir verwirrt an und fragte: »Wo ist Willow?«

Die anderen waren schließlich doch herangekommen und sahen Arir ebenso neugierig an. Für wenige Sekunden blieb Arirs Herz stehen, um dann schmerzhaft weiterzuschlagen. Geliebte …

»Willow! Ich muss sie suchen … Sie ist …«

Arir verlor den Halt und sank erneut zu Boden. Mural kniete sich neben ihn und berührte seine Schulter.

»Wo ist sie? Was?«, fragte sie zögernd.

Arir keuchte, dann sah er sie mit geröteten Augen an.

»Sie … Er … Jack! Er hat sie … ver …« Er verstummte.

»Was hat er getan? Sag es uns!«, forderte Schara.

Er zog Arir in die Höhe. Mural folgte ihm und hielt Arirs Hand. Arir schüttelte verzweifelt den Kopf, dann brachte er gequält hervor: »Jack hat ihr eine Falle gestellt. Er hat sie vergewaltigt!«

Weinend verbarg er das Gesicht in seinen zitternden Händen.

Schara sah ihn ungläubig an und fragte nach: »Er hat sie vergewaltigt?!«

»Nein!«, stieß Mural hervor und ließ sich von einem ebenso erschütterten Bigor in die Arme nehmen. Sirair sah betroffen zu Boden.

»Ja, er hat endlich seinen Willen bekommen. Und nur weil sie mich gesucht hat … Ich konnte ihr nicht helfen, ich konnte sie nicht retten.«

Arir sank wieder in sich zusammen, doch Schara ergriff ihn und hielt ihn aufrecht.

»Du konntest ihr vorher nicht helfen, aber jetzt! Wo ist sie?!«

Kurze Zeit sah Arir ihn mit betrübten Augen an, weit weg im Leid, das Willow erlitten hatte, in den schrecklichen Minuten, Stunden, die ihm wie Jahre vorgekommen waren.

»Er hat sie gehen lassen … Sie ist gegangen.«

Plötzlich brach die Erkenntnis in Arirs Verstand hervor und zerriss den Schleier aus Trauer und Schmerz: »Sie lebt! Und ich muss … nun kann ich ihr helfen.«

Schara lächelte Arir aufmunternd an, reichte ihm Atos' Zügel und erwiderte:

»Dann los, suche sie.«

»Ja, und wir werden dir helfen!«, riefen Mural und Bigor einstimmig. »Wir suchen ebenfalls nach ihr.«

Arir sah sie dankbar an, dann ergriff er den Zügel, den Schara ihm hinhielt, und zog sich mit einem Ruck auf den Rücken des Hengstes. Dankend drückte er Scharas Hand.

Dieser erklärte: »Ich bleibe hier und werde mich um Jacks Anhänger kümmern. Ihre dunklen Seelen müssen gerettet werden. Sirair wird mich dabei unterstützen.«

Arir nickte, dann riss er die Zügel herum und verließ in strengem Galopp den Ort des Todes, des Grabes und des Wahnsinns.

Auch Mural und Bigor stiegen auf und folgten ihm.

Schara blickte Arir hinterher und flüsterte:

»Viel Glück, mein Bruder. Deine Geliebte wartet auf dich.«

34 Buße

Sie beschlossen, sich auf der Suche nach Willow aufzu-
teilen. Arir ritt nach Osten, Bigor und Mural wählten den
Norden bzw. Süden. Einer von ihnen musste Willow finden.

Arir sprengte in wildem Galopp über die staubigen
Ebenen Nómais. Er war noch keiner Menschenseele begegnet und zweifelte bereits daran, dass er die richtige
Richtung eingeschlagen hatte. Plötzlich sah er einen
leblosen Körper zwischen Felsen liegen. Blut befleckte
das nackte Gestein. Aufgeregt sprang er vom Pferd und
stürzte heran. Willow!

Es war ein junger Mann. Er war bewusstlos und blutete
aus einer Wunde am Kopf. Arir rüttelte sachte an seiner
Schulter und fühlte seinen Puls. Er lebte … Mit einem
Stöhnen erwachte der Mann.
    »Keine Angst, ich helfe Ihnen«, beruhigte Arir ihn.
    »Wissen Sie, was mit Ihnen geschehen ist?«
    Der Verwundete zog sich mit schmerzverzerrtem Ge-
sicht in die Höhe.
    »Ich war gerade auf dem Weg zu meiner Familie, als
mir eine dunkle Horde entgegenkam. Schaurige Gestalten. Und ihr Anführer. Ein Mann in schwarzer Rüstung.
Seine Augen … wie brodelndes Pech.
    Sie haben mich angegriffen und niedergeschlagen. Au,
mein Bein!«

Arir blickte an seinem Körper hinab und bemerkte erst jetzt, dass das rechte Bein des Mannes unter einem Felsen eingeklemmt war.

»Warten Sie, ich helfe Ihnen.«

»Der muss hundert Kilo wiegen. Lassen Sie mich.«

Doch Arir berührte den Stein und lächelte.

»Kein Problem. Zwei liebe Wesen haben mir genügend Kraft gegeben.«

Mit einer geradezu anmutigen Bewegung hob er den Stein hoch. Dann warf er ihn weg … Er flog einige Meter.

Der Verwundete sah dem Stein erstaunt hinterher und sagte:

»Sie sind wirklich stark.«

Dann schnellten seine Hände zu seinem verwundeten Bein. Arir kniete sich neben ihm nieder und fragte: »Wie geht es Ihrem Fuß?«

»Er ist gebrochen.«

Schmerzen ließen den jungen Mann verstummen.

»Moment. Bitte erschrecken Sie nicht.« Arir berührte vorsichtig das verletzte Bein. Er war sich nicht sicher, ob es gelingen würde, aber er hatte Willows Kraft.

Seine Hand flammte leicht auf und dann schlossen sich die Wunden. Der Knochen heilte.

Erstaunt sah der Mann auf.

»Sie sind … Wer sind Sie?«

Arir lächelte unsicher und meinte:

»Ich bin nur ein Freund.«

»Wie kann ich Ihnen danken?«

»Ich suche jemanden …, meine Geliebte. Eine junge Frau mit langem, goldenem Haar. Wir wurden getrennt.«

»Ich werde meine Augen offenhalten.«

»Danke. Wenn Sie sie finden, sagen Sie ihr bitte, dass ihr Geliebter in Aramin auf sie wartet.«

»In Ordnung. Ich hoffe, Sie finden sie.«

Damit erhob sich der junge Mann und sah sich um.

»Leider muss ich mich schon verabschieden. Meine Familie muss krank vor Sorge sein. Ich liege hier seit zwei Tagen und mein Weg ist noch weit. Leider haben die Angreifer auch mein Pferd geraubt.«

»Kommen Sie. Ich bringe Sie nach Hause.« Arir hielt ihm die Hand hin. Innerlich focht er einen Kampf aus. Er wollte so schnell wie möglich, weiter nach Willow suchen, doch konnte er den Mann nicht einfach seinem Schicksal überlassen. Auch wenn seine Wunde verheilt war, war er trotzdem erschöpft und nicht in der Lage, selbstständig nach Hause zurückzukehren.

»Nein, das kann ich nicht annehmen. Sie müssen doch Ihr Mädchen finden.«

»Ich bestehe darauf. Mein Pferd ist schnell. Ich werde Sie in kurzer Zeit nach Hause bringen.«

»Dann danke ich Ihnen.«

Arir nickte und zog sich auf den Rücken seines Pferdes. Dann streckte er seine Hand aus und half dem jungen Mann auf Atos' Rücken.

Dann galoppierte er los. Er spürte, wie sich ein Stückchen seiner Schuld von seinem Herzen löste, als er den jungen Mann sicher nach Hause zurückgebracht hatte. Anschließend setzte er seine Suche fort. Er durchquerte weiter Nómai, fragte jeden, dem er begegnete und half dort, wo er gebraucht wurde. Mit jeder guten Tat, die er vollbrachte, wurde sein Herz leichter, die Schuld in ihm verblasste und ließ ihn los … Machte ihn frei für Willow. Und als es so weit war, als er vollständig Abbitte geleistet hatte, erhielt er die Antwort, auf die er so lange gewartet hatte.

Gerade hatte er einer alten Frau geholfen, ihren umgekippten Wagen aus dem Graben zu ziehen, als sie auf seine Frage antwortete:

»Ich habe sie gesehen. In einem weißen, zerschlissenen Kleid. Es war blutig. Sie sah so traurig aus. Ich habe nicht gewagt, sie anzusprechen. Sie ging Richtung Osten, auf die Bäume des Dunklen Waldes zu.«

Freude durchströmte Arirs Körper. Endlich ein Lebenszeichen von ihr!

»Ich danke Ihnen«, rief er noch, dann schwang er sich auf Atos' Rücken und galoppierte davon.

Er brach durch die Baumreihen, legte viele Meilen zurück. Sein Ziel war Aramin. Dort sollten sie sich treffen.

Schließlich erreichte er den Palast. Voller Freude brach er mit Atos durch das Gestrüpp, um vor Aramin zum Stehen zu kommen.

Er erstarrte, sein Herz zog sich schmerzvoll zusammen …

Aramin – es war zerstört. All die schönen Gebäude, der Garten, die Skulpturen … Alles war zerfallen.

»Nein!«, schrie Arir verzweifelt auf.

Dann lenkte er Atos in den Schlossgarten.

»Willow! Wo bist du? Liebste!«

Seine Schreie erstarben im Nebel, der von den Mooren aufzog. Arir durchsuchte Aramin lange, bis er schließlich die schreckliche Wahrheit akzeptierte:

Willow war nicht hier.

Er ritt weiter …

Verzweifelt wie ein Geisterreiter.

35 Frühlingserwachen

Arir hatte bereits sehr lange nach seiner Geliebten gesucht. Vergebens. Doch dann erhielt er einen Hinweis aus Moranas Bevölkerung. Am Rande der Stadt sollte es eine merkwürdige Naturerscheinung geben. Ein Flecken, an dem plötzlich der Winter hereingebrochen war – mitten im Sommer. Arir brach dorthin auf und als er dort eintraf, stockte ihm der Atem. Die Hufe seines Pferdes, die gerade noch auf frischem, grünem Gras gegangen waren, berührten plötzlich kalten Raureif. Atos stoppte jäh, bevor Arir ihm bedeutete, anzuhalten. Vorsichtig setzte er einen Huf nach vorne, der Tau war rutschig und wiehernd verharrte das Ross. Arir tätschelte es besänftigend am Hals und blickte voraus. Vor ihm lag eine mit Schnee bedeckte Winterlandschaft. Sie begann urplötzlich. Neben frischen Blüten der Sommerblumen lag Schnee.

Arir gebot Atos, weiterzugehen, und zögernd betraten sie den Ort des Winters. Immer tiefer drangen sie in die Landschaft voller Schnee, Kälte und Nebel ein. Arir blickte zurück. Von der Wärme und dem grünen Gras des Sommers war nichts mehr zu spüren und zu sehen. Arir spürte eisigen Wind, der in sein Gesicht stach und hörte das Knirschen des Schnees unter den Hufen des Pferdes, das nervös wieherte. Schließlich erblickte Arir das Zentrum des Winters. Ein kleiner See, zugefroren und an seinem Ufer eine eingeschneite Weide. Arir zuckte zusammen, als er die langen Zweige sah. Er dachte daran, wie Willow ihn mit ihren Zweigen berührte, als sie sich ihm in Verwandlung als Weide gezeigt hatte. Der Anblick dieser zarten Äste, die vom Schnee niedergedrückt wurden, brachte ihm diese liebliche Erinnerung zurück, aber zugleich stach ihm ein wilder Schmerz ins Herz. Arir hieß Atos anzuhalten, dann stieg er ab. Er schaute kurz auf sein Ziel, den See, dann klopfte er beschwichtigend auf den Rücken seines Reittieres und schickte es zurück. Er sah, wie unwohl es sich hier fühlte; es war ihm nicht geheuer, deshalb ließ er es zurück in den Sommer rennen. Die letzten Meter musste er allein zurücklegen.

Vorsichtig ging er weiter. Seine Füße sackten im hohen Schnee ein. Um ihn wiegten sich Schilfbüschel, schwer mit Schnee beladen, im eisigen Wind. Arir zitterte und er zog den Umhang, den er trug, enger an sich. Es war Willows magischer Umhang. Er war das Einzige, das ihm noch von seiner Geliebten geblieben war. Er hatte ihn bei Jack gefunden. Er hatte Willow begleitet, ihr Wärme geschenkt, als sie zu Jack gegangen war, um ihr Versprechen einzulösen. Es tat ihm in seiner Seele weh, als er daran dachte, was Willow getan hatte, um zu erfahren, was mit ihm geschehen war.

Vorsichtig trat er näher heran. Der kleine See war zugefroren und mit Raureif bedeckt. Nirgendwo war ein Tierchen zu sehen. Dieser Ort war schon lange gestorben, so wie Willow in ihrer Seele gestorben war, nachdem Jack sie mit Gewalt genommen und ihr gesagt hatte, er hätte Arir gefressen. Ihr Ich war im Inneren zerbrochen und dasselbe war auch mit dieser Landschaft geschehen.

Arir blickte zur Weide. Sie stand vornübergebeugt, ihr Haupt über das Wasser des Sees geneigt. Kurz sah er in einer Vision, wie Willow an dieser Stelle gestanden, sich vornübergebeugt und ihr Gesicht in den Händen verborgen hatte, um ihre Tränen zurückzuhalten. Doch sie tropften durch ihre Finger hindurch zu Boden. Noch ein tiefes Schluchzen, dann erstarrte Willow und verwandelte sich in die gebeugte Weide. Aber die Tränen flossen weiter. Aus ihnen bildete sich der See. Leer und ohne Leben. Arir trat näher an den Stamm der Weide heran. Auf seiner Rinde glänzte gefrorenes Wasser. Der Baum weinte noch immer, die Tränen gefroren sogleich und bildeten schwere Eiszapfen. Arir streckte seine Hand aus, um die gefrorenen Tränen zu berühren, doch er hielt inne und brach weinend vor der Weide in die Knie. Der Schnee stach mit seiner Kälte in seinen Leib, doch Arir spürte es nicht. Er weinte. Schluchzend brachte er hervor:

»Willow, höre mich. Dein Geliebter ist gekommen.«

Unter Tränen sah er auf, doch der Baum rührte sich nicht. Es war kein Leben in ihm.

Arir kroch zum Stamm und berührte ihn unter Zögern.

»Willow, bitte erwache.«

Vorsichtig umfing er den Stamm, liebkoste ihn mit zärtlichen Berührungen, seine Finger waren steif vor Kälte. An ihrem Stamm zog Arir sich in die Höhe und küsste sie an der Stelle, wo er ihren Hals vermutete. Seine Lippen waren blau und doch berührten sie die raue Rinde mit aller Liebe, die Arir empfand.

Es tat sich nichts. Verzweifelt sank Arir wieder in die Knie. Seine Hände noch immer auf der Rinde. Er schickte ihre Kraft hindurch. Er gab ihr alles, was sie ihm gegeben hatte. Sie brauchte sie, er nicht. Doch nichts tat sich.

»Bitte, erwache. Höre mich.«

Mutlos sackte er in sich zusammen.

»Herrin, erwachet. Hört Euren niedrigsten Diener an. Herrin!!!«

Mit diesem verzweifelten Schrei brach Arir gänzlich zusammen. Kraftlos rollte er sich in den Umhang ein. Tränen benetzten seine Augen. Kurz bevor er in eine hoffnungslose Bewusstlosigkeit fiel, meinte er, kurz ein blaues Schimmern vor sich zu sehen. Es hüpfte wild auf und ab und verharrte schließlich ruhig vor ihm. Für einen Moment klärte sich sein Blick. Es war der Eisvogel. Den er und Willow in Aramin beobachtet hatten … Doch bevor diese Erkenntnis in sein Bewusstsein gelangen konnte, wurde ihm schwarz vor Augen.

Als Arir erwachte, war er erstaunt, dass er noch lebte. Eigentlich hätte er erfroren sein müssen. Vorsichtig öffnete er seine Augen und sah um sich. Und erschrak. Der Schnee war verschwunden. Arir lag auf trockenem Sommergras und der See war voller Leben. Panisch wandte sich Arir um. Aber was war geschehen! Die Weide war verschwunden. An ihrer Stelle wuchs ein Busch. Ein zartblühender Rosenstrauch. Arir sprang auf und blickte um sich. Was war geschehen?

»Willow, wo bist du?«

Seine Schreie erschreckten mehrere Rehe, die am gegenüberliegenden Ufer ihren Durst gestillt hatten. Kurz verharrten sie mit aufgestellten Ohren, dann sprangen sie mit großen Sätzen fort in den nahe gelegenen Wald. Außerdem sah Arir unweit von sich sein Pferd, das auf der sommerlichen Blumenwiese graste. War er verrückt geworden? War das Geschehene von gestern nur ein Traum gewesen?

Doch bevor er wirklich an seinem Verstand zweifeln konnte, flog ihm ein blaues Schimmern entgegen. Arir streckte seine Hand aus und auf seinem Finger ließ sich ein kleiner, zierlicher Vogel nieder. Der Eisvogel.

Arir lächelte ihn traurig an.

»Wenigstens du bist mir geblieben.«

Dann strich er ihm zärtlich über das Gefieder. Der Vogel antwortete mit einem Tschilpen und genoss sichtlich die Berührung. Arir wandte sich traurig ab, ihm kamen die Tränen. Willow hatte den Vogel einst auch so liebkost. Es war sogar derselbe Vogel. Diesen kleinen, goldenen Fleck auf der Brust gab es nur einmal. Ilia, ihr kleiner Eisvogel. Arir begann zu zittern. Die Sehnsucht nach Willow brachte ihn fast um. Sein Herz war wund vor Schmerzen. Mit geröteten Augen sah er den kleinen Freund an. Dieser blickte mit schräg gestelltem Kopf zurück. So als wolle er fragen, was denn los sei. Und

wirklich keine Sekunde später öffnete das Tier seinen
Schnabel und fragte ihn mit hoher Stimme:

»Herr Arir, warum seid Ihr so betrübt?«

Arir erschrak und erwiderte:

»Ihr sprecht?«

Der Vogel nickte und wartete auf eine Antwort auf
seine Frage.

Arir strich sich über die Augen und wischte die letzten
Tränen fort.

»Ich habe meine Geliebte verloren.«

»Und deshalb seid Ihr traurig. Warum sucht Ihr nicht
weiter nach ihr?«

»Ich weiß nicht, wo. Ich kam hierher und nun … ist
die Weide ist verschwunden … Nur Ihr seid hier!«

»Ja, aber nur aus einem Grund! Folgt mir, Herr Arir.«

Und dann erhob er sich und flog los. Arir sprang erschrocken auf und eilte ihm hinterher. Er musste rennen,
um mit dem schnellen Vogel mithalten zu können. Er
hetzte durch das hohe Gras. Beinahe wäre er über einen
im Gras verborgenen Stein gestürzt. In letzter Sekunde
fing er seinen Sturz ab und eilte weiter.

»Wartet bitte, nicht so schnell!«

Doch der Eisvogel blickte sich nur kurz im Flug um,
seine Geschwindigkeit drosselte er nicht. Mit Mühe
hetzte Arir weiter, sein Herz schlug wild. Nicht nur vor
Anstrengung, sondern nun auch vor zunehmender Aufregung. Was würde ihn erwarten? In ihm keimte die
Hoffnung auf, dass seine Suche nicht umsonst gewesen
war.

Schließlich erreichte er mit seinem fliegenden Führer die Ränder des Waldes und stürzte, weiterhin ungebremst, hinein. Arir spürte nicht, wie Zweige nach ihm schlugen und tiefe Kratzer in seinem Gesicht hinterließen, während er durch das Unterholz jagte. Dann, als ihm schon die Luft ausging, bemerkte er, wie der Vogel langsamer wurde. Er hatte Arir zu einem schmalen Waldpfad geführt. Arir betrat den platt getrampelten Weg und dachte dabei, dass ihn vielleicht die Füße seiner Herrin berührt hätten. Ehrfürchtig ging er weiter. Vor ihm säumten Weiden den Weg. Drei prachtvolle Weiden in einem Wald voller Birken und Buchen. Arirs Herz machte einen Satz. Dies musste ein Zeichen sein. Vorsichtig schritt er voran. Als er sich unter den tief herunterhängenden Zweigen bückte, berührten ihn diese zärtlich und umfingen ihn kurz wie einen Geliebten. Arir stoppte, blickte auf den Zweig, der seinen Arm streichelte, und richtete seinen Blick nach oben.

»Willow, bist du es?«

Aber die Weide ließ von ihm ab und schubste ihn weiter vorwärts. Ilia flog zu ihm und stupste ihn an.

»Weiter, Herr Arir. Nur weiter.«

Dann flog er wieder voraus. Arir folgte ihm mit seinem Blick und sah, wie das blaue Schillern zwischen den anderen Weiden in einer von Gras und Blättern verborgenen Felsspalte verschwand. Arir ging weiter. Er durchschritt die Zweige der beiden übrigen Weiden und stand schließlich vor dem Eingang zu einer Höhle. Noch einmal sah er zurück auf die geliebten Bäume, dann trat er ein. Es bereitete ihm Mühe, sich durch den schmalen

Einstieg zu zwängen, doch als er wieder das bekannte blaue Schimmern vor sich sah, durchströmte ihn starke Zuversicht. Es war dunkel und kalt um ihn herum. Mit vorsichtigen Schritten folgte er dem gebogenen Verlauf des Gangs, der ihn tiefer in das Verborgene führte.

Schließlich sah er Licht, das ihm am Ende des Tunnels entgegenflimmerte. Sein Herz überschlug sich fast vor Aufregung. Noch einmal atmete er tief durch, dann trat er festen Schrittes auf die Lichtquelle zu. Vor ihm öffnete sich der Gang in eine kleine Grotte und diese erstrahlte voller Licht. Arir kniff seine Lider zusammen und konnte sie erst langsam wieder öffnen. Zuerst sah er nur Licht, bis sich seine Augen schließlich an die Helligkeit gewöhnten und sich vor ihm langsam Konturen verfestigten. Arir sah den Eisvogel, wie er auf der gegenüberliegenden Seite landete. Seine kleinen Füßchen schlossen sich um einen ausgestreckten Finger. Arirs Atem stockte. Dieser grazile Finger, diese zarte Hand, diese Silhouette …

Arir fiel auf die Knie, als er der Erkenntnis gewahr wurde. Vor ihm auf einem mit Moos überzogenen Felsen ruhte die verborgene Herrin. Seine Herrin.

»Willow!«, stieß er aus.

Seine Augen füllten sich mit Tränen. Die junge Frau vor ihm lächelte ihn an, dann nickte sie zufrieden dem Eisvogel zu. Er hatte seine Arbeit gut gemacht. Er senkte sein kleines Köpfchen, tschilpte als Antwort, dann erhob er sich von ihrem Finger, flog in einem lustigen Bogen durch den Raum und verließ die Grotte. Kurz lachte sie ihm hinterher, dann sah sie auf Arir, der vor ihr kniete.

»Willow. Habe ich dich tatsächlich gefunden?«, fragte Arir ängstlich. Er glaubte noch nicht wirklich, was er sah.

Erst langsam nahm das Licht, das von der Herrin ausging, an Intensität ab. Arir sah ihren schönen Körper, ihre nackte Haut. Allein das Licht war ihr Gewand.

Schließlich fanden sich ihre Augen. Arir sah in ihnen die alte Gefährtin, die alte Liebe, die neu erblühte. Nach einer Ewigkeit sprach sie die ersten Worte, die den Beginn einer neuen, glücklichen Zeit einläuten sollten:

»Arir, endlich hast du nach Hause gefunden.«

Er verlor sich in der Schönheit ihres goldenen Körpers und fand sich in einer realen und lange vermissten zärtlichen Umarmung wieder.

36 Abschied

Ist er als Tier oder als Mensch gestorben?«

Willow stand vor dem kleinen aufgeschütteten Grab. Auf der dreckigen Erde lag ein Bund weißer Lilien. Sie hatte sie einzeln gebrochen – dabei jeweils eine Träne vergossen. Ihr Blick fiel auf das einfache Kreuz, das Arir aufgestellt hatte. Ihr Körper zitterte, als sie die eingeritzten Buchstaben las, sie zu einem Wort zusammenfügte. Jack.

»Als Mensch. Seine letzten Worte galten dir.«

»Was hat er gesagt?«

»Er hat dich geliebt – trotz allem.«

Arir spürte das Beben, das durch Willows Körper ging. Ihre Augen – noch feucht – füllten sich mit neuen Tränen. Er trat näher an sie heran und umarmte sie leicht.

Sie lehnte sich dankbar an ihn und blickte hinab auf das Grab. Ihr ganzer Körper erfasste nun endgültig, dass Jack tot war. Flüsternd sprach sie:

»Er hat mir das Schlimmste angetan, was mir geschehen konnte – er hat dich getötet.«

Kurz verstummte sie, in Erinnerung an das erlittene Übel, und drückte sich eng an Arir. Sie musste spüren, dass er da war, dass er wieder bei ihr war.

Auch er suchte ihre Nähe. Das Gefühl des Verlustes bebte immer noch in seinem Herzen nach.

»Doch ich weiß, dass er auch gute Seiten an sich hatte. Ich liebte ihn ... trotz des Leides, das er mir zugefügt hat. Ich verzeihe ihm. Möge er nun Ruhe gefunden haben.«

Das Paar verließ diese Stätte des Todes. Sie gingen zum Ort des Sterbens. Zu dem Ort, an dem Willow innerlich, Jack ganz gestorben war.

Danach kehren sie den Schatten den Rücken und sie kehrten zurück in ihr Paradies, nach Aramin, das immer noch unter Schlamm darniederlag.

Doch es sollte bald erwachen – das Königspaar war zurückgekehrt.

Epilog: Das vollkommene Leben

Arir streichelte Willows nackten Rücken. So wie er es schon oft bei ihren Treffen in Aramin getan hatte. Nun waren sie wieder in der goldenen Zuflucht und ruhten erschöpft auf dem großen Bett im Ostflügel. Willow bewegte sich mit Wohlwollen unter Arirs zärtlicher Berührung, drehte sich aber noch nicht zu ihm um. Seine Finger und Augen folgten dem Verlauf ihrer Tätowierung. Die Weidenzweige hatten nun ein großes Ornament auf ihren Rücken gezeichnet. Schwarz-grüne Linien malten Schmuck wie Engelsflügel auf ihren Rücken. Die Lilie, einst das erste Dekor, war nun gänzlich aufgeblüht. Arir beugte sich herab und küsste die erwachten Blütenblätter. Dann richtete er sich auf und sprach mit bebender Stimme:

»Es scheint endlich vollendet zu sein.«

Willow drehte sich mit einem Lächeln zu ihm um und erwiderte:

»Ja, es ist vollkommen.«

Dann fiel Arirs Blick auf ihren Bauch. Er war wunderschön gewölbt.

»Mein Liebling, du hast recht«, flüsterte er und küsste sie zärtlich auf den Mund.

Seine Hände streichelten ihren Bauch. Arir bekam Antwort. Aufgeregt rührten sich die Zwillinge, die unter Willows Herzen ruhten, als sie die Berührung ihres Vaters spürten. Sie tanzten vor Freude.

Der Eisvogel Ilia saß im geöffneten Fenster und sang
fröhlich sein Lied:

»Ich bin Glücksbringer –
Nach langer Wartezeit,
Keyx und Alkyone –
Nach langem Leid.

Die Götter erbarmten sich ihrer –
Glück ist ihnen nun beschienen.
Sie fanden einander wieder –
Es schlug um die Waage –
Für immer halkyonische Tage.«